No soy
Lizzy Bennet

No soy
Lizzy Bennet

J. de la Rosa

VERGARA

Primera edición: abril de 2020

© 2020, José de la Rosa
© 2020, Penguin Random House Grupo Editorial, S. A. U.
Travessera de Gràcia, 47-49. 08021 Barcelona

Printed in Spain – Impreso en España

ISBN: 978-84-18045-05-9
Depósito legal: B-4.161-2020

Compuesto en Infillibres, S. L.

Impreso en Romanyà Valls
Capellades (Barcelona)

VE 45059

Penguin
Random House
Grupo Editorial

Para Clara, porque si tengo virtudes te las debo a ti

Lizzy no recordaba el significado de aquella señal de tráfico.

Debía de indicar algo importante porque esa tarde se la cruzaba por tercera vez.

Aceleró un poco más. Si su viejo coche seguía respondiendo tendría una remota posibilidad de lograrlo. Volvió a mirar las revoluciones. Estaban por encima de las cuatro mil quinientas. En breve se escucharía aquel sonido como de tos asmática, empezaría a salir humo negro del tubo de escape y todo se habría acabado.

Tuvo que agitar la cabeza para apartar los malos augurios. «Si piensas que algo irá mal, irá mal», diría tía Agatha, y Lizzy estaba decidida a creerla a pesar de que era la última persona en la que quería pensar en este momento.

Al final redujo la velocidad para ralentizar las revoluciones mientras miraba por el retrovisor. El sedán negro continuaba allí, cinco o seis coches por detrás, sin dejar de seguirla. Aparecía y desaparecía de su ángulo de visión cada vez que intentaba adelantar. El conductor era un buen perro sabueso y no iba a abandonar la pieza.

—¡Mierda, mierda, mierda! —mordió en voz baja.

Tenía que despistarlo como fuera. Si le daban alcance...

El GPS indicaba que unas pocas manzanas más adelante, una vez cruzase el río, se toparía con la salida al nudo de autopistas interestatales. Entonces podría meter quinta, las jodidas revoluciones de su vieja tartana descenderían hasta límites relativamente normales, y solo así existiría una pequeña posibilidad de escapar.

Tragó saliva y apartó con la mano la gota de sudor que le resbalaba por la frente. Mataría por un cigarrillo. Asesinaría por un vaso de buen whisky escocés. Incluso cometería un magnicidio por un beso y por aquella voz cálida que le susurraba en los peores momentos «No pasa nada. Todo saldrá bien».

Terminó riéndose de su propia ocurrencia hasta que la sonrisa se congeló en sus labios al comprobar que el sedán había conseguido adelantar a un par de vehículos y ya casi le pisaba los talones.

Desesperada, miró la pantalla de su teléfono móvil. El mapa no mostraba rutas alternativas, solo aquella larga avenida saturada de tráfico. Si intentaba adelantar, el motor de su coche se rompería en pedazos, y si seguía tal y como iba, los del coche negro la alcanzarían en unos pocos minutos.

Sintió que el aire le faltaba en los pulmones.

—Ahora no, por favor, ahora no. —Aquello vaticinaba otra maldita crisis de ansiedad.

A unos pocos metros el semáforo se puso en ámbar y el vehículo de delante empezó a reducir. Ella volvió a mirar horrorizada por el retrovisor. El enorme coche oscuro estaba aprovechando para acelerar y ganar distancia. Ahora solo los separaban un par de automóviles. Cuando Lizzy se detuviera en el semáforo, ellos únicamente tendrían que bajarse e ir en su busca.

No lo pensó. Si lo hubiera hecho, tía Agatha no habría tenido que sermonearla tan a menudo. Pisó a fondo el acelerador y dio un volantazo a la izquierda, obligando al conductor que intentaba acceder a aquel carril a frenar en seco. Creyó escuchar un golpe metálico pero no miró hacia atrás. Al fin tenía el camino libre y el semáforo aún seguía... ¡EN ROJO!

Ya no podía detenerse. Como un kamikaze se lanzó a través del cruce de las dos grandes avenidas y cerró los ojos.

—¡Dios mío, Dios mío!

A su derecha oyó cómo chirriaban los neumáticos de otros vehículos que debían tratar de esquivarla. Por su izquierda le lanzaron un par de insultos tan agresivos que la hicieron sonrojar, y justo de frente sintió el camino libre y un aire fresco que olía a esperanza.

Al fin abrió los párpados. La avenida estaba mucho más despejada en aquella parte. Miró hacia atrás una vez más. Había una furgoneta de reparto cruzada en la calzada, un autobús con dos ruedas subidas en la acera y un motorista con las manos levantadas que le lanzaba insultos, pero todos respetaban el semáforo y se iban haciendo cada vez más pequeños, incluso el enorme sedán negro, que estaba atrapado detrás de dos conductores asustados.

Lizzy sonrió sin poder evitar que el nerviosismo le recorriera la espalda. Ya solo tenía que cruzar aquel maldito río y tomar la jodida salida al nudo de autopistas. Solo eso. Tan solo eso.

Pisó un poco más a fondo, siempre con prudencia. Los dos carriles laterales estaban saturados de tráfico, pero el suyo marchaba fluido. Su coche había ganado espacio y parecía haberse recuperado. De nuevo la placa. ¿Qué señal de tráfico era aquella? Estaba segura de haberla visto antes, pero no podía recordarla.

Volvió a fijarse en la carretera y tuvo que pisar el freno porque acababa de aparecer ante su parabrisas, en su mismo carril, una destartalada furgoneta Bully Volkswagen.

—¿De dónde ha salido ese cascajo?

Aquella vieja tartana debía de haber vivido sus mejores años durante el movimiento hippie, varias décadas atrás. Ahora traqueteaba como podía muy por debajo de la velocidad de la vía.

Lizzy miró de nuevo hacia atrás. El semáforo aún no estaba en verde y ella había podido ganar distancia, pero si no la aprovechaba la terminarían cazando como a una corza herida.

Intentó cambiar de carril, pero algo debía de estar sucediendo más adelante porque de pronto el tráfico era más denso y algo más lento.

Empezaba a notar que la exigua sensación de libertad iba desapareciendo de su pecho, como un suspiro. Había ganado unos metros, pero el sedán estaría encima de ella si no volvía a recuperarlos. De nuevo vio pasar ante su ventanilla aquella recurrente señal de tráfico y, como un recuerdo borroso, se iluminó en su cabeza el significado: PUENTE LEVADIZO.

El estómago le dio un vuelco y le entraron ganas de vomitar, pero consiguió recuperarse. El puente que tenía que atravesar sobre el río podría abrirse en cualquier momento y entonces ella acabaría parada, atrapada entre aquel conglomerado de vehículos anónimos el tiempo necesario como para que los ocupantes del sedán negro llegasen hasta ella.

Una vez más notó cómo el sudor helado le recorría la espalda. La pagó con el claxon, al que agredió varias veces, a la espera de que el conductor de la Volkswagen se sintiera intimidado y decidiera salir de SU carril, pero eso no iba a suceder. Puso el intermitente primero a la derecha y después a la izquierda. Giró el volante para sacar el morro lo bastante como para que el conductor de detrás se detuviera y la dejara pasar. Nada de nada. El tráfico era cada vez más asfixiante y ella estaba atrapada como una mosca dentro de una bombilla.

Y entonces sucedió lo peor. En el arcén apareció un operario vestido de amarillo intenso que indicaba a los conductores con un bastón luminoso que debían reducir la velocidad porque el puente iba a ser izado.

—¡Solo un momento! —le gritó Lizzy, intentando sacar la cabeza por la ventanilla opuesta—. ¡Tiene que dejarme cruzar! ¡Tengo que llegar al otro lado!

Pero su desesperación no pareció impactar de ninguna manera en el operario, que, ignorándola por completo, siguió con su tarea de indicar a los conductores que debían reducir hasta detener los motores.

Si aquella jodida furgoneta hubiera sido un poco más rápida, solo un poco más rápida, ella habría podido llegar a tiempo, pero...

Cuando la vieja Bully al fin terminó de cruzar la oscura junta de dilatación que indicaba el comienzo del puente levadizo, el hombre de amarillo se colocó justo delante del coche de Lizzy y, alzando la mano, le dio indicaciones de que ya no podía avanzar más. El puente iba a empezar a levantarse y ella debía quedarse allí hasta que volviera a su posición inicial... mil años más tarde.

Lizzy lo miró con una mezcla de terror y desesperación. La vieja furgoneta se iba haciendo cada vez más pequeña, casi hipnótica, solitaria mientras se convertía en el último vehículo en cruzar al otro lado del río. No pudo evitar mirar por el retrovisor. Con la vía libre, la marcha del sedán negro era implacable. Adelantaba de una forma casi delicada, acercándose cada vez más mientras dejaba atrás uno a uno a todos los que se interponían entre ellos y Lizzy Bennet.

—¡Por favor, tiene que dejarme pasar! —le suplicó de nuevo al operario, sacando la cabeza por la ventanilla.

—El puente está cerrado, señora.

—Tengo que cruzar ahora mismo —apremió mientras su

cerebro intentaba ignorar aquello de «señora»—. Usted no lo entiende, pero es...

—Urgente. Eso es lo que dicen todos. Solo serán quince minutos. Veinte como mucho.

—Puedo darle dinero.

—Sobornar a un operario a cambio de favores es un delito, señora.

Lizzy lo miró de arriba abajo: cincuenta y tantos, importantes problemas con el acné y adicción a la comida preparada, pero no le quedaba más remedio.

—Podemos quedar a mi vuelta para tomar algo los dos solos —le dijo, atusándose el cabello para intentar parecer más atractiva.

—No estará intentando ligar conmigo, ¿verdad?

—Todo depende de usted.

Aquel hombre esbozó cara de hastío.

—No me gustan las mujeres.

—Pero podemos...

Como queriendo mostrar que ya estaba cansado de sus tonterías, el operario retornó al arcén con la satisfacción del trabajo bien hecho.

«Ahora sí que se ha acabado», pensó Lizzy. Aquel era su fin, y todo por la ineptitud de un operario de tráfico y la torpeza del conductor de aquella apestosa furgoneta. Sintió que los pocos retazos intactos que aún quedaban de su mundo se empezaban a derrumbar, que la escasa esperanza se iba transformando en un lugar estrecho y húmedo, que...

—Va por ti, tía Agatha —se dijo, de repente, Lizzy.

Y lo hizo.

Metió el embrague y pisó el acelerador a fondo. Su viejo coche empezó a rugir con mala salud mientras vomitaba una pestilente humareda, pero aun así arrancó a toda velocidad a la vez que el puente empezaba a elevarse.

—¡Más deprisa, más deprisa, más deprisa!

Lizzy sintió que los oídos se le taponaban mientras a su alrededor todo se desarrollaba como a cámara lenta: los aspavientos horrorizados del operario, la expresión de incredulidad de los otros conductores, y la pendiente que cada vez se hacía más elevada mientras su coche avanzaba a duras penas.

Cambió a segunda y pisó aún más a fondo. Se oyó el ruido gripado del motor, pero no había otra opción. Tenía que pisar el acelerador hasta que le dolieran los tobillos, hasta que llegara a pensar que se le desprenderían las uñas de los pies, hasta que su rodilla palpitara como si albergara una colonia de hormigas.

Y entonces lo sintió. Que volaba. Que las ruedas se separaban del asfalto. Que bajo sus pies, en las profundidades, solo había una lengua de agua tan fría en la que casi deseó sumergirse, asfixiarse allí abajo, para que así se terminaran sus problemas.

Aquella sensación duró solo unos instantes, porque al momento las ruedas delanteras impactaron contra el otro lado de la calzada, haciendo que Lizzy se proyectase contra el volante, que se clavó justo bajo las costillas. Notó un dolor agudo, pero no perdió la sonrisa. «¡Lo has conseguido, señorita Bennet! ¡Has cruzado! ¡Estás a salvo!» Pero cuando las otras dos ruedas pisaron al fin el asfalto, perdió el control del coche.

Lizzy intentó ignorar aquella sensación de costillas rotas, aquella asfixia. Se irguió en el asiento y agarró con fuerza el volante. El vehículo cabeceaba de un carril a otro, sin dejar de avanzar a toda velocidad. Si no lograba controlarlo podía precipitarse contra el murete de seguridad. Incluso atravesarlo para caer a las rápidas aguas del río, muchos metros más abajo.

—Puedes hacerlo —se dijo, como le enseñaron en aquellos talleres de crecimiento personal.

Pero poco más pasó por su mente porque, sin saber de dónde, la vieja furgoneta Volkswagen apareció de nuevo allí delante, y el coche de Lizzy fue directamente a su encuentro, como una libélula en busca de otra, hasta estrellarse contra ella y sumirse en un pozo de oscuridad.

—Pero... pero... pero...

Lizzy tardó en comprender que aquella consecución de «peros» procedía de la forma borrosa y de brazos abiertos que estaba al otro lado de la ventanilla.

Le dolían las costillas, el cuello, la espalda, las piernas... En realidad le dolía cada trozo de su malogrado cuerpo. Se palpó para evaluar los daños. No había nada roto. Lo de las costillas había sido una falsa alarma, pero las contusiones, a lo largo del día, se volverían moradas y la dejarían hecha un cromo. Estaba casi segura de no haber perdido la conciencia porque el golpe, un tanto aparatoso, no hab...

—¡Mi coche!

Aquella realidad floreció en su cabeza como si encendiera una bombilla. Sin pensarlo dos veces se arrancó como pudo el cinturón de seguridad y salió disparada por la puerta.

—Pero... —insistió una vez más el hombre que aguardaba a pie de asfalto—. ¿Estás bien?

Lizzy no le prestó atención. Su precioso coche. Su odioso coche. Si había sufrido daños, si había quedado inutilizado, los del sedán le darían alcance y todo aquello por lo que... ¡Sería el final!

Aquel tipo, el que la miraba pasmado mientras ella solo tenía ojos para su viejo coche, la siguió con la perplejidad dibujada en su rostro. Parecía no dar crédito a lo que estaba sucediendo. Aquella mujer lo había embestido como si se tratara de un toro bravo. Él se había preocupado por su salud. Y ella, ella parecía estar poseída y solo daba vueltas alrededor del vehículo.

—¿Te encuentras...? —insistió en voz alta, sin atreverse a tocarla—. Tienes sangre en el labio y en la frente. Hay que llamar a una ambulancia. Es necesario que te...

—¡No estoy sorda! —se revolvió Lizzy.

Solo entonces reparó de verdad en aquel tipo.

Treinta y pocos. Aspecto desastroso para su gusto, porque los pantalones vaqueros, las botas y la camisa de cuadros remangada hasta las axilas habían pasado al olvido hacía varias décadas. Y ese pelo. Podría darle una decena de direcciones donde harían maravillas con una melena rubia como aquella en vez de dejarla malamente apretada con una sucia gomilla. La barba desarreglada quizá causase furor la temporada anterior pero en esta... Solo al final de su elucubración Lizzy empezó a pensar que quizá sí había sufrido una pequeña conmoción, pero no le dio importancia. Se olvidó al instante de aquel tipo y se concentró en la inspección de su coche.

El parachoques estaba incrustado debajo del de la furgoneta, pero parecía que no había mayores daños. Se había saltado un poco la pintura y uno de los faros estaba atravesado por una enorme grieta, pero nada indicaba que se fuera a romper en las próximas horas. Sonrió. Solo había sido un susto. Podía seguir su camino sin problemas y salir de aquella jodida ciudad...

—Así que te encuentras bien —oyó a su espalda.

—Sí —contestó sin mirarlo—. Perfectamente.

—No has sufrido daños, no estás conmocionada, vamos, que no debo preocuparme por las consecuencias del accidente.

La actitud de aquel individuo había cambiado radicalmente en tan breve lapso de tiempo. La preocupación inicial se había volatilizado de su rostro, dando paso a cierta mala intención. La miraba con los brazos cruzados sobre el pecho, ojos entornados y cabeza ladeada. Era una actitud intimidante, debía reconocer. Así que ella se irguió, levantó bien alta la cabeza a pesar del dolor cervical, y lo miró por encima del hombro.

—Sí, estoy bien, por supuesto.

—Entonces tendrás que pagarme los desperfectos.

Incrédula, Lizzy se llevó una mano al pecho. Aquel tipo estaba rematadamente loco.

—¡No ha sido culpa mía! Faltaría más.

—Te he visto saltarte la advertencia y volar por los aires como una cotorra.

—¡Los operarios se han precipitado al abrir el puente!

—Has dado tumbos por la calzada.

—Había una mancha de aceite en el pavimento. Una mancha enorme. Se puede ver incluso desde aquí.

—Y te has empotrado contra mi furgoneta por detrás.

Aquello ya era demasiado. ¿Cómo se atrevía a llamar furgoneta a aquel cascajo desconchado, oxidado, y con restos de flores mal dibujadas en el portón trasero?

—¿Yo? ¡Ja! Has sido tú. Ibas pisando huevos.

—¿Yo? ¿Pisando huevos?

El tono era cada vez más alto. También se habían acercado el uno al otro, tanto que parecían estar jugueteando en vez de discutiendo.

—Sí —remató Lizzy—. Y te aconsejo que vendas ese trasto y te compres una bicicleta. Llegarás antes a donde quiera que vayas.

—Tenemos aquí a una chistosa.

—Y a un maleducado.

—No te he faltado el respeto.

Él volvió a cruzar los brazos con un gesto rudo, desabrido. Mostraba las cejas fruncidas y los labios apretados. A Lizzy le hizo cierta gracia porque le recordaba a un niño al que no le dejan ir a casa de su amigo.

—Bien —dijo él, relajando un tanto su expresión—, saca los papeles del seguro o tendré que llamar a la policía.

Solo entonces Lizzy fue consciente del lío en el que se acababa de meter. Miró hacia atrás. El puente empezaba de nuevo a descender. No recordaba cuánto tiempo había durado todo aquello, pero no debía de haber sido demasiado. Quince o veinte minutos, comentó el operario. Si se entretenía con el papeleo, el puente quedaría abierto, el tráfico restablecido, y los del sedán...

—De acuerdo —dijo, intentando aparentar una actitud conciliadora—, yo buscaré los míos mientras tú vas a por los tuyos. Solucionemos esto como personas civilizadas.

Él esbozó una mueca de fastidio.

—Ahora en serio, creo que deberías ir a un hospital. Te has arañado el labio y esa herida de la frente puede infectarse. Además, el golpe ha podido dejar secuelas ocultas.

—No suelo fiarme de hombres con tu aspecto.

—¿Qué le pasa a mi aspecto?

—Te traumatizaría saberlo.

Él la miró de arriba abajo, pero al final suspiró sin más.

—Ve preparando tus papeles, yo vuelvo en un minuto.

Le lanzó una última mirada y retornó a su furgoneta. Lizzy esperó a que abriera la puerta y desapareciera en su interior. Los documentos debían estar en la guantera, como era lo habitual. Solo entonces, cuando tuvo la seguridad de que el terreno estaba libre, salió corriendo, entró en su coche, encendió el motor y dio marcha atrás.

Al principio hubo resistencia. Estaba más sujeto de lo que esperaba. Pisó un poco más el acelerador. Su coche empezó a moverse.

—¡Bien!

Aumentó la presión. Al final se produjo el desanclaje y el parachoques trasero de la furgoneta salió disparado, rebotando contra el asfalto con un desagradable ruido metálico.

Mientras Lizzy, a toda velocidad, enfilaba el carril de la izquierda, le dio tiempo de ver cómo aquel tipo salía corriendo de la tartana color plátano. Pero ella ya había acabado su maniobra y empezaba a acelerar. Delante solo había unos cientos de metros de carretera despejada y una salida a la autopista donde a aquel tipo le sería difícil volver a encontrarla.

—¡Eh! —le gritó cuando Lizzy pasó a su lado como una exhalación, pero solo le dio tiempo de ver cómo aquella maldita mujer le sonreía a la vez que su mano derecha levantaba el dedo corazón.

El sedán negro había reducido hasta estacionar en el arcén, a escasos metros de la vieja furgoneta Volkswagen.

Su llegada había sido tan suave e imprevista que, si no fuera por el crujido de la hierba seca que habían aplastado las ruedas, John no se hubiera percatado de su presencia.

John se incorporó lentamente, mientras se limpiaba las manos con un viejo trapo. El parachoques que le había arrancado aquella loca duraría en su sitio lo justo, hasta que llegase a su destino y pudiera encargar uno nuevo. Un par de tornillos clavados estratégicamente en el chasis y mucha cinta aislante, esa era la clave de casi todos los arreglos.

Permaneció expectante en la carretera. Los cristales tintados del otro vehículo no dejaban ver su interior, pero se sintió observado y sabía que aquel automóvil no estaba allí por casualidad.

En cuanto habían abierto el puente, la tranquila carretera se había llenado con el barullo de los acelerones y los cláxones sofocados de los que tenían más prisa. A él no le había importado demasiado. Llegaría a su destino antes o después. El tiempo no era una variable que jugase a su favor o en su contra, pero aquel sedán negro...

Al fin se abrieron ambas puertas. Primero la derecha. Después la izquierda. John reajustó su postura de piernas separadas y cabeza ladeada, pero no se movió de donde estaba. Aquello no tenía buena pinta. Siempre que la gente que viajaba en coches como aquel se acercaba a quienes viajaban en vehículos como el suyo solía haber problemas.

Del sedán salieron dos tipos que parecían uniformados: trajes oscuros, casi negros, de hechuras tan parecidas como cosidos por el mismo sastre, camisas blancas y corbatas aburridas. Llevaban gafas de sol que no hicieron por quitarse, a pesar de que el cielo estaba encapotado y amenazaba tormenta. No había un ápice de descuido en su apariencia. Ni el corte de pelo, pulido y rasurado, como si ese mismo día hubieran pasado por la barbería. El contraste con la descuidada apariencia de John era casi dramático.

Uno de ellos, el más alto, pasó por su lado sin mirarlo. Él sí se volvió, intentando no apartar la atención del otro que, más pausado, iba directo hacia donde se encontraba. El primero avanzó a buen paso en dirección al cruce de la interestatal. El segundo se detuvo justo delante de John. No dejaba de observarlo tras los cristales oscuros. A pesar de lo inquietante de su presencia, su actitud no era amenazadora. Más bien parecía curioso, casi amable.

—¿Ha tenido algún problema, amigo? Este no es un buen sitio para estacionar —le preguntó, como el granjero que saluda a su buen vecino

John tardó en contestar. A pesar del aire conciliador de aquel tipo, la situación no era en absoluto tranquilizadora. Miró hacia atrás. Eve se había quedado dentro de la furgoneta, tal y como él le había rogado. Esperaba que, por una vez, le hiciera caso.

Al otro tipo lo había perdido de vista. Si la cosa se ponía fea estaba seguro de que podría dejar fuera de juego al que tenía delante, pero el otro le preocupaba. El hecho de haberse separado indicaba una estrategia, y gente que sabía jugarla.

—Nada que no esté ya resuelto —respondió mientras pretendía ver sus ojos a través de los oscuros cristales de las gafas.

—Parece que le han embestido por detrás.

—No ha tenido importancia.

—Usted fue el penúltimo en cruzar el puente antes de que se izara.

Aunque lo preguntó con la misma cordialidad que lo anterior, John creyó intuir que esa era la clave de por qué aquellos tipos se habían detenido allí.

—Supongo —contestó, intentando extraer toda la información posible de la actitud de aquel individuo.

—Y aún está aquí —apuntilló—. ¿Seguro que no necesita ayuda?

—Va todo bien.

—¿Recuerda el coche que ha chocado contra usted?

Lo dijo como por casualidad. Casi sin darle importancia. También intuyó que debía tener cuidado con lo que decía.

—Un Chevrolet rojo, no he visto el modelo.

—Cruze. Era un Chevrolet Cruze.

—No entiendo por qué me lo pregunta si ya lo sabe.

Aquel tipo, al fin, se quitó las gafas. Su mirada azul y transparente acentuaba esa imagen de inocencia. Pero había algo, quizá esa misma candidez, que no podía ser cierto y que subrayaba la idea de que estaba ante un individuo peligroso.

—Es solo curiosidad —dijo con una sonrisa—. ¿Viaja solo?

—Creo que eso no es de su incumbencia.

Fue entonces cuando aquel hombre se metió la mano en la chaqueta. John se removió inquieto, dispuesto a defenderse si fuera necesario. Al final, con cuidado, el viajero extrajo una cartera que desplegó ante sus ojos.

—Collingwood. Le aconsejaría que cooperase.

John lo acababa de entender. En cierto modo se sintió tranquilo, pero su suspicacia no había desaparecido. Se volvió hacia la furgoneta y llamó en voz alta.

—¡Cariño!

Como si hubiera estado esperando, la puerta del destartalado vehículo se abrió antes de que el eco de su llamada desapareciera, y la mujer avanzó hacia ellos desplazando sinuosamente sus amplias caderas.

John no la miró mientras se acercaba. Se centró en la expresión del rostro del agente mientras caía en las redes de Eve. Solía producir ese efecto en los hombres. Los dejaba fuera de juego. Hacía que desaparecieran sus defensas, que se disolvieran sus seguridades y se dinamitaran sus principios fuertemente cimentados en años intentando ser recatados. Eve era la versión más desenfadada de Lolita, la más libidinosa de Bovary, la más sofisticada de Karenina. Llevaba unos escasísimos shorts y una camisa blanca anudada justo bajo el pecho. Su cabello muy rubio y aquel corte masculino eran el contraste con sus formas rotundas de mujer, y el aliciente para llamar la atención. Cuando se detuvo junto a John, puso un brazo sobre uno de sus hombros y miró al agente de arriba abajo. Este tragó saliva antes de hablar.

—¿Viajan los dos... solos?

—Eve no ha visto nada —contestó John por ella—. Le pedí que no saliera del coche después del accidente. No sabía qué daños podrían haberse producido en el otro vehículo, y no soporta la sangre.

—Muy paternal eso de responder por mí —dijo ella, pero sin dejar de mirar intensamente al policía.

—Se marea —añadió John—. Con la sangre.

El agente, al fin, pudo apartar la vista de Eve. Volvió a tragar, observó a su alrededor, y se concentró de nuevo en John, aunque no sin dificultad.

—¿Quién lo conducía? El vehículo que ha chocado con el suyo.

—Sospecho que usted ya lo sabe —esta vez fue ella quien contestó.

—Le vendría bien responder —y fue a él a quien el agente amonestó.

—Una mujer.

—¿Puede describírmela?

—¿Es necesario? Usted debe saber quién es.

Aquella situación empezaba a poner nervioso al policía. También era aquel un efecto que solía provocar Eve en los demás.

—Identifíquese, por favor.

Al parecer el único que debía identificarse era John, así que sacó su documentación y se la entregó al agente, que la estudió con cuidado.

—John Denver. ¿Si pido informes sobre usted me llevaré una sorpresa?

Habría varias, pero ninguna del tipo que el agente estaba insinuando. Aun así, John decidió que era mejor no pasarse de cierta raya con aquel tipo.

—¿Qué quiere saber de esa mujer?

—Descríbala.

—Uno setenta, quizá algo más alta. Delgada. Bien vestida, aunque la ropa estaba algo descuidada. Maneras de haber llevado una vida confortable, aunque todo lo demás... —Se detuvo.

—¿Qué iba a decir?

—Era bonita, con el cabello largo y oscuro y los ojos... claros. Con esta luz parecían verdosos.

—Veo que apenas te fijaste —exclamó Eve, mirándolo por primera vez.

El agente le devolvió una sonrisa cómplice, como si aquel desliz le hubiera unido de alguna manera a esa preciosa chica.

—¿Algo que le llamara la atención?

—Solo intercambiamos un par de frases.

—¿Rellenaron el parte del seguro? Lo necesito.

—Tuvo que marcharse antes de que eso llegara a pasar.

—¿Tuvo?

—Bueno, no pasó nada. No fue necesario.

—¿Y ese parachoques?

—Ya estaba casi suelto.

—¿Hacia dónde tiró?

—Hacia el cruce.

En ese momento apareció el otro agente. Había una ligera mancha de tierra en sus pantalones, a la altura de las rodillas.

—Es imposible saber qué dirección ha tomado —dijo tras lanzar una larga mirada a Eve—. Pero desde aquí sí se puede ver, de manera que...

Todos se volvieron hacia John, pero él solo se encogió de hombros.

—No me fijé en eso. Me puse a arreglar el parachoques. Eso mismo estaba haciendo cuando ustedes han llegado.

—¿Seguro?

—¿Para qué me iba a fijar por dónde se largaba? Tenía cosas más importantes que hacer.

El agente no parecía muy convencido y miró a su compañero, pero su expresión era inescrutable.

—Esta es mi tarjeta —le dijo, tendiéndole una—. Si recuerda algo más o se cruza de nuevo con ella, es importante que me llame.

John la tomó. La tiraría al arcén en cuanto se marcharan.

—Lo haré —mintió.

—Y tenga cuidado —sentenció el agente—. No se acerquen a ella si pueden evitarlo. Se la busca por asesinato.

Fue una salida bastante espectacular.

La tensión dramática palpitó unos segundos en el ambiente.

El tiempo justo para que los dos agentes subieran a su gran coche negro y desaparecieran igual de silenciosos que habían llegado hacia el cruce de la interestatal.

—Hemos estado en peligro de muerte y nosotros sin saberlo —dijo Eve cuando estuvieron solos, que no se había movido del hombro de John.

Él se apartó al fin. Fue como si hubiera despertado en ese momento, o como si hubiera estado meditando. Se dirigió hacia la destartalada furgoneta y abrió la puerta.

—Sube, nos vamos.

Ella lo miró desamparada.

—He preparado bocadillos. Una vez que entremos en la autopista no hay donde parar hasta...

—Aligera —apremió—. No tenemos tiempo.

—Pero ¿a dónde vamos?

—A por esa mujer. Me debe mi parachoques.

Ahora Eve sí lo miró alarmada.

—Es una asesina. Lo ha dicho la policía. Esos siempre dicen la verdad.

—Los asesinos también tienen que pagar sus deudas.

—¿Quieres decir que voy a subir contigo en la furgoneta para que sigas a otra mujer?

Él asintió.

—Exactamente.

—Esto no lo contaré en mis memorias.

—Te dejaría en muy mal lugar.

—¿Y cómo diablos vamos a dar con ella? En el nudo interestatal hay cuatro autopistas, una para cada dirección de este maldito país.

La sonrisa que se dibujó en el rostro de John era entre pícara y redicha.

—Porque he visto qué salida ha tomado, y sospecho a dónde se dirige.

Te gusta el zumo de naranja con unas hojas de albahaca, las camisas solo si el cuello es italiano y lees el periódico en la bañera.

¿Ves? Poco a poco se va formando en mi cabeza una imagen nítida de quién eres en realidad. Estamos hechos de pequeñas cosas, de anécdotas, de detalles. Las grandes palabras, los sentimientos formidables, las ideas titánicas suelen ser inútiles para acercarnos a nosotros mismos. No nos retratan. Se nos conoce por lo insignificante: por cómo contestamos a una pregunta inesperada, a un beso robado o a la sonrisa de alguien desconocido.

No te lo he dicho hasta ahora, pero no fui sincera el día que nos conocimos.

Tú entraste en la librería. Te quedaste allí parado, con ojos entornados mientras te mordías el labio inferior. Parecías poder ver desde allí qué había en las estanterías, porque las recorriste con la vista una a una.

Yo te estaba mirando desde el mostrador. Quizá porque, entre tanto movimiento de clientes que buscaban y rebuscaban a un autor que les sorprendiera, aquella quietud tuya era llamativa.

Me pareciste un hombre guapo desde el principio, lo reconozco. Tía Agatha diría que habías nacido sin molestar. Es su forma de insinuar la elegancia natural en una persona. La conoces, a mi tía, y sabes que vive en un mundo de eufemismos. De mi madre, su sobrina, dice que es tan frágil que parece una mentira. Y de su marido, tío Richard... Bueno, ya has oído su retahíla: siempre comenta querer deshacerse de él cuando quienes la conocemos sabemos que lo adora.

«Nacido sin molestar.» Esa fue la definición que iluminó mi mente mientras te miraba. Tuve que atender a un cliente y dejé de prestarte atención. Cuando se marchó y me volví, allí estabas, justo a mi lado.

—¿Auster, por favor?

Lo dijiste solícito, con una sonrisa amable en los labios, pero yo me sonrojé hasta las raíces del cabello. Rogué por que no te hubieras dado cuenta y señalé la sección de narrativa en lengua inglesa ordenada alfabéticamente.

—Paul Auster en la tercera balda. Jane Austen en la primera.

Sonreíste. ¡Bingo! Lo había hecho para eso. Necesitaba saber cómo era tu rostro con otra expresión que no fuera la curiosidad.

—¿Se apellida Bennet? —Estabas mirando la placa que llevaba en la solapa.

—Y me llamo Elizabeth.

—Eso sí que es una casualidad.

—Mis padres no tienen sentido del humor como para haberlo hecho aposta, se lo aseguro.

—Y no tendrá cuatro hermanas, ¿verdad?

A lo largo de mi vida, el hecho de llamarme como la protagonista de *Orgullo y prejuicio* siempre ha sido un motivo de curiosidad para los demás. Pero en tu caso fue distinto. Lo decías como..., como si de verdad yo pudiera ser una heroína.

Como si la mujer que tenías delante fuera alguien formidable, alguien a quien desear conocer.

—No somos tantos en la familia. Espero que usted no tenga casa en Pemberley.

—Me temo que no. —Volviste a sonreír—. Me llamo... ¿Estaría bien si me llamara Darcy?

De esa manera tan simple me enamoré de ti.

Lo he dicho.

¿Ves qué fácil?

Y tengo pruebas: cuando intento ir a casa caminando y termino tres manzanas más allá porque sueño despierta contigo. La imposibilidad de comer nada, porque parezco saciada pensando en ti. Los juegos que elucubra mi mente, imaginando que tú apareces y que yo soy capaz de estar serena, locuaz, sorprendente. Tu presencia constante en cada cosa que pretendo llevar a cabo, en cualquier momento y ante cualquier situación, como si ya formases parte de mi vida. La idealización de cómo será tu día a día, de tus conversaciones, de tus momentos más íntimos. Ese universo de cosquillas en el estómago, sonrisas sin justificación y la ansiedad de pasear por cualquier calle, anhelando, temiendo que aparezcas a la vuelta de la esquina.

Y todo aquello para nada, porque eras un cliente de paso que, posiblemente, no volvería a ver jamás.

En aquel momento, mientras esperabas mi respuesta y yo intentaba adivinar a qué olía tu camisa, comprendí que necesitaba información sobre ti. Necesitaba saber quién eras en realidad para que no desaparecieras como un espejismo.

—¿Qué buscaba de Paul Auster? —te pregunté.

—*Invisible*.

—Voy a comprobarlo.

Hice la pantomima ante el ordenador. Teníamos cuatro ejemplares, lo sabía de memoria porque controlaba bien aquella estantería de autores en lengua inglesa ordenados alfabéticamente.

—Me temo que está agotado —te mentí—. Puedo pedirlo y, si me da una dirección, enviárselo.

Nada más decirlo me sentí una acosadora. ¿Cómo era posible que hubiera hecho aquello? Me sonrojé de nuevo, de un melocotón intenso. Aquella forma de comportarme era inusual en mí. Me atreví a mirarte a los ojos. Se te veía incómodo mientras te rascabas la coronilla con un gesto instintivo.

—No sé...

Me sentí fatal.

—Dos calles más abajo hay otra librería. Estoy segura de que lo tendrán allí.

Tus ojos expresaban algo extraño. No me reconocía a mí misma por la forma en que había actuado, y me sentía avergonzada por...

—¿Estará aquí el viernes a última hora?

Tardé en comprender lo que me preguntabas, sumergida en aquel sentimiento de reprobación.

—Por supuesto. Puedo pedirlo hoy mismo y en un par de días, el viernes sin falta, puede pasar a recogerlo o mandar a alguien si no quiere desplazarse.

—El libro me da igual. Me refiero a ti. ¿Estarás aquí el viernes por la tarde? Quizá podríamos tomar algo juntos.

De arriba abajo. Esa fue la dirección que tomó el escalofrío que recorrió mi piel. Fue seguida de una intensa sensación de dicha, y acompañada por la inseguridad de que no te conocía absolutamente de nada.

—Termino a las ocho —te dije.

—¿Puedo pasar a recogerte?

—Sí —fue lo único que pude articular.

—Pues nos vemos el viernes, señorita Bennet.

«Aquí estaré, señor Darcy», respondí en mi cabeza, sin atreverme a mover los labios.

Así nos conocimos, ¿te acuerdas? Así empezó todo.

Como por casualidad.

Esa noche llegué a casa tan feliz que apilé todas las ediciones de las novelas de Jane junto al sofá y empecé a leerlas.

«Es una verdad universalmente aceptada...»

¿Ves? Así de fácil.

Así me enamoré de ti.

—¿Puedo sentarme? —preguntó Lizzy.

La mujer que ocupaba la mesa levantó la vista y miró a su alrededor. Casi todas las demás de la cafetería estaban vacías en ese momento. Le extrañó que aquella chica no prefiriera acomodarse junto a los ventanales. Al otro lado no había nada destacable, pero la luz era inmejorable. Volvió a mirar de nuevo hacia la muchacha que, bandeja en mano, esperaba paciente su respuesta. No debía de llegar a los treinta. Morena y bonita, con unos ojos inocentes y luminosos. Tenía un ligero arañazo en el labio y una tirita en la frente, pero por algún motivo pensó en un ángel. Su madre había coleccionado estampas de ángeles, que adornaban el cabecero de su cama. Uno de ellos se le parecía, aunque desde luego mejor peinado, porque aquella chica daba la impresión de que acababa de cruzar un tornado. Suspiró sin darse cuenta. Aquella inocente muchacha no tenía pinta de ser una loca pendenciera. Es más, resultaba bastante agradable con aquella bonita sonrisa prendida de los labios.

—Claro que sí, querida —articuló al fin—. Comer acompañada es mejor que hacerlo en solitario.

Lizzy se lo agradeció ampliando su bien ensayada sonrisa

inocente, y tomó la silla que estaba a su derecha mientras dejaba la bandeja sobre la mesa.

—Las jóvenes siempre preocupadas por mantenerse delgadas —observó la mujer refiriéndose al exiguo contenido de la bandeja: medio sándwich de jamón y un té pequeño, casi minúsculo.

La sonrisa de Lizzy se crispó ligeramente, pero logró controlarla al instante. Si por ella fuera se comería en ese momento un elefante, vuelta y vuelta, con un poquito de sal. Pero el poco dinero que le quedaba en la cartera había dado para medio llenar el depósito de combustible de su Chevrolet y para comprar aquel trozo de pan relamido. Ahora solo le quedaba lo justo para alquilar una habitación aquella noche, que se avecinaba cerca, y muchas, muchas millas de desesperación por delante.

Sin poder evitarlo miró con fascinación el enorme plato de huevos con beicon que tomaba la mujer y notó cómo se le volvía la boca agua. Estuvo tentada de alargar los dedos, de sumergir la cabeza en aquella bacanal de grasas e hidratos de carbono, pero eso acabaría con sus planes.

—Me llamo Lizzy. —Le tendió la mano con aparente timidez, para apartar de sí aquella divina visión de la yema naranja deslizándose por la zona más crujiente de la corteza del cerdo.

—Ana. —Se la estrechó—. ¿También esperas el autobús?

—No. Tengo mi coche aparcado ahí detrás. —Obvió que en realidad lo había dejado escondido a la vista de cualquiera que pasara por aquella área de servicio—. No sabía que había una parada de autobús justo aquí.

—¿No te ha extrañado que exista una cafetería como esta en medio de una autopista? Que cada dos horas se detenga un autobús que atraviesa el país de punta a rabo es la única explicación, querida.

Lizzy miró alrededor. Era cierto. Allí había sitio para unas cien personas. La ciudad quedaba a cuarenta millas y la próxima localidad digna de llamarse así a otros treinta. Así que podría decirse que estaban en mitad de la nada.

—Los alrededores están repletos de pequeñas granjas —añadió Ana—. Esa es la razón de que muchos autobuses interestatales tengan aquí una parada. Puedes comprar los billetes en la barra, por si lo necesitas.

—No. Ya le he dicho..., mi coche.

—No eres de por aquí, ¿verdad?

—De bastante más al norte. ¿Usted sí?

—Tutéame, por favor. —Hizo un gesto con la mano como si apartara una mosca—. Nací en la ciudad, pero nos mudamos a una plantación cercana, a unas siete millas, hacia la montaña. Mi padre era el encargado. Un sitio maravilloso, pero muy solitario. Ufff... ya no puedo comer más.

Apartó el plato hacia el centro de la mesa y Lizzy lo miró con el deseo cabalgando en su saliva. Tuvo que apretarse las manos bajo la mesa para que sus dedos no cogieran un tenedor y dieran cuanta de las sobras. De un solo bocado se zampó su diminuto sándwich.

—Así que esperas el autobús para escapar unos días de esta soledad. —Medio masticando, Lizzy señaló el billete que descansaba encima de un bolso de piel marrón.

Ana siguió su mirada y comprendió a qué se refería.

—Es un poco más complicado. —Le guiñó un ojo de manera cómplice.

—No he querido ser indiscreta.

—No lo pareces. Una chica indiscreta.

—Solo quería charlar con alguien. —Suspiró de una forma tan bien fingida que ella misma se lo creyó—. Necesitaba hablar un poco después de conducir tantas millas en solitario.

Ana, con una mirada, se quiso cerciorar de que nadie las

oía. También se adelantó hasta estar muy cerca de Lizzy. Solo entonces habló.

—Voy en busca de una persona —dijo con tono confidente.

—Eso suena fascinante.

—Tengo una ligera idea de dónde vive.

—En San Cayetano. —Señaló el nombre que aparecía tras la palabra DESTINO impresa en el billete de autobús.

—Todo indica que así es.

Lizzy imitó sus maneras, inspeccionado la cafetería antes de responder.

—No voy a ser cotilla, así que no preguntaré nada, pero es de verdad intrigante.

Ana se echó hacia atrás. Había un brillo en sus ojos difícil de describir.

—¿Qué edad me echas?

De nuevo la imitó, recostándose en el respaldo. Sabía que era hispana. Quizá mejicana. No era alta y sí un poco gruesa. Su rostro era atractivo, hablaba de confianza. Tenía algo entrañable. No era guapa. Posiblemente no lo fue nunca, pero aquel brillo en los ojos la convertía en alguien que te gustaría cuanto más trataras con ella. Cabello corto y teñido de un rojizo que no le sentaba bien. Juventud perdida hacía mucho, mucho tiempo. Le calculó unos sesenta siendo indulgente. A partir de ahí podría tener cualquier edad. Le respondió de una manera que habría satisfecho completamente a tía Agatha.

—No más de cuarenta y cinco.

—¡Oh, por dios! —Ana, satisfecha, se tapó la boca con la mano—. Tengo cincuenta y cuatro.

—Nadie lo diría —mintió con ojos de fingido asombro—. Estás fantástica.

—Vas a hacer que me ruborice.

—Esa... persona especial se va a alegrar de verte.

—Hace treinta y siete años que no nos vemos.

En esta ocasión Lizzy sí fue sincera.

—Eso es... toda una vida.

—Eso es todo el tiempo que no he vivido de verdad. Quizá haya sobrevivido, o malvivido, como quieras llamarlo, pero dejé de vivir en el preciso momento en que nos separaron.

La mente de Lizzy se llenó de recuerdos con forma de miradas, de roces bajo el mantel, de caricias casuales pero llenas de intención... No. Eso no podía pasar. Su cabeza no podía jugarle ahora una mala pasada.

—Tuvo que ser alguien muy importante para ti —dijo, mientras intentaba controlarse.

—El gran amor. El primer amor. El único amor.

—¿Y por qué os separasteis?

El largo suspiro que salió de los labios de Ana lo dijo todo.

—Su padre nos pilló besándonos a escondidas detrás del aseo de señoras. Eran otros tiempos. Se puso hecho una furia. ¡Si hubiera sabido todas las cosas que ya habíamos hecho, hubiera muerto allí mismo de una apoplejía!

—Una época llena de prejuicios, desde luego. —Intentó no ser condescendiente.

—Habló con mi padre. Mi padre era un buen hombre, pero de valores sólidos y anticuados. Un emigrante que había encontrado su lugar a base de ser más firme de lo que se esperaba de él, ya me entiendes. Él también se llevó las manos a la cabeza. Prohibió que nos viéramos, y así fue durante un tiempo, pero hay cosas que son más fuertes que cualquier determinación, de manera que encontramos la forma de vernos a escondidas, a pesar de que todos nuestros pasos estaban vigilados.

Sintió que, a su pesar, emanaba de su interior un sentido de vinculación con Ana. Era como un hilo de seda, minúsculo, casi invisible, pero que las acercaba, las unía con una puntada ligera pero dolorosa.

—¿Cómo lo hacíais? ¿Cómo lograbais veros?

—Un día enfermábamos en clase, casi a la vez, y salíamos quince minutos antes para volver a la puerta de la escuela cuando nuestros padres venían a recogernos. Otro, abandonábamos el cine por la puerta de emergencia. O me escapaba de madrugada. Reconozco que hoy día lo pienso y me digo que me volví loca. Loca de remate. Loca de amor. Pero fueron los mejores momentos de mi vida. Por supuesto nos pillaron de nuevo, y entonces fue mucho peor.

—¿Os castigaron?

—Nos separaron. A mí me llevaron a vivir a la granja y ellos se mudaron a la otra punta del país, a San Cayetano.

—Un castigo excesivo.

—Impensable hoy en día.

—Y ahora vas en su busca.

Lizzy creyó ver un brillo fugaz en sus ojos. Fue solo un instante, pero supo que aquella mujer se estaba enfrentando al resto de su vida.

—Mi padre falleció la semana pasada. Durante treinta y siete años he sido la mujer que él quería que fuera. No sé cuántos me quedan a mí, pero durante los restantes pretendo ser la persona que yo quería ser. ¿Crees que es tarde?

Sin pretenderlo su mano se estrechó con la de Ana, en un apretón tierno, sincero.

—Creo que nunca es tarde.

Permanecieron así unos segundos, sin decir nada. Porque a veces es mejor dejar que el tiempo cree un hueco invisible donde todo puede suceder.

Un claxon al otro lado del gran ventanal las trajo de vuelta. El enorme autobús estaba haciendo acto de presencia en el andén.

—Bueno, ahí está mi destino. —Ana se puso de pie y tomó su bolso—. Me ha encantado conocerte. Creo que has sido un buen augurio. Es la primera vez en mi vida que cuento esto, y lo he hecho a una desconocida.

Lizzy la imitó. Se sintió fatal, pero siguió adelante.

—Se me ocurre una cosa —dijo con su mejor rostro de sorpresa.

—¿Qué cosa?

—Yo también voy a San Cayetano. Podríamos viajar juntas. En mi coche. Nos haríamos compañía, compartiríamos gastos, y llegaríamos un día antes que en ese incómodo autobús.

Ana abrió la boca, desconcertada, y la volvió a cerrar. Después alzó el trozo de papel que llevaba bien sujeto en la mano.

—Pero ya tengo billete.

—Tienes razón. Es una locura. —Miró hacia el suelo. Aquella expresión de vergüenza solía dar buenos resultados—. No sé cómo se me ha ocurrido esta estupidez.

La mujer se pasó la mano por el cabello. Incluso se ruborizó. Era como si de pronto todo hubiera dado un vuelco, extraño pero excitante.

—Desde luego hubiera sido una aventura —murmuró.

—Nos hubiéramos divertido. Pero corre. No puedes perder ese autobús. Recuerda, tu destino.

—No sé...

Lizzy se encogió de hombros y esbozó una tímida sonrisa

—Si al final te decidieras... No. Es una estupidez.

—Sí. Dime.

—Bueno, si optaras por que viajáramos juntas y no congeniamos, iremos por la misma ruta que el autobús, así que te puedo dejar en otra de sus paradas. Aunque..., pensándolo bien, ¿qué estoy diciendo? No nos conocemos de nada. Será mejor que te aligeres. No creo que tarde mucho tiempo en ponerse en marcha.

Ana la miró fijamente para después volver la vista al exterior, donde ya tomaban asiento varios pasajeros. Se mordió el labio inferior.

—Al diablo —dijo al fin.

—¿Eso es un sí?

—Si quiero cambiar mi vida lo mejor es empezar haciendo cosas que no haría jamás, ¿no crees?

Lizzy le dio un abrazo, pero cuando recordó que llevaba cuatro días sin ducharse se apartó al instante.

—Y tanto que lo creo.

Ana, con una sonrisa deslumbrante en los labios, se dirigió a la esquina del mostrador, donde le devolverían el importe de su billete.

Lizzy, cuando se quedó a solas, suspiró. Media hora antes, en el mismo momento en que había entrado en la cafetería, había visto el billete con destino a San Cayetano descansando sobre el bolso... y la idea había surgido al instante en su cabeza: la policía buscaba a una mujer sola conduciendo por la interestatal. Si iban dos en el coche quizá tuviera una posibilidad insignificante de pasar desapercibida, y en su situación, una ligera posibilidad era mucho más de lo que podía esperar.

Y más si se veía en la necesidad de tomar un rehén.

La camarera apareció a su lado. Recogió su plato vacío y tomó por el borde el de Ana.

—¿Puedo retirarlo?

—No —gruñó ella.

Y sin apartar la vista de su nueva compañera de viaje que, de espaldas, le daba todas las explicaciones al señor del mostrador, empezó a llenarse los mofletes de comida, porque no sabía cuándo sería la próxima vez que podría comer de manera decente.

—Por más que pises no va a pasar de ochenta —observó Eve, atenta a la obstinación de John por apurar la velocidad de su vieja furgoneta—. Nunca lo ha hecho. Ni siquiera cuando la compraste.

—Brrrm.

—Tampoco lo hará por más que gruñas.

Él se removió, incómodo, y la miró un momento para volver al instante la vista a la carretera.

—¿Alguna otra sugerencia?

—Miles, pero no atenderás a ninguna.

—¿Entonces?

Eve tardó unos segundos en contestar.

—Sigo preguntándome cuál es la verdadera razón de que vayamos detrás de esa mujer.

—Ya te lo he dicho —no tenía ganas de hablar—, me tiene que pagar el parachoques.

—Este trasto se cae a trozos, dudo que un parachoques nuevo sea una prioridad para ti.

—Pues entonces es que no me conoces bien.

Ahora ella sí que lo miró asombrada. Era cierto que John no era, precisamente, alguien fácil de conocer. Solía tragarse sus problemas, resolverlos solo, y no era dado a hablar de sí mismo. Pero precisamente ella era capaz de identificar cada uno de sus estados de ánimo con solo mirar cómo le brillaban los ojos, o qué mueca esbozaban sus labios. Y él lo sabía.

—¿Desde cuándo estamos juntos? —le preguntó Eve mientras cruzaba los brazos sobre el pecho.

—Desde el principio de los tiempos.

—¿Y qué decía tu madre?

Él volvió a mirarla, con las cejas fruncidas, porque no tenía ni idea de qué derroteros estaba tomando aquella conversación.

—Que nunca encontraría a otra como tú. ¿A eso te refieres?

—A eso —confirmó—. Y tú me llevas a toda velocidad por una autovía detrás de otra mujer. ¿Cómo crees que debo tomármelo?

John esbozó otra más de sus muecas de desaprobación.

—No voy detrás de otra mujer.

—He visto «eso» en tus ojos.

—¿Eso?

—No te hagas el inocente. Sé cuándo mientes.

—Yo no miento. —Se sintió insultado—. Nunca miento.

—Claro que mientes. Quizá no conscientemente, pero cuando aparece «eso» pierdes el control.

Bufó. Eve era experta en sacarlo de quicio. Conocía cada uno de sus puntos débiles, y de qué manera estimularlos para conseguir su objetivo. Pero en esta ocasión no iba a caer en su juego. ¿Estaba insinuando que le interesaba aquella mujer de alguna manera? ¡Qué locura! Simplemente iba a por su dinero. Nada más. ¿Cómo podía sugerir que había otra razón que ir a por lo que era legítimamente suyo? Además, no era su tipo, y él estaba en un momento de su vida en el que meterse en un lío como aquel era lo último que se le ocurriría. Decidió no seguir con aquella conversación.

—No tengo in idea de qué estás hablando, así que será mejor que continuemos en silencio. Disfrutemos de la noche.

Pero Eve no estaba dispuesta.

—Lo vi, vi «eso» en tus ojos cuando decidiste dejarlo todo y mudarte a vivir a esta... a este trasto.

—No faltes a Rosemary —respondió al instante, sintiéndose insultado.

—Y cuando decidiste ponerle nombre a esta vieja furgoneta.

—Así que vamos a discutir. —Sabía cuándo no había vuelta atrás.

—Tenías un futuro prometedor y ahora eres un... ¡Vives en la calle, sin rumbo ni destino, te dedicas a hacer chapuzas allí donde llegas, y duermes a la intemperie!

—Es lo que quiero hacer con mi vida. Nunca lo he tenido tan claro. Lo demás... No importa lo demás.

—Todo sucedió cuando apareció «eso» en tu mirada. Siempre sucede después de «eso»: dejaste a tu primera novia, ¿Maggy se llamaba? Y abandonaste el ejército, cuando tu padre estaba orgulloso de tu carrera militar.

—Era lo que él quería para mí, no lo que quería yo. —Lo había explicado miles de veces. Incluso su padre ya lo había perdonado, a pesar de que no era su perdón lo que había estado buscando.

—Y te fugaste a Europa.

—No me fugué. Sentí la necesidad de conocer mundo.

—Y me pediste salir contigo.

—¿Tampoco te gustó aquello? —Se echó para atrás en el asiento y volvió a mirarla con las cejas fruncidas.

—Todo —ella lo ignoró—, todo lo extraño de tu vida ha ocurrido después de que en esos misteriosos ojos azules apareciera «eso».

John se encogió de hombros.

—Contigo nunca sé de qué estamos hablando.

—Sí lo sabes.

—Voy en busca de mi dinero. Solo es... «eso». —Se bufó para aliviar la sensación de ahogo que aparecía cuando Eve se empeñaba en decirle qué estaba pensando.

—El dinero te importa una mierda.

—Este no.

—No reconoces la verdad.

John se centró en la autopista. Había poco tráfico, pero nunca le había gustado conducir cuando no había luz. Tampoco le apetecía seguir con aquella conversación.

—Es noche cerrada, Eve. Debo estar pendiente de la carretera.

Ella no estaba dispuesta a dar su brazo a torcer.

—¿Qué harás cuando la encuentres?

John la conocía tan bien que sabía que no pararía hasta obtener de su boca todas las respuestas, así que decidió contestarlas de la manera menos comprometedora posible.

—Solo pretendo hablar civilizadamente con esa mujer.

—¿Con una asesina? —exclamó, más asombrada de lo que en realidad estaba.

—Sospechosa —corrigió él—, nada más.

—¿Y si no quiere pagarte los desperfectos? ¿Y si decide darnos un balazo? ¿Y si entierra nuestros cuerpos en medio de un páramo y no nos encuentran jamás?

La imaginación de Eve podía llegar a desbordarse como un canalón atascado de hojas, y la única manera de no dejarse llevar era yendo en la dirección contraria a la que ella pretendía llevarlo.

—A una milla de aquí hay un área de descanso, y parece que tiene una buena cafetería. Creo que deberíamos detenernos allí para dar cuenta de tus bocadillos e intentar dormir.

Ella captó la indirecta. Estaba cansada, había comido fatal, y sabía que John no diría ni una palabra más. Él era así, tan hermético como solícito, y quizá aquello formara parte de su encanto. Sonrió sin que él se diera cuenta.

—Después no digas que no te lo he advertido —sentenció antes de dejar pasar aquel tema.

—Te aseguro, Eve, que no tengo ni idea de lo que estamos hablando.

—Cuando todo se vuelva una mierda —sentenció, segura de sí misma—, entonces no vengas a buscarme.

Lo llamas «Nuestro Pequeño Problema». Las mayúsculas son mías, no te preocupes.

Tía Agatha diría que es de pésima educación querer saber de una persona más de lo que está dispuesta a exponer libremente, y es posible que tenga razón, pero ella olvida que cuando alguien te deslumbra, lo segundo que pasa por tu cabeza es cómo acceder a un ser así. Lo primero, «qué posibilidades tengo», pero de eso tendríamos que hacer un doctorado, ¿verdad?

Te espero en la esquina de Down con la Cuarenta y Siete a pesar de que nuestra cita es en aquel café donde ponen los mejores capuchinos del noreste. Podríamos decir que estamos en ese momento de una relación donde no lo decimos todo. En el que nos callamos aquello que pueda transmitir una imagen que no se corresponde con la que tú deberías tener de mí. Qué nos hemos visto, ¿un par de veces? Un café rápido y un paseo hasta la parada de autobús. Esa es toda nuestra historia.

Te veo salir del taxi y noto que mi piel se torna de seda, de terciopelo electrizado, de cosas que se mueven al empuje invisible de tu presencia.

—¿Acabas de llegar? —Me sonrojo ante una pregunta de cortesía. ¿Cómo llamarías a eso?

—Hace un momento.

—Estás empapada.

Llevo veinte minutos esquivando la lluvia, pero me ha parecido un tiempo insignificante después de toda una vida esperando a alguien como tú.

—No he encontrado un taxi, así que...

—Tenías que haberme llamado.

—No quería molestarte.

—¿Cómo podrías molestarme?

Como las otras veces, bajo la mirada. Los he contado: uno. Dos. Tres. Cuatro. Cuatro segundos. Esa es mi marca. Puedo sostener la intensidad de tus ojos solo cuatro segundos antes de que algo en mi interior me obligue a apartarlos. Creo que es mi cordura. Si me perdiera en tu mirada por más tiempo me volatizaría como una sombra al apagar la luz. Es una cuestión de defensa, ¿sabes? No tanto de defenderme de ti, como de mí misma. Ya te lo explicaré más adelante.

Entramos en el café, pero apenas me acuerdo porque me guías hasta la puerta colocando con suavidad tu mano sobre mi costado, ligeramente adelantada. No estoy segura de que sea una casualidad, pero tu largo dedo corazón roza todo ese tiempo, esa eternidad hasta llegar a la mesa, el pliegue de mi pecho. Lo sé, es imposible que te des cuenta entre mi jersey de lana y la mojada gabardina. Menos aún que alguien como tú se atreva a tanto con quien es casi una desconocida. Pero durante ese breve trayecto de unos pocos segundos, mi piel, toda mi piel, solo está pendiente de ese gesto, de imaginar cómo sería aquel tacto si nada nos separase.

Apartas la silla para que me siente mientras llamas al camarero. Tu imponente presencia provoca en los demás el deseo de servirte. Escucho tu risa. ¿Te parece que exagero? Es posible, pero al menos esa es mi impresión. Es una mezcla de tu sonrisa amplia y franca, tus modales perfectos a los que añades una sorpresa pícara, como acariciar un codo, soltar una carcajada desprevenida o conducir a una mujer colocando la mano en su costado, muy cerca de su seno. Y, por último, tu forma de mirar. Cuatro segundos. No hay nada más que añadir.

—¿Qué me has hecho, Elizabeth Bennet?

Así comienzas.

Con mi temperamento, un comentario sexista hubiera recibido una respuesta airada, pero al ver la admiración prendida en tus ojos y algo brillante en tus labios me doy cuenta de que es una especie de cumplido. Sin más.

No contesto. No porque me falten las palabras, sino porque quiero disfrutar de ese instante tanto como el paso del tiempo me lo permita.

—Apareciste de improviso hace una semana —continúas— y no consigo sacarte de mi cabeza. Te has convertido en mi obsesión favorita.

—Eso no suena muy bien.

—No, no suena bien.

—Quizá deberías tratarlo.

Me gusta cuando concatenamos este tipo de bromas. Nos decimos muchas cosas sin hacerlo. Soy incapaz de hablar de mí misma si no es en un tono irónico o jocoso.

—Eso me aconsejaría un amigo cuerdo —respondes tú—, tratarme, pero no pienso preguntarle a ninguno.

—¿Qué harás entonces?

En ese instante lo he notado. No sabría decirte si es una leve ráfaga que por un momento hiela tu sonrisa, o la lividez que nubla tu piel como la sombra de una vela.

—Hay algo que no te he dicho.

La mueca de tu boca tras pronunciarlo descubre que mi

presentimiento es certero, que ya no estamos hablando de lo mismo. Ya no son ligeras insinuaciones, cumplidos, un mundo de seducción donde todo puede suceder porque aún no nos conocemos lo suficiente.

—No es necesario que me cuentes nada. Solo somos amigos.

En realidad, quiero gritar «Cuéntamelo todo. Desángrate en detalles. Desnúdate en cada acontecimiento».

—Elizabeth, no quiero... Lo siento. Hay una mujer. Ella y yo nos conocimos hace tiempo. Quizá porque ninguno de los dos pretendía estar solo.

Así descubro que ELLA existe. No es una gran sorpresa. Mentiría si te dijera que me siento decepcionada. Ni yo he hablado de mi pasado ni tú del tuyo en todo este tiempo, y sería de ingenua pensar que un hombre como tú no tiene una amplia experiencia. Es más bien como si en un mundo en el que solo estamos tú y yo, de pronto tomara conciencia de la existencia de otros siete mil millones de seres humanos.

Quiero saber cómo es ella, antes que nada. Ese es mi instinto. Saber si puedo competir con la mujer que ves a diario, supongo, o que ya has besado. Después descubro que necesito saberlo todo. ¿Cómo se acaricia las rodillas? ¿A qué sabe el vello de su nuca? ¿Cómo lo pide cuando desea algo? ¿A qué huele el pliegue de su antebrazo? Por último, me doy cuenta de que no quiero saber nada, porque si ella existe, si existe de verdad como un ser de carne y hueso, acuciada de ilusiones y problemas, lo tuyo y lo mío ya no tiene sentido.

—No es necesario —es mi falsa respuesta a todo esto.

—No quiero ocultarte nada. A ti no.

—De verdad. No es necesario. Solo somos amigos.

—Podría haber roto con ella hoy mismo, antes de venir aquí, y no te hubieras enterado nunca de que yo estuve con otra mujer. Pero no quiero que lo que hay entre tú y yo... lo que haya entre tú y yo se forje entre verdades a medias.

Hay tanta luz en tus ojos cuando lo dices. Es tan cierto. Es una verdad tan pura que sé que no debo preocuparme por ella, solo sentir lástima por el dolor que va a albergar su corazón.

—No tienes que hacer nada por mí —miento—. Acabamos de conocernos.

—Y tienes razón —me tranquilizas, colocando una mano sobre la mía—. No lo hago por ti. Lo hago por mí. Si hoy he contado los minutos para estar aquí, contigo, es porque lo que hubiera entre ella y yo ya no existe.

—Debes estar seguro... Quizá nosotros tampoco...

—Ese es nuestro pequeño problema. —Es entonces cuando lo dices—: No puedo estar seguro de nada, solo de que no me sales de la cabeza.

—No quiero que la dejes por mí.

—Pero ya lo he hecho. Solo falta que ella lo sepa.

Esta es nuestra conversación, mi querido Darcy, y yo soy la persona más feliz del mundo al cimentar la desgracia de otra mujer.

¡A-GUA CA-LIEN-TE!

Lizzy, tras cuatro días sin poder darse un baño, acababa de colocar el agua caliente entre las cinco cosas por las que llegaría a matar, a pesar de no ser un ranking muy acertado en sus circunstancias.

Apoyada en la pared y con la cabeza agachada, dejó que el líquido recorriera su cuerpo, que fuera avivando poco a poco sus cansadas articulaciones, que se llevara los restos de sudor, de suciedad y de mala suerte. Lo necesitaba más de lo que se había atrevido a imaginar. Sentirse limpia. Sentirse segura. Ser ella misma. Transformarse de nuevo en Elizabeth Bennet.

Media hora más tarde, mientras se secaba con la áspera toalla, fue comprobando cada una de las magulladuras que tachonaban su cuerpo. Se palpó bajo las costillas y sintió un ligero dolor. Estaba segura de que ninguna estaba rota, aunque la contusión le molestaría algunos días más. En la parte interna del brazo había un hematoma superficial y uno más encima de la rodilla derecha. Estaba hecha un desastre, aunque aquello podía haber sido mucho peor. ¿Y si el coche la hubiera lanzado contra el asfalto, atravesando la luna de cristal? ¿Y si se hubiera precipitado hacia las oscuras y heladas aguas del río? Sintió que un escalofrío le recorría la piel. Volvió a mirarse en el espejo. Apenas reconocía la imagen que le devolvía la empañada superficie, allí no quedaba nada de la mujer que fue.

Suspiró. Aquel era su menor problema. Si la policía la atrapaba antes de llegar a su destino entonces sí tendría motivos más que suficientes para preocuparse. Decidió olvidarse de todo aquello, algo que apenas conseguía sacar de su cabeza. Se ató la toalla bajo el pecho y se concentró en su rostro ante el espejo. Había poco que hacer: ojeras, el labio inferior partido cerca de la comisura y el pequeño corte en la frente, que al menos parecía no haberse infectado. Otra nube oscura pasó por su cabeza, pero logró apartarla sin que causara estragos.

En otros tiempos había sido bonita. Darcy decía que tenía los ojos más deslumbrantes de todo el estado y la piel más deliciosa de la Cordillera, de norte a sur. *¡En otros tiempos!* Casi sonaba ridículo. De eso solo habían pasado... Ni recordaba cuánto. Ahora era un fantasma de sí misma. El recuerdo de una joven librera de buena familia que...

—¿Sales ya o te vas a quedar ahí para siempre? —el grito fue acompañado por tres golpes en la puerta.

Eso era lo malo de dormir en albergues de beneficencia: nunca había intimidad.

Ana y ella habían llegado a aquella pequeña localidad de carretera bien entrada la noche. Su compañera de viaje había estado exultante. Durante todo el camino le había hablado de cómo fue su niñez, de la vida en el campo, de las costumbres locales, de cómo enjaezar un caballo, de la cocina mejicana, de la manera más eficiente de retirar la mierda de los cerdos, de cómo destripar a un pollo en un par de minutos, de los cinco trucos para tejer una alfombra, del único truco para predecir un terremoto, de la vida en el campo una vez más... y así hasta acabar rendida y muerta de sueño.

A Lizzy, aquel poblado en medio de la interestatal le pareció tan bueno como otro cualquiera, sobre todo porque se había informado en la zona de descanso de dónde dormir sin pagar. Pero Ana ya había visto el pequeño motel de carretera que ofrecía en un destartalado luminoso habitaciones limpias y baratas e insistía en que era el lugar perfecto para su primera noche de aventuras. Aquello había crispado sus expectativas pues pagar por dormir estaba lejos de sus posibilidades y la dejaría al descubierto ante su compañera.

—Quédate en el coche, no vayas a coger frío —se había ofrecido Lizzy con su mejor sonrisa—. Me acercaré a la recepción a preguntar si hay habitaciones libres. Seguro que tenemos suerte. Cruza los dedos.

Lo que preguntó al recepcionista fue por la Iglesia de Todos los Santos, y cuando lo tuvo claro volvió junto a su nueva compañera de viaje.

—Están completos —mintió tras una muy bien fingida cara de disgusto.

—¿En un lugar tan apartado? Ni siquiera hay coches estacionados en el parking.

—He insistido. Incluso le he rogado, pero nada —aseguró.

—¿Y qué haremos ahora? ¿Está muy lejos el próximo pueblo?

Lizzy había suspirado, dando a entender que había pocas opciones.

—Al parecer está apartado, habría que abandonar la autopista y acceder por una comarcal mal señalizada y llena de curvas.

—No pinta bien.

—Pero ese hombre tan amable me ha indicado un lugar que, asegura, nos gustará.

Con esta mala excusa había convencido a Ana para pernoctar en una habitación con otras dieciséis personas que no merecían demasiada confianza, y con las que tendrían que compartir un solo cuarto de baño. Así era el albergue de beneficencia que ofrecía la Iglesia de Todos los Santos a las almas descarriadas que no tuvieran un lugar donde pasar la noche cuando vagaban por la interestatal. Y Lizzy había empezado a aprender de todo aquello más de lo que le hubiera gustado.

De nuevo golpearon la puerta del baño.

Lizzy se deshizo los enredos del pelo, se vistió deprisa, con unos vaqueros y una camiseta blanca bastante arrugada, y salió del aseo con una sonrisa.

—¿Qué has estado haciendo ahí dentro? —le preguntó la mujer que esperaba al otro lado de la puerta con un rollo de papel higiénico apretado contra el pecho.

—He cometido un crimen.

No esperó respuesta, pero imaginó cuál sería.

Sabía que Ana esa mañana se había levantado temprano, posiblemente porque no había podido dormir entre los ronquidos de unas, los ataques de tos de otras y su propio miedo, con los ojos puestos en el equipaje, ya que estaba convencida de que, si se quedaba dormida, se lo robarían todo. Apenas había amanecido cuando Ana se había acercado a su cama para susurrarle que necesitaba estirar las piernas. Daría un largo paseo por el bosque de los alrededores y volvería para el desayuno y para marcharse cuanto antes de allí. Ella le prometió que así sería, aunque no estaba muy convencida de cumplir su promesa.

Le caía bien Ana. En otras circunstancias estaba segura de que podrían llegar a ser grandes amigas. Aunque posiblemente eso no sucedería jamás.

Lizzy salió al porche del albergue para que el pelo se le secara al aire. El modesto edificio estaba ubicado pared con pared con la iglesia, justo a su espalda, junto a la salida del poblado. La mañana era fresca, pero parecía que el día sería soleado. Aspiró una bocanada. Al fin las cosas empezaban a marchar. Con un poco más de suerte, en un par de días llegaría a su destino y todo se habría acabado. Para bien o para mal.

Decidió dar un paseo hacia la iglesia. La noche anterior, cuando llegaron, les informaron de que servían un modesto desayuno comunal a las ocho y media todos los días, y eso era dentro de veinte minutos. Ya buscaría una excusa para convencer a Ana de que debían asistir. Quizá como muestra de gratitud por haberlas socorrido cuando «el motel no tenía habitaciones disponibles».

Iba a mitad de camino cuando tuvo que detenerse.

Lo había atisbado con el rabillo del ojo. Apenas un instante, pero había imágenes tan desagradables que se reconocían incluso así: la furgoneta Volkswagen color plátano con flores difusas pintadas en las puertas.

Estaba allí parada.

Justo al otro lado de la carretera.

Se atrevió a volverse.

Era aquella, sin duda, aunque no había ni rastro del tipo grosero y mal encarado.

Sintió cómo se le encogía el estómago. ¿Y si la veía? ¿Y si daba parte a la policía? Creía recordar que algo de eso había dicho durante la absurda discusión donde pretendía culparla a ella del accidente.

Se dijo a sí misma que debía calmarse.

Aquel tipo no estaba a la vista.

Solo tenía que quitarse de en medio hasta que...

¡Allí estaba! ¡Él! El individuo rubio de la coleta y la barba. El de la ropa desastrosa. Se encontraba en la puerta de la única cafetería del poblado, mirando hacia dentro, como si estuviera hablando con alguien que ya se encontrara en su interior. En cuanto volviera la cabeza la vería de frente, sin nada que los separara, aparte de una decena de metros de aire que olía a campo.

Lizzy no lo pensó.

No podía hacerlo.

Echó a correr.

A unos cinco metros había una puerta, así que fue directa hacia ella. Serían las cocinas, o la cripta, o el cuarto de los trastos de la iglesia. Cualquier cosa le valía. La entrada del albergue ya quedaba lejos y para llegar a la capilla debía pasar justo frente a aquel individuo.

Sin mirar atrás llegó a su destino. ¿Estaría cerrada? Si era así estaba perdida porque aquel tipo la vería, la denunciaría, la perseguiría...

Cuando giró el pomo se abrió sin hacer ruido. Casi le entraron ganas de llorar. La claridad del día dio paso a una penumbra tenue que la cegó unos segundos. Cerró de golpe y se apoyó en la puerta con los ojos apretados, intentando recuperar la respiración.

—Acércate, joven. Aquí todos son bienvenidos, y en ti veo una clara necesidad.

Lizzy abrió los ojos. Se encontraba en una sala de unos veinte metros cuadrados, mal iluminada porque las persianas estaban medio bajadas. La estancia estaba despoblada de muebles, salvo por una decena de sillas dispuestas en círculo. Seis de ellas estaban ocupadas, y todos la miraban con ojos muy abiertos, como si fuera una aparición. Una mujer y cinco hombres. Edades para todos los gustos. Aquel chico no debía de tener más de dieciséis, y el tipo más lejano cerca de ochenta.

Tuvo la intención de dar media vuelta y salir por donde había venido, pero era algo impensable con el individuo de la furgoneta ahí fuera, al otro lado de la calle, así que decidió acercarse.

—Toma asiento, hija mía. Siéntete en tu propia casa.

El que hablaba era un hombre añoso, de rostro agradable y papada prominente. Tenía una sonrisa amable y una voz suave, como de terciopelo. El clériman lo delataba como sacerdote.

Lizzy los miró una vez más. Uno a uno. Aquello parecía una reunión de Alcohólicos Anónimos. Uno de los hombres tenía la nariz muy roja y varios capilares estallados en las mejillas, por lo que se convenció de que así era hasta que, al observar a los demás, comprendió que no se trataba de eso: adicción al tabaco. Seguro. Había dedos amarillos. Era un grupo de adictos al tabaco que intentaban desengancharse.

Se sentó de cara a la puerta, así podría medir el momento de largarse.

—¿Quieres contarnos algo, hija mía? Todos estamos aquí para ayudarte.

En ese momento la puerta se abrió y John entró en la sala.

Su instinto le dijo a Lizzy que no hiciera nada. Aquella puerta era la única salida y él la tapaba con su cuerpo.

John había esperado el tiempo necesario para que sus ojos se habituaran a la diferencia de luminosidad. Allí parado, con todo el peso de su cuerpo sobre una cadera, parecía la réplica de un joven Jeff Bridges. Miró alrededor y no tardó en localizarla, sentada justo enfrente, tal y como la había visto escabullirse tras la puerta. Y entonces hizo algo completamente inesperado: le sonrió.

—Adelante, hijo mío —también le animó el religioso—. Aquí todos sois bien recibidos.

—Qué cantidad de pecadores nos envía hoy el Señor —murmuró para sí la mujer que se sentaba junto al pastor.

John atravesó la estancia hasta escoger una de las sillas vacías que estaba situada en oblicuo con la posición de Lizzy. Ella no dejó de observarlo en ningún momento, desconcertada por aquella sonrisa que no se borraba de su boca. ¿Era burlona o sarcástica? ¿Tal vez vengativa? Si se atenía simplemente a los hechos no le quedaba más remedio que definirla como encantadora ¡Puaj! ¿Encantadora? Lo miró de arriba abajo, sin ningún disimulo. ¿Para qué, si ambos se habían medido ya en la carretera? Las mismas botas de motero, unos vaqueros similares a los de la otra vez y camiseta negra. Aquel atuendo casi podría tener un pase. Hoy llevaba el cabello suelto. A pesar de lo que le desagradaba ese tipo, debía reconocer que tenía un pelo bonito. Incluso, si la obligaban, admitiría que podía llegar a ser atractivo.

Calculó sus posibilidades: si salía corriendo quizá pudiera alcanzar la puerta de salida antes que él, pero ¿qué haría después? Su coche estaba detrás del albergue y aquel individuo tenía piernas largas y musculosas. Le daría alcance antes de que cruzase la calle. La mejor opción era esperar, ver qué quería, y descubrir la forma de quitárselo de encima.

—Hija mía —el pastor la sacó de sus elucubraciones—, quizá quieras compartir con nosotros qué te ha traído hasta aquí.

Se dio cuenta de que todos la miraban, incluido ÉL. Nunca había ido a ninguna de aquellas terapias. Sabía de ellas por la televisión. Al parecer consistía en hablar de uno mismo y de sus problemas delante del grupo, dos cosas que no le gustaban en absoluto. Pero no tenía otra salida. ¿Cómo explicar entonces a aquella gente por qué estaba allí?

—Mi... mi adicción —dijo al fin—. El... el... ¿tabaco?

El religioso la miró con ternura. Era costumbre que los necesitados que asistían a sus sesiones buscaran recursos para enfrentarse a sus miedos y sus angustias.

—Vamos a llamarlo así, ¿te parece? De esa manera será mucho más fácil.

Lizzy no entendió muy bien a qué se refería, pero la mujer que se sentaba junto al religioso la observaba con amable condescendencia y ella comprendió que iba por buen camino.

—Estás en un lugar donde no serás juzgada, donde puedes abrir tu corazón sin temor alguno —la animó el pastor con una sonrisa dulcísima—. ¿Es muy recurrente esa adicción al... tabaco?

—No demasiado, pero temo no poder parar. Diez... diez cigarrillos diarios, quizá. Quince si estoy muy nerviosa.

El hombre que se sentaba a su lado se removió inquieto. Incluso tragó saliva.

—¿Quince? —el religioso parecía demasiado asombrado—. ¿Completos? Estamos hablando de... tabaco, ¿verdad?

«Pues claro. ¿De qué si no?», pensó. Pero no fue eso lo que dijo, simplemente asintió.

Otro de los asistentes levantó la mano, pero el religioso no lo dejó hablar. Le parecía un asunto demasiado delicado. Nunca antes había tratado con un alma tan adicta. Tampoco había leído sobre una adicción tan brutal y él no era psicólogo, solo consejero espiritual. Temía que aquello se escapara a sus conocimientos.

—¿Y cuándo empezó todo?

—Cuando era una niña, con un chico más mayor que yo.

Ahora, la mandíbula del pastor sí se abrió, más bien se descolgó.

—¿Con... con un adulto?

—Virgen Santa —la mujer se santiguó.

—No. Aún no había cumplido la mayoría de edad. Creo. Empezamos en el porche de casa mientras mamá trasteaba en la cocina —continuó ella más segura, pues al parecer estaba diciendo lo que se esperaba que dijera un adicto a la nicotina—. Uno por la mañana y otro por la noche antes de acostarnos. Son los mejores, ¿verdad? Después yo me sentía realmente bien. Ese es su gran problema: el placer. Lo colocas entre los labios y... no puedes parar.

John se tapó la boca para que la carcajada no se le escapara. Había intentado disimular, apretar los labios, tragar saliva, pero según ella avanzaba en su historia, se volvía realmente difícil no reír a mandíbula batiente. El resto de la concurrencia parecían pasmados. El jovencito se balanceaba de delante a atrás mientras se retorcía las manos. El anciano de nariz colorada se frotaba el grueso pantalón con tal ahínco que en nada le haría un agujero. Y la mujer... Bueno, ella apretaba una biblia con tanta fuerza que sus nudillos eran casi de mármol.

—¿Y tu madre?

—Lo sabía, por supuesto. ¡Lo que escape a una madre! —Sonrió, pero nadie le siguió el juego—. De vez en cuando nos reñía, pero acabó haciendo como que no se daba cuenta.

—Eso debió de ser terrible para ti.

—No, qué va. Así podía estar más tiempo con mi amigo.

—¿Qué edad... —las palabras salían con dificultad de la boca del pastor—, qué edad tenías entonces, hija mía?

—No creo que llegara a los trece. —Se oyó un murmullo a su alrededor—. Mis padres eran muy permisivos con esas cosas. En aquella época podríamos llamarlos modernos, aunque ahora esté mal visto.

—¿Modernos?

—Después —recordó Lizzy, envalentonada por los ruiditos que hacía John intentando disimular sus impertinentes carcajadas—, ya sabe, con los amigos del colegio detrás de la tapia, o en los servicios. Allí caían a puñados. A veces ni siquiera me gustaba, pero yo seguía. Uno detrás de otro. Volvía a clase incluso mareada, pero en cuanto salía... ¡zas! Caía otro. Más adelante continué con los compañeros de trabajo. Lo hacíamos en todas partes, incluso a escondidas en los bares. En casa también lo hacía, yo sola, cuando me aburría o cuando estaba un poco ansiosa. Lo peor fue en la universidad. Nunca menos de treinta al día.

—¡Treinta! —El rostro del religioso estaba peligrosamente rojo—. ¡Dios bendito!

—Cuarenta a veces. Aunque esos días acababa hasta dolorida.

La mujer se puso de pie.

—Creo que me marcho. Con lo que acabo de oír me doy cuenta de que lo mío es una nadería.

Salió con paso apretado, pero pudo volverse y mirarla antes de atravesar la puerta para santiguarse por última vez.

—Esto sobrepasa todo lo que he aprendido a lo largo de mi carrera —murmuró el religioso—. No se me ocurre cómo crees que podemos ayudarte.

El buen hombre no tenía ni idea de cómo tratar aquello. La mayoría de sus feligreses estaban allí por asuntos menores, algunos tan insignificantes que en realidad los había admitido en el grupo de terapia para que se tranquilizaran.

—Quizá deba reducir el número de cigarrillos —meditó Lizzy en voz alta.

—¿Seguro que cuando dices «cigarrillos» te refieres a... cigarrillos?

—Pues claro. —«Qué pregunta tan extraña», pensó—. ¿Cree que cinco son razonables?

—¿Al mes?

—Al día, claro.

Esta vez John no pudo contenerse. La carcajada fue enorme, cristalina e imparable.

Lizzy lo miró sin comprender. ¡Qué tipo tan grosero! Tenía que quitárselo de en medio cuanto antes.

—Será mejor que lo dejemos por hoy —terció el religioso, nervioso—. Y tú, hija mía, te ruego que vengas más tarde a la capilla a rezar conmigo. Me temo que es lo único que puedo hacer por ti. Necesitas a un profesional. A un buen profesional. Y quizá ayuda de las autoridades.

El pastor se puso de pie, y los otros lo imitaron. El jovencito intentó acercarse a Lizzy, pero no lo dejaron. Siguieron a su líder hasta la puerta de salida, por donde desaparecieron, camino de la capilla.

En la sala solo quedaron Lizzy y John. Ella no se había

atrevido a levantarse al comprender que sucedía algo raro, muy raro. Y él..., él había conseguido refrenar su risa, aunque a duras penas.

—¿Se puede saber de qué te ríes? —le preguntó molesta.

—¿Aún no te has dado cuenta? —John respiró hondo, a ver si aquel divertido cosquilleo tras las costillas se acababa.

—Creo que te burlas de mí. Eso creo.

—En absoluto. Solo que eres muy graciosa.

—Lo dudo. Nunca lo he sido. Más bien lo contrario.

—De hecho, hacía años que no me reía con tantas ganas. Te lo agradezco. Por cierto, me llamo John.

Ella lo miró con ojos entornados. ¿Qué estaba sucediendo allí? ¿Por qué era amable? ¿Por qué se presentaba como si nada? Debía andarse con cuidado.

—Elizabeth.

—Bonito nombre.

—Pero me llaman Lizzy.

—Me gusta aún más.

La sonrisa no se había desdibujado de los labios de John. Ahora que lo miraba con más detenimiento, Lizzy casi podría jurar que era un tipo guapo. Desde luego los ojos azul verdoso eran llamativos. Pero... ¿qué estaba diciendo? Aquel tipo quería algo. Y cuanto antes descubriera qué era, antes podría largarse.

Intentó ser cauta.

—¿Es posible que me hayas estado siguiendo? —le preguntó.

—Es posible.

—No será por lo de tu... furgoneta, ¿verdad?

—Se llama Rosemary.

—Como mi abuela. —No pudo evitar sonreír.

Era la primera vez que John veía aquel gesto en sus labios, y llegó a la conclusión de que haber ido en su busca había sido una buena decisión.

—Eres graciosa, de verdad.

Aquello tenía el aspecto de ser infinito y Lizzy empezaba a impacientarse. Se puso de pie: había sido amable, no había levantado la voz ni pataleado. Así que lo mejor era retirarse.

—No tengo mucho tiempo. Me ha gustado conocerte. Os deseo a Rosemary y a ti lo mejor. Una larga vida y muchos hijos. Hasta la vista.

—Espera, espera —la detuvo John cuando ella ya se dirigía a la puerta de salida—. No he dicho que hayamos quedado en paz.

Lizzy se giró, dispuesta a pelear si fuera necesario.

—Yo no tuve la culpa.

El rostro de John seguía sereno, incluso podría decirse que había un fondo de burla en su mirada.

—Hay dos opciones. O llamamos a la policía y que ellos decidan quién debe pagar los desperfectos, o...

—¿O? —se estaba empezando a impacientar.

—O tú me lo pagas en especie...

«Pero será...» ¿Con quién se había creído aquel tipo que estaba hablando? Quizá no estuviera en el mejor momento de su vida, de hecho, estaba en el peor; quizá no tuviera todo el tiempo del mundo, más bien estaba huyendo de la policía; quizá fueran escasos sus recursos económicos, por no decir que no tenía una sola moneda en el bolso... pero era Lizzy Bennet. Lizzy Bennet. Y aquel nombre, para miles, millones de mujeres, era el de alguien que sabía conducirse en cada momento respetando sus principios por encima de los convencionalismos.

—... lavando a Rosemary —zanjó John sus pensamientos de autoafirmación cuando al fin pudo terminar la frase.

Ella lo miró, anonadada.

—¿Lavar esa cochambre?

—Es una buena oferta. En un par de horas puedes tenerla

lista, y tú y yo nos despediremos como buenos amigos. ¿Te parece buen trato?

Aquel tipo estaba rematadamente loco. Quería que le fregara la furgoneta. Se anotó mentalmente tener cuidado de ahora en delante de los hombres como aquel, aunque, pensándolo mejor, todo auguraba que ella estaría rodeada de mujeres vestida de naranja para el resto de su vida: «Borrar nota».

—¿Si te dejo reluciente ese trasto estaremos en paz?

Él levantó la palma de la mano.

—Lo prometo.

Aún se lo pensó un poco más. ¿Cómo se lo diría a Ana? Tenía que darle una vuelta a aquello. Además, la retrasaría bastante y cada minuto que permaneciera en carretera aumentaban las posibilidades de ser detenida. Sin embargo, quizá fuera un precio justo por quitarse a aquel pesado de encima.

—De acuerdo —aceptó el trato.

Él amplió la sonrisa a la vez que se metía las manos en los bolsillos. Lizzy creyó ver que se sonrojaba. ¿Era eso posible?, pero fue algo tan breve que concluyó con que se lo había imaginado.

—Incluso te echaré una mano —le dijo John, colocándose a su lado y acompañándola a la salida.

—¿Dónde está la trampa?

—No hay trampa, pero de alguna manera tengo que agradecerte los diez minutos más divertidos de mi vida.

—No entiendo...

—Esto no era una terapia para dejar de fumar, así que mientras tú hablabas de cigarrillos ellos entendían otra cosa.

Señaló el cartel que estaba pegado en la pared, detrás de donde había estado sentada Lizzy, razón por la que no lo había visto.

SESIÓN GRUPAL: HOY, LA ADICCIÓN AL SEXO

—No ha sido culpa mía —dices, buscando mis ojos.

Me conoces lo suficiente como para saber que puedo llegar a creerte, sin embargo, te olvidas de que soy una mujer de principios. Sí, de principios. Me han enseñado a separar claramente lo bueno de lo malo. Lo importante de lo superfluo. Aquello por lo que merece la pena luchar o las batallas perdidas de antemano.

—Sabías quién soy. —Es un reproche. Conocerme es lo peor que puede haber pasado.

—Elizabeth Bennet —te burlas para que yo no siga enfadada—, una heroína de novela.

—Supiste quién era.

—No mando en lo que siento, Lizzy. Tú tampoco.

—Pero...

No puedo continuar. Ni tú ni yo somos dueños de nosotros mismos, ¿verdad? Deseo que aquella conversación se acabe en ese mismo instante, con la misma fuerza que ruego que no termine nunca porque, una vez nos digamos las últimas palabras, estas deben ser, de verdad, las últimas palabras.

—Tienes que dejar que me explique, Lizzy.

—No hay nada que explicar.

—Yo no...

—Y yo tampoco —te interrumpo—. Pero ya no es posible. Y lo sabes. Por eso no entiendo qué haces aquí.

Me vuelvo hacia la ventana. Por alguna razón estas vistas impersonales de mi ciudad consiguen calmarme.

Este apartamento fue un regalo de papá. Difícilmente una librera, por muy bien remunerada que esté, podría pagarse un piso en la esquina de la Séptima con Stonewood.

Tía Agatha me ayudó a decorarlo y me regaló algunos muebles de la abuela. Aquella escribanía podría pagar dos años de alquiler en la mejor zona de la ciudad y sobre la superficie de esta mesa han comido cuatro generaciones de Bennet. Según mi tía era también la tabla donde los amortajaban.

Amo mi vida, amo mi trabajo, amo la forma en que me he conducido todos estos años, aunque posiblemente haya frustrado las expectativas que otros tenían sobre mí.

Para papá siempre fue un pequeño fracaso que su pequeña Lizzy no estudiara leyes, como él, y heredara su sobrevalorado bufete donde sus clientes juegan a creerse dioses. Licenciarme en Literatura Inglesa era como un logro menor, un ligero desperdicio, algo curioso, casi amable, pero que tenía poca utilidad en el mundo de los negocios donde él sobresale.

Para mamá es triste que con veintisiete no tenga un «proyecto de vida». ¿Existe eso? ¿Un proyecto de vida? Pensaba que simplemente te enfrentabas al mundo cada mañana, como podías, con las herramientas y armas que hubieras conseguido confeccionar con esfuerzo, suerte y ahínco, y te retirabas de noche a esperar de nuevo la luz del sol. Para mamá su «proyecto de vida» implica una boda en la catedral, una casa en el campo y un par de críos vestidos con puntillas.

Incluso para tía Agatha soy algo no resuelto. Una curiosidad por la que siente ternura. Es la única que me apoyó cuando decidí trabajar en la librería. Aquello era algo muy «de señoritas de buena sociedad». Creo que piensa más en los cócteles y presentaciones que en los empolvados estantes. Pero en el fondo sabe que una experta en literatura inglesa del XIX no puede pasar el resto de su vida despachando libros. «Una tendera elegante», dijiste una vez sin darte cuenta de hasta dónde lo sentí como una daga. Tía Agatha, en secreto, muy en secreto, piensa que mi potencial está echado a perder.

¿Qué potencial?, me pregunto. Soy esto que ves. Para bien o para mal. Más todo aquello que hago para superarme, para ser mejor, para ser aceptada. Sí. Tengo la sensación de que he llegado hasta aquí rodeada de personas que no me conocen, que no saben de mí nada más que aquello que quieren proyectar de ellos mismos. Y yo solo necesito poder pasear por el parque si no es día de lluvia y leer a Jane Austen.

Miento. Ahora te necesito a ti, mi querido míster Darcy. Te necesito a pesar de lo que ahora sé. De la imposibilidad de que tú y yo volvamos a encontrarnos jamás a solas, a escondidas, ni siquiera para preguntarnos cómo nos marcha la vida.

Me vuelvo, a enfrentarme con tus ojos. Es entonces cuando encuentro la fuerza necesaria.

—No quiero que volvamos a vernos.

—Lizzy...

No te dejo decir nada. Cinco frases más y me habrías convencido de que la Tierra es tan plana como una torta de maíz. Mi única defensa contra ti es la huida, y el hecho de huir ya es algo que apenas he aprendido a hacer.

Voy hasta la puerta y la abro con una determinación tan firme que me asusto. Después me giro para mirarte una última vez. Uno. Dos. Tres... Antes de llegar a cuatro tú suspiras, bajas la cabeza y tomas el maletín para dirigirte a la salida.

Me tiemblan las piernas porque sé lo que significa que

atravieses esta puerta. Una mitad de mí necesita que lo hagas. La otra está gritando que te detengas, que no avances un solo paso más, que no puedes atravesar un umbral que lo llenará todo de oscuridad.

El corazón me late tan fuerte que temo que pueda detenerse. Esta idea me hace pensar que quizá se detenga para siempre una vez te vayas. ¿Es eso posible? ¿Qué se vuelva insensible a cualquier otra forma de amor?

Justo cuando vas a abandonar mi apartamento te quedas inmóvil, levantas la cabeza y me miras a los ojos. Uno. Dos. Tres. Cuatro.

Mantengo la mirada, como un reto, como algo imposible, y tú lo haces.

Sueltas el maletín y vienes hasta mí.

Observo qué forma tiene el deseo, la misma que el hambre. Pupilas dilatadas y algo intangible como el aliento. Lo veo en ti y lo siento en mí. Es como si me sumergiera en un baño de aceite tan denso que apenas me deja moverme, tibio y salado, que acaricia mi piel mientras se introduce por cada uno de sus poros.

Me tomas por la nuca y me besas.

Me besas.

Sabes que no puedo resistirme a tus labios, que estoy indefensa ante ellos. Y, sin embargo, en un momento así intentas resolver lo nuestro con uno de tus cálidos besos.

Y entonces comprendo que no hay nada que yo pueda hacer. Que estoy perdida para siempre, repudiada, desahuciada de mí misma. Oigo la voz de los otros juzgándome, el fuego de mi conciencia abrasándome, todos mis principios arrasados por el vendaval de la vergüenza.

Pensaba que aquel último beso iba a ser... Pensé en los cuentos de hadas, simplemente. Sin embargo, mientras tus labios, tu lengua, juegan con los míos, mi mente se llena de todo aquello que estoy traicionando y, sobre todo, de cómo me estoy vendiendo a mí misma.

—No —digo mientras te aparto con una mano firme sobre tu pecho.

Me miras sorprendido. Estás tan seguro de que ese beso va a derribar todas mis defensas.

No sucede nada más. Recoges una vez más tu maletín y abandonas mi casa, sin mirar atrás una sola vez.

Y entonces comprendo que aquello no es una victoria, sino mi primera derrota. La primera de los miles que me quedan el resto de mi vida.

✿

—¿Te importa si nos retrasamos un par de horas? —preguntó Lizzy en voz baja.

Ana acababa de llegar de su largo, larguísimo paseo, y estaba inspeccionando el equipaje, que había dejado en la taquilla del albergue, por si faltaba algo. La suya había sido una mala noche. Terrible sería la palabra correcta. Su vida hasta aquel momento se había reglado por la salida y la puesta de sol, por la siembra y la recolección del maíz, por la época de crianza y de sacrificio del ganado. Conocía al detalle lo que sucedería mañana, y pasado, y la próxima estación. Sabía los nombres y apellidos de todos sus vecinos, si un caballo tenía tendencia a cabecear a la derecha o si en una loma se daba mejor cultivar maíz que alfalfa. Pero aquella noche no solo había compartido habitación con un nutrido grupo de desconocidas, sino que había comprendido que aquel viaje no era la búsqueda de un amor perdido, sino la búsqueda de ella misma.

Por eso había tenido que dar un largo paseo.

Sus piernas y su cabeza estaban extrañamente conectadas y cuando necesitaba pensar tenía que caminar, perderse. Y acababa de comprender que aquella era la primera vez en su solitaria existencia que estaba perdida de verdad, porque hasta ese mismo instante siempre había sabido a dónde la llevarían sus pasos.

No volvía con ninguna respuesta. Aunque eso no era del todo cierto.

De regreso, traía la absoluta certeza de que debía tener cuidado, y de que quizá aquel viaje trajera alguna decepción para la que debía de estar preparada.

—Pensé que desayunaríamos algo rápido y nos largaríamos de aquí. —Estaba ansiosa por subirse de nuevo al coche y echar millas a sus espaldas.

—Y eso haremos, pero ha surgido un imprevisto.

Lizzy, sin pretenderlo, miró hacia fuera, donde John esperaba al otro lado de la calle.

Había decidido acompañarla al albergue cuando le dijo que quería hablar con su compañera de viaje antes de cumplir su parte del trato; no había sido tan estúpido de dejarla sola. Ella tampoco lo hubiera hecho en su situación. Sabía que se largaría en cuanto tuviera la oportunidad. Aquel tipo era un grano en el culo, pero hasta Elizabeth Bennet era capaz de saber cuándo debía claudicar y atenerse a las consecuencias. En aquella ocasión era mejor cumplir ese ridículo acuerdo que intentar escaparse. Le quedaban muchas millas por delante, y llevar a un tocapelotas a la zaga nunca era una buena idea. ¿Qué diría tía Agatha en una ocasión así? Algo referente a que hay que cerrar el pasado para enfrentarse al futuro. El peor consejo del mundo. El peor consejo para Lizzy.

—Un imprevisto —repitió Ana.

—¿Ves a aquel tipo? —Lo señaló con disimulo a través del cristal—. Es un viejo amigo. Está en dificultades y me ha pedido ayuda. No me he visto con fuerzas para negarme.

Ana se giró sin la menor cautela para observarlo. Era un buen ejemplar. Permanecía al otro lado de la calle, con las manos en los bolsillos. ¿Uno noventa? Nunca había sido buena para los tamaños. Espaldas anchas y caderas estrechas. La camiseta negra, a pesar de ser holgada, indicaba una buena forma física. Atractivo más que guapo, tenía una expresión que gustaba de inmediato. Quizá porque emanaba confianza, o porque no había en él el menor rastro de prisa, de urgencia. Como si el mundo se pudiera acabar en cualquier momento y no importara, porque hasta ese mismo instante su vida hubiera sido como tenía que ser.

—¿Es algo grave? Lo de ese joven. Yo puedo echar una mano.

—Sí... Bueno, no... Necesita que le descargue la... furgoneta.

Ana la miró con incredulidad para después volver a echarle una ojeada a John.

—Entiendo que... no podrá seguir adelante con la «furgoneta» cargada, claro.

«¿Ironía?», pensó Lizzy. Había creído incapaz de ironizar a su compañera de viaje. Todo indicaba que para Ana las cosas eran claras y sencillas. Jamás tomaría una curva si había una línea recta que llegara al mismo sitio.

—Es muy escrupuloso —inventó sobre la marcha—. Ya sabes. Una de esas enfermedades: toallas ordenadas de menor a mayor, botes de legumbres por orden alfabético, cruzar por donde hay paso de cebra.

De nuevo Ana lanzó una larga mirada a John. Se había apoyado en la pared y se apartaba el largo cabello rubio de la cara, aunque el viento se lo dificultaba. No estaba segura, pero parecía que tenía los ojos claros. Le sentaba bien la barba. Una barba siempre le sienta bien a un hombre.

—Es muy atractivo.

—No está mal.

Lizzy empezaba a ponerse nerviosa. Estaba convencida de que Ana era la «víctima» perfecta. Simple y manipulable. Sin embargo, ahora lo dudaba. Había algo extraño en su expresión. Algo que empezaba a tomar el aspecto de la desconfianza.

Al fin Ana dejó de analizar a aquel tipo tan interesante y se volvió hacia su compañera. Las cejas fruncidas dieron paso a una expresión divertida y curiosa.

—No es necesario que te busques una excusa —le palmeó el hombro—. Yo, con tu edad, también querría un revolcón con alguien como él.

Ahora fue Lizzy quien miró hacia la calle. ¿Un revolcón? John había cruzado los brazos y en su cabeza apareció la palabra «bíceps» tatuada en el córtex cerebral. Tenía buenos bíceps. El viento los dejaba entrever cuando ajustaba la camiseta sobre su piel, duros y firmes, como... Pero... ¿De qué estaba hablando? ¿En qué estaba pensando? ¿Liarse con él? ¿Con el dueño de Rosemary? ¿Estaba loca?

—No... Yo no... —tartamudeó.

—Vete, no te preocupes —la animó Ana con una sonrisa cómplice—. Voy a atravesar medio país detrás de alguien a quien hace tres décadas que no veo, ¿cómo podría no comprenderlo? Bendita juventud. Cuando creas que es la hora de marcharnos me encontrarás en la capilla.

Aquello la rayó aún más.

—No había imaginado que fueras religiosa.

—Y no lo soy, pero creo que es el único sitio de este lugar donde no debe de haber chinches.

—¿Cuál es el plan? —preguntó Lizzy analizando deteni-
damente la embarrada furgoneta.

—Tú por fuera y yo por dentro. ¿Qué te parece?

Habían trasladado a Rosemary a un lugar más tranquilo,
detrás de la iglesia, fuera de las miradas indiscretas de los
transeúntes. Y lo curioso era que no se trataba de una sugerencia de Lizzy, sino de una iniciativa de John.

—Esa idea me parece una pesadilla, pero no me dejarás
marchar si no cumplo mi parte del trato.

—Así es —confirmó él, corroborándolo con sus cejas al-
zadas.

John sacó del interior unos cubos, detergente, rollos de papel de cocina y un par de estropajos. Ella bufó con desgana. En
aquel momento tendría que estar echando millas fuera, en vez
de sacándole brillo a aquel trasto. Decidió que era mejor no
quejarse y ponerse a trabajar: cuanto antes terminara, antes podría irse. Cuanto antes se fuera, antes dejaría de ver a aquel tipo.

—Cuanto antes empecemos... —Sus labios fueron como
un eco.

—... antes terminaremos.

—¿Por qué terminas mis frases?

—¿Te han dicho alguna vez que eres bastante susceptible?

Ella volvió a bufar, pero no dijo nada. Decir que un millón de veces la dejaría en muy mal lugar.

Mientras John iba a por agua Lizzy trazó un plan de trabajo: baldear, enjabonar y aclarar, de abajo arriba, y sin dejar que nada se secara por sí solo.

Ambos se pusieron manos a la obra. John se encargó del interior, sacando cajas, un par de viejas tiendas de campaña, un colchón que dejó de pie sobre cartones, un infiernillo, utensilios de cocina y varias bolsas de viaje. Lo desplegó todo al aire libre y se dedicó a desempolvar, para después dar un buen repaso a la superficie. Lizzy aplicó toda su meticulosidad al exterior. Baldeó, enjabonó y frotó cada recodo, cada plano inclinado, o recto, que después empezó a lustrar con un paño seco.

Todo aquello se fue desarrollando bajo un discreto cruce de miradas que duraba el tiempo en que el otro se daba cuenta. Para John, había algo en aquella mujer que le intrigaba sobremanera. Algo extraño. Algo distinto. Por supuesto algo tenía que ver su belleza, porque debajo de aquel labio magullado y de la tirita que cruzaba su frente, había una mujer atractiva. Pero era algo más. Quizá la fuerza que emanaba de ella, rayana en la exasperación, o la actitud combativa, arriesgada, que lo tenía subyugado.

Lizzy, por su parte, empezaba a sentir cierta curiosidad por aquel tipo. También deseo, había que reconocerlo, pero sobre todo le intrigaba saber por qué aquel empeño en cobrar una deuda ridícula. ¿Quizá por orgullo? ¿Por salirse con la suya?

En algún momento ella se detuvo en la cansada tarea de sacar lustre a una superficie medio oxidada.

—No suelo fiarme de los demás —murmuró lo suficientemente alto como para que John la oyera.

Y él lo hizo. Y la miró sin comprender.

—Creo que me he perdido algo

—Has dicho que soy susceptible, y así es. Lo soy porque no me fio de la gente —añadió sin mirarlo a los ojos, mientras volvía a frotar enérgicamente un tapacubos.

Él dejó lo que estaba haciendo y se quedó observándola. Allí, con la camiseta empapada, las manos rojas por el agua fría y de nuevo aquel brillante cabello oscuro despeinado, estaba preciosa. Quizá no en el sentido tradicional, pero había algo en aquella chica, una recia fortaleza bajo aquel torrente de aparente fragilidad, un trazo de decencia bajo sus formas de desalmada, que lo tenían completamente desconcertado y, por qué no decirlo, interesado.

—Ser precavida está bien. En exceso, te hace perderte una parte de lo que sucede a tu alrededor.

—No lo entenderías.

—Inténtalo.

Ella ahora sí lo miró a los ojos directamente. A aquella llanura azul y sorprendida. Sí. Desde que habían empezado a adecentar a Rosemary lo había hecho varias veces, siempre con disimulo. Era curioso, pero aquel tipo parecía ser exactamente lo que era, y en ese momento de su vida un hecho así se convertía en algo por completo extraordinario. La sonrisa burlona de John no se había desdibujado de sus labios mientras cargaba mochilas y desempolvaba cachivaches. También era extraño, pero teniéndolo cerca se sentía tranquila. Todo lo tranquila que alguien en su situación podría sentirse, claro.

El sudor y el agua habían hecho que la camiseta se pegara al cuerpo de John. «Pectorales.» Bíceps y pectorales, lo que indicaba muy posiblemente la existencia de abdominales... «Lizzy, pero ¿en qué estás pensando», se recriminó.

Durante aquellas miradas furtivas también se había dado cuenta de que John estaba muy pendiente de ella. Lo había pillado con los ojos clavados en más de una ocasión, para apartarlos en cuanto se cruzaba con los de ella, no sin antes ampliar su sonrisa.

No. No se sentía incómoda, cuando lo lógico era que en una situación como aquella solo quisiera largarse de allí.

—No soy la mujer encantadora que ves —dijo al fin.

—¿Encantadora? —boqueó, casi cómicamente.

Ella puso los brazos en jarra, pero sonrió, y John sintió algo extraño en el estómago.

—No tienes sentido del humor.

Él tuvo que carraspear. La sonrisa se le había desdibujado, pero solo fue un instante, lo que tardó en recuperarse.

—Contigo estoy desarrollándolo, desde luego.

Lizzy se puso seria. El humor era una buena medicina, pero nunca la cura.

—Quiero decir que... mi vida ha sido complicada. Muy complicada.

—No quiero robarte méritos, pero la mayoría de las vidas están llenas de problemas. Muchas veces depende de la actitud que tomemos ante ellos.

—Te aseguro que no es tan fácil.

John creyó ver, quizá por primera vez, un alma dividida. Algo roto que luchaba por recomponerse, como la mitad invisible de uno mismo. Aquello le afectó más de lo que se atrevía a reconocer, pero luchó para que no se le notara.

—Supongo que no —contestó.

—Tengo que llegar cuanto antes a San Cayetano. Una vez allí... Bueno, creo que a partir de ahí me da igual lo que suceda.

Dudó si decirlo, pero no quería ocultarle nada.

—¿Tiene algo que ver con la policía?

Como esperaba, aquello hizo que de nuevo Lizzy se tensara, cruzara los brazos sobre el pecho y la mirada se le crispara.

—¿Cómo sabes eso?

—Vinieron a hablar conmigo al otro lado del puente, mientras intentaba arreglar el parachoques.

Aquello cambiaba bastante las cosas. Así que no era casualidad que John intentara ser amable con ella. De nuevo la lección aprendida con sangre le gritaba que no bajara la guardia. Que no se fiara de aquellos que se acercaban con buenas intenciones. Avanzó un paso hacia él.

—¿Qué les dijiste?

John se encogió de hombros. Por la expresión que había adquirido el rostro de Lizzy acababa de comprender que había sido un error sacar a colación aquel asunto, pero era algo que ella debía saber, y tenía que asumir si había consecuencias.

—Les dije que no sabía por dónde te habías largado. Tomaron la dirección equivocada, no te preocupes.

Ella dio un paso más. Los ojos no mentían y tenía que asegurarse de que los de John decían la verdad.

—¿Y qué te dijeron?

Él tuvo que humedecerse los labios. Su proximidad...

—Me dijeron que tuviera cuidado contigo. Que eras peligrosa.

—Lo soy.

—No me lo pareces. O quizá no me dé miedo el peligro.

—No todos parecemos lo que somos en realidad. Yo de ti les haría caso.

—Debes deshacerte del teléfono móvil —cambió John el curso de una conversación que no le gustaba—. Saben quién eres y pueden rastrearlo.

—Solo pongo la batería cuando es imprescindible. Como ves, sé lo que hago.

Eran grises. Los ojos de Lizzy. No verdosos. John se descubrió perdido allí dentro, en un lugar donde había tormentas y huracanes. Era una sensación extraña que le atraía tanto como le disgustaba. Empezaba a preguntarse qué hacía allí, por qué iba detrás de aquella mujer, por qué empezaba a comportarse como un estúpido.

—Así que no les has hecho caso —casi murmuró Lizzy—. No has tenido cuidado conmigo.

—No, no lo he hecho.

—¿Por qué?

En verdad no lo sabía. No había querido detenerse a hacerse aquella pregunta.

—Creo que hay dos motivos posibles: o porque me gustan las mujeres peligrosas, o porque me pareciste alguien interesante de conocer.

Seguían siendo transparentes, sin mácula, un campo antes de la siega, pensó Lizzy. Sus ojos. Azules. Allí no había un secreto, ni una mentira. No que se apreciara a simple vista. De todas formas, no podía fiarse de él. De lo que hiciera en las próximas horas. De los próximos días dependían demasiadas cosas, personas a las que amaba.

John, por su parte, intentaba mantenerse impasible ante la proximidad de Lizzy. No recordaba muy bien la última vez que se había puesto nervioso por la cercanía de una mujer, quizá porque eso no había sucedido jamás. No así, al menos. Su cabeza era un torbellino que fluctuaba entre la cuestión de qué le estaba pasando y la necesidad de estirar tanto como fuera posible aquel momento.

—¡Estabas aquí! —Se oyó una voz aproximarse—. Pensé que me habías abandonado.

Eve apareció portando un par de cervezas, mientras los miraba de aquella manera indefinible con que solía abordarlo todo cuando escapaba a su comprensión.

La extraña fascinación que se había creado entre Lizzy y John se volatilizó como una bocanada de helio. Ambos se pararon, dando la impresión de que habían hecho algo reprobable.

La mujer que se acercaba a ellos era impresionante. Lizzy la miró con cierta fascinación: no solo era bonita, sino que su cuerpo era escultural, y la forma de moverse... Se asemejaba a un felino que, despacio, acechaba a una presa con la que medirse.

—Tú debes de ser... —le preguntó Eve cuando estuvo a su lado.

Lizzy se metió las manos en los bolsillos traseros del pantalón. Por algún motivo solo quería marcharse de allí.

—¿Vosotros dos...? —medio preguntó.

—No —dijo John.

—Sí —dijo Eve.

Ambos se miraron, pero fue ella quien lo aclaró.

—Es complicado de explicar.

El silencio implosionó como una lápida de mármol. «Así que son pareja», pensó Lizzy. De pronto se sintió una estúpida. Acaba de descubrir que había confundido las buenas intenciones con otro tipo de intereses. Y lo peor de todo: no se había sentido mal por ello.

—Eve —terció la amiga de John.

—Elizabeth.

—¿Debemos preocuparnos? La policía nos advirtió sobre ti.

De nuevo el aire se volvió tenso alrededor, como una pasta densa.

—No sería una mala idea.

—Era broma —hizo como que le quitaba importancia para volverse hacia la furgoneta—. Habéis hecho un gran trabajo.

Rosemary era, al menos, agradecida.

Después de sacudirle una gruesa capa de polvo y barro, los colores de la furgoneta de John brillaban al ligero sol del mediodía. El desvaído tono plátano resultó ser un precioso amarillo real, y las flores desdibujadas en las puertas estaban, según comprobó Eve, perfectamente delineadas a pesar de las décadas que debían de haber pasado desde que la brocha las creó. Guardabarros relucientes, tapacubos todo lo bien que los numerosos accidentes geográficos de su superficie permitían, y cristales tan nítidos que parecían el espejo de Blancanieves.

—Mi parte del trato está cumplida —dijo Lizzy, empezando a retirarse.

—Quieres tomar algo, quizá... —A John le resultaba curiosamente insoportable la idea de que se fuera sin más.

—No. Mi compañera me espera. Las dos debemos largarnos cuanto antes.

—Es posible que nos veamos de nuevo —comentó Eve, más por indagar las intenciones de aquella mujer que porque en verdad lo deseara—. Parece que llevamos la misma dirección.

—No lo creo —en aquel momento lo único que deseaba era marcharse de allí—, de hecho, lo veo bastante improbable.

—Estoy de acuerdo contigo —contestó Eve.

Sin más dio la vuelta y se marchó en busca de Ana. No soportaba un minuto más. Quería olvidar aquellas dos horas, a aquel tipo, cualquier cosa que la apartara de su cometido.

Por su parte, John la vio desaparecer sintiendo una incompresible sensación de desconcierto. ¿Qué le estaba sucediendo? ¿Por qué aquel interés? ¿Aquella urgencia por estar cerca? ¿Por saber más de ella?

—Por favor, olvídala —le rogó Eve.

—Eso hago.

—Vámonos. —En su voz había un deje de amargura—. Si algo no tengo es tiempo que malgastar.

El sedán negro estacionó al otro lado de los surtidores. El agente Collingwood fue el primero en descender. Se abrochó la chaqueta y miró alrededor: una gasolinera impersonal en un área de descanso de autopista por donde cada día pasaban miles de viajeros, anónimos, veloces. Un lugar de paso en el que la individualidad se diluía hasta hacerte invisible.

Aquella mujer, Elizabeth Bennet, no era estúpida. Incluso presionada por la desesperación sabía lo que hacía. Casi podría ser admirable si no se tratara de una asesina.

Collingwood había sido el primero en sospechar de ella. «¿La bibliotecaria? Eso es imposible», había dicho su compañero. «Es una chalada. Todos con los que hemos hablado nos han dicho que no está bien de la cabeza.» Y quizá tuviera razón, pero había tenido la oportunidad, el móvil y carecía de coartada. Una persona había muerto de forma violenta y desde el principio estuvo convencido de que aquella bibliotecaria había tenido mucho que ver en ello. Fue más tarde, cuando llegaron los primeros resultados de la policía científica, cuando sus sospechas se confirmaron: su vestido manchado de sangre se había localizado en un contenedor de basura cercano, sus huellas estaban por todas partes en la escena del crimen y, además, estaba lo de la nota. Cuando conocieron lo que había hecho en el pasado solo hubo que atar cabos.

Collingwood volvió a mirar alrededor. Aquella era la sexta estación de servicio que visitaban y todas parecían iguales. Cuando se le unió su compañero solo tuvieron que intercambiar un par de palabras para que cada uno supiera qué debía hacer. Mientras el otro se dirigía a hablar con el personal de la gasolinera, él fue directo a la destartalada cafetería donde servían comida barata a los que necesitaban descansar o coger un autobús para los confines de un país salvaje.

—Un largo día —comentó al entrar, apoyando un codo en la barra.

—Como otro cualquiera —contestó el camarero sin mirarlo apenas.

A aquella hora el establecimiento estaba casi vacío. En las cocinas se oía el ruido de cacharros y voces apagadas, pero en la barra solo estaba aquel individuo que secaba y ordenaba cubiertos en una batea blanca.

—¿Desea tomar algo? —le preguntó a Collingwood.

—Agua. Con gas.

Sin prisa, terminó de secar el puñado de tenedores que tenía entre manos y solo entonces fue en busca de una fría botella de Perrier.

—¿Cuántas veces se llena al día este salón?

—Más de las que desearía, pero hay refuerzo de turno en las horas punta y cuando llegan los autobuses.

—Mucho personal.

—El resto del tiempo cubrimos la barra un compañero y yo, así que siempre hace falta gente.

—¿Ayer tarde le tocó trabajar?

El camarero prestó por primera vez atención a aquel cliente: traje impecable, corte de pelo cuidado, mirada limpia y transparente. Conocía a los tipos como aquel. Si quería algo iba a ir a por ello. Siempre era igual. Y este parecía que necesitaba información.

—Esta semana hago turnos dobles. Estoy aquí todo el día.

Collingwood asintió y, despacio, sacó una foto del bolsillo interior de su americana que dejó sobre el mostrador.

—Busco a esta mujer.

El camarero apenas le echó un vistazo.

—No la he visto.

—No la ha mirado. Hágalo de nuevo.

—No quiero problemas.

—Por eso le he pedido que la mire de nuevo. —Le sonrió de forma amable—. No desearía que tuviera problemas.

Policía, asesino a sueldo, gánster. Le daba igual lo que fuera aquel tipo, pero todo en él hablaba de dificultades. Tomó la fotografía y la llevó a la altura de la vista, donde tenía más luz. Se trataba de una mujer joven y bonita, de pelo oscuro y ojos claros. Estaba apoyada en una balaustrada de mármol blanco que daba a un jardín frondoso. Pantalón blanco inmaculado y camisa del mismo color perfectamente planchada. Se la veía feliz, sonriendo a la cámara. Apenas joyas, pero de calidad. Aquel tipo de mujeres no solían dejarse ver por allí. Sin embargo...

—Ayer. Por la noche. Antes de que llegara el autobús nocturno. Había poco trabajo. Siempre pasa cuando terminan las cenas.

—¿Seguro que es ella?

—Sí. No al cien por cien. Ayer tenía otro aspecto. Aquí parece, no sé... Aquí parece una de esas mujeres blancas y ricas, pero ayer estaba demacrada, y algo magullada. Quizá problemas con las drogas. Esa gente nunca tiene suficiente. Se lo digo yo. Tenía un corte en el labio y otro aquí. —Se señaló la frente—. Parecía un polluelo expulsado del nido. ¿Ha hecho algo?

—¿La vio marcharse? —Collingwood no prestó atención a su pregunta.

—No me fijo en los clientes una vez pagan.

—¿Vio su coche?

—No. Llegó, pidió un sándwich de los baratos, un café, y se sentó con la otra mujer.

Ahora el agente sí arrugó la frente.

—¿Con qué otra mujer?

—Hispana. Madura. Agradable.

Aquello sí que no lo esperaba. Hasta ahora todo indicaba que Elizabeth Bennet había actuado en solitario. ¿Era posible que se les hubiera escapado algo?

—¿Llegaron juntas?

—No que recuerde. Pero sí se marcharon a la vez, en cuanto la otra devolvió el billete de autobús.

—¿Qué billete? —No entendía muy bien qué pasaba, pero aquello era importante.

—Es más habitual de lo que se imagina. En la era de internet, quien viene a un lugar como este sin un billete en el bolsillo, o es que no tiene a donde ir o está desesperado. Da igual el norte o el sur.

—¿Para dónde era ese billete? —se impacientó.

—San Cayetano. Se lo vendí yo mismo. Esa era de las desesperadas. Creo que está cerca de la frontera.

Así que al fin habían dado con ella. Con la esquiva Elizabeth Bennet. La habían tenido al alcance de la mano hacía solo unas horas para perderla por un descuido y ahora...

Salió de la cafetería sin mediar palabra mientras el camarero respiraba tranquilo al verlo desaparecer. Su compañero le esperaba de pie, al lado del coche, tomando notas en una libreta.

—Aquí nadie sabe nada. ¿Has tenido suerte? —le preguntó.

—Esta vez sí. Ha estado aquí.

Aquello le arrancó una sonrisa que apenas duró un instante.

—Ufff. Hemos recorrido doscientas millas en cada puta dirección. Me huele el traje a gasolina.

—Te dije que en algún momento debía repostar y ha sido aquí.

—Tenías razón. Siempre tienes razón. ¿Y ahora?

—Va hacia el sur. Hacia la frontera. Si abandona el país la habremos perdido, y ya sabes cómo está el tema de las extradiciones.

—Sería una putada.

—¿Has llamado? ¿Sabemos si ha vuelto a conectar el teléfono móvil?

—No, y dudo que lo haga. Es lista y va a intentar despistarnos otra vez.

Collingwood cerró los ojos por un momento. Eso siempre lograba calmarlo, centrarlo, devolverlo al eje de aquello que le preocupaba. Aquel jodido caso se le escurría de entre los dedos.

Una simple librera, aunque de una de las familias más destacadas de la ciudad, que había sido despedida, condenada al ostracismo por los suyos, arrastrada hasta la indigencia, tenía en jaque a la mitad de la policía del estado. ¿Cómo era aquello posible?

—Ahora son dos —murmuró mientras buscaba un paquete de tabaco en el bolsillo de la chaqueta.

—¿Cómo que son dos?

—Retoma la orden de búsqueda —ordenó antes de dar explicaciones—. Ya no buscamos a una mujer sola. Ahora viaja con una compañera. Hispana, de mediana edad. No sabemos si es una cómplice o un rehén. O simplemente una ingenua que no sabe dónde se ha metido. En cualquier caso, intenta despistarnos y no podemos permitírselo. El tipo de la barra te dará la descripción. Voy a echar un pitillo.

—Esto es una gasolinera.

—Y yo me lo merezco —dijo mientras echaba a andar hacia la parte de atrás del complejo—. Aunque sepamos a dónde se dirige no va a ser fácil dar con ella, no te engañes.

Algo nuevo. Algo viejo. Algo azul. Algo prestado.

El vestido. El peinecillo con el que me recojo el cabello. Los tacones de vértigo. Las perlas con brillantes de tía Agatha.

Me miro en el espejo una vez más. Tantas y nunca es suficiente. Cada vez que me cruzo con mi imagen cambiaría algo de mi atuendo: un rizo de mi pelo, un centímetro en el escote, una puntada más en la cintura.

—Estás preciosa, no lo pienses más —dice tía Agatha apareciendo en la habitación. Lleva un traje largo color lavanda, elegante y sencillo, un ejemplo de buen gusto.

—Tendría que haber elegido el otro vestido. Este escote es demasiado discreto —me quejo sin razón.

—Y el otro era excesivo. Pareces una princesa. Eres mi princesa. Y tenemos que marcharnos o llegaremos tarde a la iglesia.

Tío Richard aparece canturreando una marcha nupcial. Necesita que le ajustemos la flor del ojal.

—¿Una o dos? —me pregunta, señalando el ramillete que mi tía se afana por recomponer.

—Una, si no la tía cumplirá su amenaza de exterminarte.

Los tres reímos, aunque yo lo hago solo para disipar este

nerviosismo. Vuelvo a mirarme en el espejo. Me he equivocado con el escote, pero ya no hay nada que hacer. Hace veinte minutos que deberíamos haber salido y yo sigo indecisa, como si a estas alturas pudiéramos cambiar algo.

—El coche está abajo y el chófer se impacienta —apremia mi tío.

Me cuelgo de su brazo y vuelvo a girarme una vez más hacia mi imagen reflejada. El precioso vestido largo, ligeramente bordado en las mangas y en la cintura, realza mi talle y hace más blanca mi piel. A mi lado, perfectamente ajustado en su chaqué, tío Richard se siente tan seguro como si siempre vistiera de etiqueta. Hacemos una pareja llena de matices. Me entran ganas de reír, pero sé que son los malditos nervios.

—¿Estás preparada? —me pregunta.

—Sí. Creo que sí.

Bajamos en el ascensor privado, recubierto de latón tan pulido como si fuera un espejo. Mi imagen dorada se repite infinitamente en cada una de sus caras, como una puesta de sol. Me digo que es una metáfora de cómo me proyecto en el futuro. A partir de hoy cambiarán muchas cosas y debo encontrar la forma con la que enfrentarme a este destino.

Salgo a la calle. El portero me dice algo agradable que apenas escucho, pero cuando veo el brillo en los ojos del conductor, el viejo chófer de mis tíos, sé que no me he equivocado. Me conoce desde la niñez y siente un tierno afecto por mí.

—Está usted preciosa, señorita.

Ahora sí. Ahora estoy segura.

Atravesamos la ciudad casi sin hablar. Solo mi tía tiene ganas de charlar e insinúa que tal o cual invitado no van a venir. Noto que mi corazón martillea en el pecho como un reloj que atrasa. Me pregunto si mis tíos lo oirán con la misma claridad que yo lo siento.

Cuando llegamos a la iglesia todos están dentro.

El chófer me abre la puerta y tío Richard me ayuda a bajar. Suspiro sin darme cuanta al recomponer mi vestido, que reluce con la luz dorada de la tarde.

—¿Adelante? —me pregunta mi tío, tendiéndome el brazo.

—Adelante.

Subimos la escalinata a paso lento. Al llegar a la entrada siento cierto temor. No es exactamente miedo, creo que es la inseguridad, la incertidumbre de qué sucederá de ahora en adelante.

Cierro los ojos y cruzo el atrio del brazo de mi tío.

Todos los ojos se vuelven hacia mí y yo noto cómo me sube el rubor a las mejillas. Saludo sin saber muy bien quiénes son. Siento que me abrazan muy ligeramente. Es uno de tus primos. Alguien me dice un piropo que yo recibo con modestia, como me enseñó mi tía. Al fin podemos avanzar por el pasillo central de la iglesia mientras decenas de ojos se posan en mí.

Solo entonces me atrevo a mirar al altar.

Allí estás tú, mi querido señor Darcy.

Impecable dentro de tu chaqué oscuro. Con la corbata gris plata, tal y como te sugerí cuando me preguntaste cuál debía ser tu color. El pelo pulcramente peinado hacia atrás. Un nardo en el ojal. Los zapatos relucientes. Tus dos amigos, haciendo de testigos, parece que te cubren los flancos, como una guardia de honor. Siento que me tiemblan las piernas. Es una sensación indescriptible, porque mi cabeza se llena de la certeza de que si doy un paso más me derrumbaré contra el suelo helado.

Me sonríes y yo te la devuelvo.

El murmullo de los invitados desaparece, y el brillo de las velas, y el aroma de las flores que decoran el altar. Todo se llena de ti. Es un momento prodigioso, único. Tú y yo solos en medio de una multitud. ¿Así será de ahora en adelante?

Una ráfaga de incertidumbre me recorre la espalda, ya no es miedo, ni ansiedad. Ahora es la duda de cómo gestionaré esto que siento.

Tu hermana abandona su bancada para acercarse hasta mí.

—Llegas tarde —me susurra, algo molesta, como es habitual en ella.

—Mi tía no encontraba los pendientes.

—Tenemos que sentarnos. La novia está a punto de llegar.

Y yo obedezco, a la espera de que ELLA nunca llegue, la mujer con la que hoy vas a casarte.

Cuando se separó de John, Lizzy supo que no podían continuar huyendo por la autopista.

Si él las había localizado con tanta facilidad, la policía las atraparía antes de que llegaran a la próxima estación de servicio. No les quedaba más remedio que abandonar la gran arteria de comunicación interestatal y sumergirse en los laberínticos caminos rurales. Perderían bastante tiempo, sí. Quizá un par de jornadas. Pero entre llegar y no llegar aquella era la única posibilidad.

El problema era cómo convencer a Ana sin que sospechara de por qué dejaban la rápida autopista para perderse por caminos polvorientos y llenos de baches. Así que cuando su compañera de viaje, que seguía contándole cómo distinguir el centeno sano del enfermo, cómo sacar las manchas de una sábana usando heces de murciélago, o cómo mezclar el tequila con la lima para conseguir el mejor margarita del mundo, dijo aquello, supo que esa era su oportunidad:

—¿Puedes repetir lo que acabas de decir?

—¿Sobre los margaritas? —se interesó Ana.

—No, lo que has dicho hace un momento.

—Que parece mentira que siendo granjera nunca haya

visto otras plantaciones que no sean los campos de maíz y centeno que cultivábamos en la finca.

Y tras un «¡Dios mío, Dios mío!» Lizzy dio el volantazo, haciendo que los coches que le seguían derraparan y tocaran el claxon, hasta que salió de la autopista por el carril de desaceleración, como una bala.

—¡Tachán! —anunció, con la sonrisa crispada en el rostro, a una Ana de mirada *ojiplática* que no tuvo palabras para responder mientras dejaban atrás la carretera—. Hoy vas a ver tantos *plantajos* diferentes que te va a parecer increíble.

La mancha blanca que se veía a lo lejos era un sembrado de algodón. «Eso no es maíz ni centeno, ¿no?» Lo sabía porque su padre, de niña, jugaba con ella a adivinar los tipos de cultivos que se desarrollaban a ambos lados de la carretera en sus viajes al interior. No, no es que su padre fuera un amante de la vida rural, se trataba más bien de que sabía invertir en bolsa y solía hacerlo sobre empresas agrícolas.

—Yo... Yo... —quiso responder Ana, que no entendía qué estaba pasando, pero el viejo Chevrolet ya circulaba por un estrecho camino pavimentado de tierra amarilla y un par de millas más tarde se vio envuelta en la textura algodonosa de las plantas.

—Aquello de allí es lino, y lo que está al otro lado deben de ser patatas —dijo Lizzy con fingido entusiasmo.

En aquel momento solo contaba con su intuición. El sol salía por el este y se ponía por el oeste, así que aquella dirección no podía ser otra que el sur. Y en el profundo sur estaba su destino.

Cuando llevaban un buen rato circulando, Ana llegó a la conclusión de que su curiosidad estaba saciada. Habían atravesado media decena de plantaciones distintas con un denominador común: todas eran idénticas.

—¿No deberíamos volver a la autopista? —dijo con prudencia.

—Tengo entendido que por estos caminos se acorta bastante.

—¿Más que por la autopista?

Era difícil responder a esa pregunta

—¡Es nuestra aventura! —El entusiasmo y las ideas inciertas siempre inflamaban a los demás.

—Tienes razón —convino Ana tras un suspiro, y Lizzy se sintió más tranquila—. ¿Sabes? Tengo las mismas ganas de llegar a San Cayetano que miedo de hacerlo.

—¿Y por qué?

—Más de treinta años sin vernos. Entonces yo era espigada, risueña, tenía un buen culo y me sonrojaba al hablar. Mírame ahora.

Apartó un momento la mirada de la estrecha carretera para contemplar a su compañera de viaje. Ana no tenía buen gusto a la hora de vestir: una amplia camiseta estampada con flores marrones, bermudas demasiado ajustadas y una gorrita publicitaria para protegerse del sol. Sin embargo, había algo hermoso que emanaba de ella. Quizá fuera su actitud, que era capaz de localizar las facetas brillantes de este jodido mundo. O el reflejo sobrecogido de sus ojos, muy parecido al de un descubrimiento inesperado. O algo más profundo, eso que emana de las buenas personas, las que están prestas a ayudar a los demás sin pedir nada a cambio. Incluso metiéndose en la boca del lobo, como le estaba pasando en esta ocasión.

—Eres un espectáculo de mujer —dijo con absoluta sinceridad.

—Y tú una mentirosa.

—No. En serio. Además, nadie sabe más que tú de cómo vivir en una granja, así que tendrás tema de conversación para rato. También eres simpática. Y cariñosa. Y tu sonrisa es como cuando se enciende una bombilla.

Ana cruzó los brazos sobre el pecho, a la vez que su boca se torcía en un rictus amargo.

—Y estoy gorda.

—¿Quién no está gorda? —La voz de Lizzy sonó sorprendida.

—Tú.

—Pero soy gorda mentalmente. ¿Ves esa vaca? Me la comería entera.

La carcajada de Ana sonó como un caño de agua fresca.

—Sabes cómo animar a la gente.

Lizzy le palmeó el hombro. Quizá sus intenciones hacia Ana eran oscuras y peligrosas, pero en el poco tiempo que la conocía había descubierto que le caía bien, y jamás había soportado que la gente a la que respetaba sufriera. Una nube gris pasó por delante de sus ojos. Aún no estaba segura de cómo acabaría aquello, pero algo era indudable, y es que terminaría de la peor forma posible para ella.

—No será fácil, amiga mía —intentó animarla—. Es posible que se haya casado, que tenga hijos y nietos, un perro labrador y una casa con jacuzzi, pero también es posible que no te haya olvidado, como tampoco tú a él.

—¿Él? —dijo Ana extrañada.

—El maromo. El *empotrador*.

Ana se volvió hacia ella, tanto que los amortiguadores del coche se quejaron.

—No estoy enamorada de un hombre. Estoy enamorada de una mujer.

Ahora fue Lizzy quien la miró con los ojos muy abiertos.

—¿Tu padre..., vuestros padres os pillaron... a ti y a otra chica?

—Sí —respondió molesta—. ¿Hay algún problema porque esté enamorada de mi amiga de la adolescencia?

Ahora Lizzy sí que se sintió ofendida.

—¿Me ves cara de jodida homófoba? —Y lo decía de verdad.

Ana la escrutó. Si bien era cierto que muchas de las facetas de su compañera de viaje se le escapaban de los dedos como una trucha en el agua, también lo era que había aprendido a detectar cierto brillo en sus ojos cuando algo era rotundamente cierto.

—No. No lo pareces.

—Porque no lo soy. Pero he cometido el error de dar por hecho...

Ana sintió que se calmaba. Había ocultado gran parte de su vida aquel sentimiento hacia otra mujer, por miedo a ser rechazada, a ser marginada, a ser juzgada. Pero desde la muerte de su padre..., desde que tomó la decisión de enmendar su vida en busca de su realidad, no quería que hubiera malentendidos, a pesar de que ella había configurado su pasado a base de ellos.

—Suele pasar —dijo al fin.

—¿Me perdonas?

Sonrió.

—Estás perdonada.

—Cuando lleguemos me encantará veros juntas, así que quiero una foto.

—La tendrás.

Lizzy suspiró aliviada.

—¿Quieres ver más campos de algo? No sé. Supongo que aquello de allí es remolacha.

—Quiero llegar a algún sitio civilizado y tomarme un tequila bien fuerte.

Lizzy se sintió aliviada.

—¡Menos mal! Entonces sigamos unas millas. El letrero que hemos pasado anunciaba un pueblo más adelante.

Continuaron por un sendero que se retorcía como una culebra. Unos minutos más tarde llegaron a un poblado agrario que se llamaba de forma ampulosa, como aparecía en un enorme cartel alumbrado por neones, Great Charleston. En verdad era poco más que un puñado de calles pretenciosas con nombres tan altisonantes como Avenida de los Deseos, o Bulevar de los Suspiros.

—¿Te apetece algo fuerte? —le preguntó Ana, que había localizado al instante el único bar del pueblo.

—Prefiero estirar las piernas. Tómate un trago y nos vemos en un rato.

Ana no lo pensó. Necesitaba recuperar confianza en sí misma y el tequila tenía un don especial para lograrlo. Lizzy, en cambio, necesitaba pensar. Sabía que aquello iba a ser complicado. Lo supo desde el instante en que tomó la decisión de embarcarse en la peor aventura de su vida, pero tendría que tirar de toda su astucia para salir airosa, y aún estaban muy lejos de San Cayetano.

Llegar hasta el sur por caminos rurales sería toda una hazaña. Necesitaba comprar un mapa de carreteras, algunas provisiones y recargar el depósito por si no encontraba gasolineras cerca. Y ahí estaba su otro gran problema: apenas le quedaba dinero en efectivo.

Las dos últimas comidas que habían despachado hasta entonces las había pagado Ana, a pesar de que Lizzy había insistido en hacerlo mientras rogaba que su compañera de viaje no aceptara el ofrecimiento. Si utilizaba su tarjeta de crédito la policía la localizaría al instante y si dejaba que Ana lo siguiera pagando todo, no tardaría en sospechar de ella. Así que necesitaba conseguir algo de pasta, como fuera.

Reventar un cajero automático, atracar una tienda de comestibles, robar a un repartidor de pizzas. Esas fueron algunas de las ideas que pasaron por su cabeza, pero todas tenían el inconveniente de que atraerían la mirada de la policía, y de que nunca, jamás, lo había hecho antes. Pero aun así estaba decidida a convertirse en una delincuente.

Continuó caminando por calles con nombres que nada tenían que ver con su aspecto: Gran Avenida de la Esperanza, Bulevar de los Sueños Cumplidos, Glorieta de los Anhelos. «Esta gente sí que sabe ser optimista», pensó, porque Great Charleston no dejaba de ser un poblado agrario perdido en medio de la nada por más que sus calles empolvadas flanqueadas de casas modestas se llamaran como las avenidas de la ciudad de Oz.

No supo cuánto tiempo llevaba caminando, pero cuando miró a su alrededor se dio cuenta de que sus pasos la habían llevado hasta una de las últimas callejas del poblado, tan parecida a las demás como una espiga de trigo a otra. Terminaba en un jardincillo poco cuidado, que daba paso a uno de los sembrados de alfalfa que rodeaban el caserío.

Por allí no había nadie. A esa hora todo el mundo estaría trabajando o atendiendo sus quehaceres. Aunque eso no era cierto del todo. Había un hombre, un anciano de aspecto frágil y amable, sentado en el único banco del jardín. De nuevo pensó en el optimismo de aquella gente al ver un letrero con el nombre «Jardín de las delicias», cuando en verdad se trataba de un cuadrado de tierra reseca con un par de rosales enclenques y un puñado de margaritas sin flores.

Lizzy observó al anciano, amparada por la sombra voluminosa de un viejo tractor, sabiendo que con solo dar un paso más entraría en su campo de visión.

No era buena calculando edades, pero aquel hombre debía de haber sobrepasado los ochenta. Estaba sentado tranquilamente, mientras sacaba de una bolsa migas de pan y les daba de comer a los pajarillos.

Todo en él hablaba de otros tiempos: el anticuado traje claro que demandaba a gritos un buen planchado; la pajarita de cuadros marrones, demasiado grande y abultada; el panamá con el que se protegía del débil sol, un atuendo sacado de una película francesa de los años cincuenta.

Lizzy sintió que algo se retorcía en su estómago. Un malestar desagradable, incómodo, pero al que debía hacer frente. Aquella era la víctima perfecta. Había aprendido a ser lo suficientemente convincente y tenía el don de detectar los puntos débiles de los demás. Al menos esa fue una de las terribles acusaciones que le lanzó su madre después de aquello.

Respiró hondo, se recogió el cabello en una coleta para acentuar un aire desvalido, y se encaminó hacia donde estaba sentado el anciano.

—Bonito día —dijo cuando estuvo a su lado.

—Los he visto mejores.

—Al menos no llueve.

—Nunca digas eso en una zona rural. Para un agricultor el agua siempre es un bien escaso.

Siguió dando de comer a los pájaros que se arremolinaban a sus pies, como si la mujer que acababa de aparecer hubiera perdido todo interés para él. Lizzy decidió sentarse a su lado. Lo suficientemente lejos como para no intimidarlo.

—¿Eres de por aquí? —le preguntó.

—No. Estoy de paso. Pero me gusta disfrutar de los lugares donde tengo que detenerme. —La miró de arriba abajo—. Sospecho que tú tampoco.

—Has acertado. Mi madre y yo vamos al hospital para su tratamiento. Lo hacemos una vez al mes.

El anciano dejó su mano, cargada de migas, muy quieta en el aire. Tal y como ella esperaba, aquella revelación había captado toda su atención.

—Espero que no sea nada grave.

—Bueno, es incurable —lo dijo casi de forma casual, sin dramatismo. Tan natural que hasta ella misma se lo creyó.

—Lo siento, de veras.

—Es algo a lo que te acostumbras. Al menos hasta ahora hemos podido atenderla. Quizá el mes que viene... Nos cancelaron el seguro médico, ¿sabes? Pero no quiero hablar de cosas desagradables. —Forzó una sonrisa crispada—. Tienen hambre. Los pájaros. Es divertido ver cómo compiten por el trozo más grandote.

Como Lizzy había calculado, la revelación había captado toda la curiosidad de su acompañante. Su mano seguía inerte en el aire mientras sus emplumados admiradores se paseaban nerviosos a su alrededor.

—Los tratamientos... ¿Son muy caros? —preguntó al fin.

Lizzy suspiró. Se sentía mal. Muy mal por lo que estaba haciendo, pero necesitaba un poco de dinero. Lo justo para tirar uno o dos días más. Necesitaba arreglar las cosas. Necesitaba que todo volviera a ser como antes. Y una vez hecho, si aún tenía fuerzas, si aún le quedaba juicio, podría buscar a aquel anciano encantador y devolverle lo poco o mucho que iba a estafarle.

—Al menos, quienes han comprado nuestra casa nos dejan ocuparla hasta final de año —dijo con más soltura de la que se creía capaz—. Después, ya veremos.

El hombre se volvió en el banco hasta enfrentarse a ella. Le temblaba ligeramente la barbilla. Parecía en verdad impactado por aquella revelación.

—¿Habéis tenido que vender la casa para pagar los gastos médicos de vuestra madre?

Lizzy asintió.

—Sí. También los muebles, y las joyas de mamá. Su anillo de bodas fue lo que más le dolió. Pero al menos tuvimos para tres meses de costosos medicamentos.

—¿Solo tres meses? —preguntó atónito.

—Los doctores fueron muy amables.

Aquel era el punto preciso donde se lo jugaba todo. Si el anciano había picado el anzuelo, lo sabría en un instante. Si se le había escapado del sedal, también se resolvería en un par de frases.

—¿Y ahora?

—Mañana, cuando nos pasen la factura... —fue capaz de que una ligera lágrima apareciese en el borde de sus pestañas mientras esbozaba una sonrisa triste—, bueno, entonces se darán cuenta de que no podemos pagar y... ya veremos.

El hombre, con sumo cuidado, puso una mano sobre su hombro. Ella notó el ligero temblor de sus dedos. Se sintió fatal. Era un monstruo. Era exactamente aquello que le habían llamado. Aquel pensamiento, en vez de debilitarla, le dio fuerzas: un monstruo. Eso dijeron todos. Alguien que era capaz de hacer lo que hizo sin importarle el daño que causara a los que la amaban. Y quizá empezaba a acostumbrarse a serlo.

—Es horrible —exclamó el anciano.

—Si encuentro trabajo...

—¿No estás trabajando?

Se apartó el cabello de la cara para que sus ojos brillantes quedaran expuestos.

—Mamá me necesita a su lado.

—¡Dios mío! —Se llevó una mano a los labios—. Me gustaría ayudarte, aunque sé que poco puedo yo aliviar esa carga.

—No se me ocurre de qué manera.

—Tengo algo de dinero. Muy poco. Una donación insignificante. Al menos podréis comer caliente esta noche.

Negó con la cabeza enérgicamente, cuando en verdad quería saltar de alegría: objetivo conseguido.

—No podría permitirlo —dijo con una seriedad encomiable.

—Claro que sí. Un viejo ya no necesita el dinero para nada.

—Me siento fatal teniendo que aceptarlo. —Le cogió ambas manos, mientras dejaba que aquella lágrima mentirosa resbalara por su mejilla—. Solo puedo decir que Dios le bendiga.

El anciano parecía muy afectado.

—Tengo un par de billetes en el coche.

Iba a ponerse de pie para ir en su busca cuando algo lo detuvo.

—No creo que haga falta —fue una voz que venía de detrás de ellos. Desde un ángulo que había estado oculto a ambos.

Los dos se volvieron. Lizzy miró boquiabierta a la persona que acababa de aparecer. El anciano lo escudriñó con cierta aprensión.

—¿Y tú quién eres? —preguntó.

—El hermano mayor —dijo John, esbozando aquella sonrisa que Lizzy no soportaba—, y traigo una buena noticia: ¡mamá se ha recuperado completamente!

Intensas y profundas ganas de matarlo. Eso fue lo que sintió Lizzy cuando lo vio aparecer. Aun así, tuvo suficiente sangre fría como para volverse hacia el anciano con una sonrisa no del todo crispada.

—Mi hermano es un bromista. Cosas de familia. ¿Me disculpas un momento?

Y sin esperar respuesta se puso de pie tan envarada como un junco, agarró a John por la camiseta y lo apartó lo suficiente como para que su víctima no pudiera oírlos.

Él se dejó hacer. En su rostro seguía dibujada aquella expresión burlona que la sacaba de quicio. ¿Cómo diablos había dado con ella una jodida segunda vez? Estaba haciendo algo mal, muy mal, y aquel tipo se estaba aprovechando de sus descuidos, fueran estos los que fueran.

—¿Qué haces aquí? —le preguntó en voz baja. Más bien le gritó en un susurro.

Él se encogió de hombros.

—Pasaba por casualidad.

—Nadie llega a Great Charleston por casualidad. Nadie pasea por este pueblo por casualidad. Nadie encuentra este... jardín o lo que sea por casualidad.

—Te vi girar desde la autopista y sentí curiosidad.

Lizzy se volvió un instante hacia el anciano, que había dejado de dar de comer a los pajarillos y los observaba con creciente curiosidad. Lo saludó con la mano y él imitó su gesto. «¿Estaba así de colorado hace un momento?», pensó al ver el rostro encendido de su víctima. Debía de haberle pasado desapercibido a causa de los nervios. Ahora lo importante era quitarse de encima a aquel pesado y rematar la faena.

—¿Me has seguido hasta aquí? Ya te pagué el parachoques. Se me agrietarán las manos con el agua fría. Estamos en paz.

John volvió a encogerse de hombros.

—Me he encontrado con tu compañera de viaje. Ella me ha dicho por dónde pretendías pasear y simplemente he deducido a dónde podrías dirigirte. No hay muchos sitios por los que perderse, como habrás comprobado. Según me ha comentado Ana, te ibas a alegrar de verme, pero veo que no ha sido así. Es una lástima.

Sonrió, pero se topó con la mirada helada de Lizzy.

—Esto es acoso, y es un delito.

—Intentar estafar a un anciano también.

Le echó otra ojeada a la víctima y le sonrió para darle a entender que todo iba bien. No recibió respuesta por su parte.

—No lo estaba estafando. Y eso es injuria.

—Venga ya. Te he oído contando la monserga de tu madre enferma.

—A lo mejor es verdad.

—Lo dudo.

—No me conoces de nada.

—Voy conociéndote lo suficiente como para saber que mientes.

Lizzy lo miró exasperada. Aquel tipo era una especie de

castigo divino mandado por el universo para vengarse por sus malas acciones. Por muy guapo que fuera no tenía derecho a... ¿«Por muy guapo que fuera»? ¿De verdad había pensado eso? Estaba peor de lo que creía, y acababa de descubrir por qué. Cuádriceps. Eso era. Los ajustados pantalones de John le marcaban lujuriosamente los cuádriceps, lo que junto con todo lo demás lo volvía un tipo realmente peligroso.

—Se lo iba a devolver —dijo con una dignidad que no sentía—. El dinero. Así que puedes darte la vuelta y enfilar de nuevo la autopista.

—¿Cuándo? —Ni siquiera la oyó—. Nadie vuelve a Great Charleston y menos para devolver unos pocos billetes a un desconocido.

En eso Lizzy no mentía. En lo de devolver el dinero. Aunque él nunca la creyera. Llevaba un registro de cada una de las injurias que debía resarcir. Era posible que no pudiera restituir ninguno de los favores ni reparar todas las ofensas, pero llevar aquel registro era una forma de no sentirse el ser terrible que sabía que era.

—¿Por qué haces esto? —le preguntó, al darse cuenta de que quitarse a aquel tipo de encima no era tan sencillo como cantarle las cuarenta.

—¿Qué hago? —se sorprendió John.

—Seguirme. Protegerme, ¿crees que no me he dado cuenta?, y de paso joderme la vida. Sabes que soy una delincuente. Odio a los príncipes valientes, a los salvadores, a los inoportunos.

—Acepto lo último, pero no pretendo salvarte de nada, mucho menos protegerte, y por supuesto no soy un príncipe, soy más bien un mendigo. Y no es un juego de palabras literario. Rosemary es mi casa y lo que hay dentro es todo lo que tengo.

Estaba cansada, y empezaba a darse cuenta de que también asustada por toda aquella aventura en la que estaba embarcada desde hacía demasiado tiempo.

—¿Qué quieres de mí?

—Nada. —Se encogió de hombros, aunque sus gestos desmentían la expresión de unos ojos que decían mucho más—. Me resultas intrigante, solo eso.

—Esto es... extraño. Da miedo.

—También estoy de acuerdo. No pretendo asustarte. Solo...

—¿Te has metido por un pestilente camino de tierra amarilla solo porque te resulto intrigante? ¿Y qué hay de Eve? Y Rosemary, acabábamos de fregarla. Estará cubierta de polvo amarillo.

—Eve no tiene nada que ver con esto. Y Rosemary... ha vuelto a ser la que era antes de conocerte.

Aunque aquel tipo llegara a parecerle atractivo con todos aquellos músculos que se empeñaban en mostrarse a simple vista, y que no era el caso, había aprendido con fuego y sangre una gran lección en su vida, y Eve formaba parte de ella.

Empezaba a perder la paciencia. En cierto modo agradecía su preocupación. No es que le agradaran las posiciones paternalistas, pero podía comprenderlas, aunque tenía que decir lo que pensaba. Tía Agatha opinaba que decir la verdad, a pesar de ser algo de muy mal gusto, resolvía los problemas de conciencia y te arrojaba en brazos de los problemas de verdad.

—Mira —volvió a mirar al anciano. Parecía distinto, quizá un poco más encorvado—, no sé de qué vas, pero sé cuidarme sola.

—Tampoco pretendo cuidarte —contestó él, molesto—. Lamento haberte dado esa impresión. No suelo perseguir a mujeres con una armadura reluciente para sacarlas de problemas. No es mi caso. No me gusta. No creo en ello. Creo firmemente en que cada uno debe intentar estar satisfecho consigo mismo y solucionar sus propios problemas. También creo que debemos andar por el mundo siguiendo nuestros propios pasos. Si estamos bien acompañados, mejor, pero depender de alguien nunca es una buena idea, al menos que no haya más remedio. No creo en las relaciones de dependencia. Estoy aquí porque me desconciertas, e intento saber por qué.

—Bufó, la miró con la incomodidad grabada en la cara, se apartó el cabello de los ojos y volvió a bufar—. No sé ni lo que digo. Ni siquiera sé si las razones que te he dado son ciertas, así que no me prestes demasiada atención.

«Una declaración de principios», pensó Lizzy. Le quedaba saber si eran sinceros o si estaban dictados por la conveniencia de lo que ella podía llegar a pensar del bueno de John. Por desgracia sabía mucho de eso.

—No me has contestado sobre Eve.

Él entornó los ojos.

—Ya te he dicho que ella no tiene nada que ver.

—¿Qué piensa de todo esto? —insistió.

John la miró fijamente a los ojos antes de responder y sintió algo extraño atravesándole la espalda. Era más que desconcierto lo que Elizabeth Bennet provocaba en él, pero aún no era capaz de ponerle nombre.

—Eve me dice que pase de ti, por supuesto.

Ahora fue Lizzy quien entornó los ojos. No esperaba esa respuesta.

—La otra vez no me quedó claro. ¿Tú y ella...? —No terminó la pregunta.

—Lo fuimos. Ahora solo somos amigos. Los mejores amigos.

«Solo amigos.» Lo había escuchado antes. Lo había escuchado justo antes de cada puñalada a su corazón, de cada mentira, de cada desengaño. Pero aquello era distinto. Aquel tipo, John, era solo un personaje de paso. Alguien a quien el destino se había empeñado en hacer coincidir unas pocas veces. Alguien de quien no debía preocuparse más allá de su maldita habilidad de dar con ella.

—Así que no me vas a dejar que complete la transacción económica con este caballero.

John sonrió. Curiosamente también se sonrojó.

—No. No voy a dejarte.

—Eso me va a ocasionar grandes dificultades.

—Estoy seguro, pero animarte a que cometas un delito te ocasionará otras aún peores. Y no estoy salvándote de nada, insisto. Estoy actuando en conciencia.

Indudablemente John jugaba en otra liga de fútbol porque no esperaba ninguna de aquellas respuestas. Eso solo lo hacía más peligroso por impredecible.

—Da la impresión de que crees en mí, y eso es absurdo. —Ni se dio cuenta de que lo decía.

Él, sin embargo, no tardó en responder.

—Te he visto actuar, y dudo que hayas hecho nada malo. Por eso intento detenerte. Nunca rescatarte.

—Estás equivocado. He hecho algo terrible. Por eso estoy aquí. Por eso estoy así.

—Aun así, creo que mereces la oportunidad de encontrarte contigo misma.

¿Cómo lo sabía? Ni ella misma estaba muy segura de que aquel fuera el fin último de su viaje, sin embargo, él...

—Eres un jodido coñazo —le recriminó a la vez que sentía una extraña punción cálida en el corazón—, lo sabes, ¿verdad?

John sonrió mientras se metía las manos en los bolsillos.

—Suelo despertar ese tipo de sensaciones en los demás demasiado a menudo.

Fue entonces cuando oyeron el revoloteo cargado de trinos de los pájaros para, a continuación, escuchar un golpe seco.

Ambos se volvieron a la vez y se encontraron al anciano desvanecido en el suelo.

Estaba tirado al pie del banco, con el rostro lívido y los brazos desmadejados. Tenía los ojos cerrados y la boca ligeramente abierta. No había emitido ningún sonido, ni una leve queja mientras ellos le daban la espalda.

Lizzy casi voló a su lado. Le tomó el pulso mientras escuchaba los latidos de su corazón. Su cara estaba ahora tan pálida y sudorosa que parecía helada al tacto. Por más que lo intentó golpeándole suavemente las mejillas, no consiguió que recuperase la conciencia. Por su parte, John también se había arrodillado junto a él, atento a las indicaciones que le daba Elizabeth. Lo mejor era no moverlo de donde estaba. Aunque frío, el suelo se mantenía seco y las hojas que se amontonaban a sus pies formaban un lecho, si no mullido, al menos no tan desapacible.

—Solo se ha desvanecido —Lizzy parecía estar segura de lo que decía—, pero puede ser la consecuencia de algo más grave. Hay que llamar a una ambulancia.

John se apartó el cabello de la cara. Tenía razón. Había que hacer algo por aquel hombre.

—No tengo teléfono y no he visto ninguna cabina pública. Voy a acercarme a alguna de esas casas...

—¡Joder! —exclamó ella—. Todo el mundo tiene teléfono.

—Yo no. No lo necesito para nada.

John ya se dirigía a la fila de viviendas más próximas cuando ella lo detuvo.

—No hay nadie. Solo será una pérdida de tiempo —le explicó—. Me aseguré de que la zona era solitaria antes de acercarme a mi nuevo amigo.

Él se detuvo, indeciso. Iba a responder cuando se fijó en lo que estaba haciendo Lizzy. Había sacado del bolsillo su teléfono móvil e intentaba insertar la batería.

—No lo hagas —le pidió más alto de lo que pretendía—. La policía lo sabrá de inmediato.

Ella no contestó. Terminó de hacerlo y llamó a emergencias. John la miró mientras la escuchaba dar las indicaciones de dónde se encontraban. Estaba seguro de que en unos minutos la policía la habría detectado, y que en un puñado de minutos más estarían allí.

—La ambulancia viene de camino —dijo ella después de colgar—. Tendrás que quedarte a esperar.

John asintió. No podía moverse de donde estaba, como si lo hubieran clavado a la tierra. Lo que Lizzy acababa de hacer volvía a romperle todos los esquemas que se había hecho sobre ella. Y por supuesto temía las consecuencias.

—Es posible que te atrapen por esto —le dijo, mirándola muy serio.

Ella suspiró. Sus ojos parecían haberse transformado. Como si una gasa opaca hubiese caído. En ese instante John estuvo seguro de que nunca antes había visto unos ojos así, llenos de un brillo generoso, y también oscuro.

—Cuida de él —dijo Lizzy, aún estaba detenida a escasos metros de John, pero más cerca que nunca desde que se conocieron—. Si volvemos a vernos... espero que no volvamos a vernos nunca más.

Sin más dio la vuelta y a paso apresurado se encaminó hacia el centro del poblado, donde estaba su coche, su amiga y su destino.

—Lizzy...

Ella se volvió un instante. Sintió una enorme sensación de desamparo cuando lo miró a los ojos. Allí parado, inmóvil, con los labios ligeramente separados y los ojos mostrando una expresión muy parecida a la angustia.

—A un par de millas toma la ciento seis. Va hacia las montañas, por lo que te desviará de tu ruta, pero es lo más seguro.

Verás una cresta en forma de sombrero. Allí hay una comunidad donde podrás comer y dormir a cambio de nada.

—Gracias —dijo sin estar segura de si lo haría.

—Y ten cuidado —fue lo último que él dijo.

Lizzy asintió, y sin más emprendió la huida.

Tía Agatha lo sabe.

Lo nuestro.

No, no me preguntes cómo. Ha llegado esta mañana a casa justo antes de que saliera hacia el trabajo. Me ha sorprendido por la hora, en alguien que no abandona la cama antes del mediodía, a menos que suceda algo extraordinario.

—¿Todo va bien? —le he preguntado al abrir la puerta y encontrarla de frente, embutida en un elegante Chanel blanco.

—Estupendamente, querida, pero necesito un té.

Si la conocieras tan bien como yo sabrías que aquella respuesta está llena de matices: jamás utilizaría un adverbio de significado tan amplio para referirse a sí misma, y nunca pediría algo que según sus principios debe ofrecerse como base esencial de una buena educación.

—Llego tarde a trabajar —le he propuesto, porque ella husmea por mi salón como si buscara la prueba de una tropelía—. ¿Qué te parece si me acompañas y te invito a desayunar en Harry's? Es uno de tus locales favoritos.

—Porque un día llegues tarde no se va a acabar el mundo.

Y se ha sentado en el sofá, teniendo cuidado de que su falda no se arrugue. Después, olvidando que estoy a escasos dos metros de ella, se ha puesto a hojear viejas revistas de decoración que nunca tengo tiempo de tirar.

Sé que en estos casos no hay nada que hacer, así que he llamado a mi jefa para excusarme porque iba a llegar con retraso y le he preparado su infusión favorita, edulcorándola con una rama de canela.

—¿Todo bien con tío Richard? —le he preguntado, preocupada, cuando he servido un té para dos.

—Todo lo bien que podría estar con un hombre del que debería haberme deshecho hace treinta años.

Como has adivinado, eso significa que las cosas marchan «estupendamente», pues se quieren y discuten con la misma pasión con que se enfrentan a la vida. No recuerdo una sola vez en que mi tía haya dicho algo agradable de su marido, pero recuerdo todas y cada una en las que ha saltado para salvarle la cara o le ha mirado de aquella manera entrañable con que todos soñamos que nos miren con el paso de los años.

—¿Qué pretendes hacer? —me ha preguntado de improviso, tanto que unas gotas de mi té han rebosado de la taza imprimiendo un lamparón sobre la camisa blanca.

—No sé a qué te refieres.

—Últimamente, te noto descentrada.

He dudado sobre qué contestar.

—Demasiado trabajo.

—Pensaba que estabas contenta con lo que hacías. Con tus libros.

—Lo estoy, pero a veces es agotador.

—Que no se entere tu padre. Es la excusa perfecta para desacreditar lo que haces.

—Lo sé.

Por supuesto, tía Agatha jamás se recuesta en el sofá. Permanece en exquisito equilibrio sobre el borde, horas si es necesario, mientras mantiene firme y grácilmente la taza en una mano y la servilleta doblada en la otra, apoyada en la rodilla.

Da un ligero sorbo. Su sonrisa imborrable en el rostro. Dejar de hacerlo, parecer descortés, es un atentado contra las buenas maneras que nunca se ha permitido.

Coloca la cuchara sobre el plato y este sobre la mesa sin que suene el más ligero sonido. Solo entonces me mira, cruza las manos sobre el regazo y me mira.

—Nosotros mismos nos desacreditamos ante los demás, ¿sabes? —Yo asiento—. Lo he visto a lo largo de mi extensa vida. Personas maravillosas, con las cosas claras, que de pronto pierden la noción de qué es correcto y qué no.

—A veces la vida distrae, tía.

Sonríe. Sabe a qué me refiero. En su particular código moral los placeres de las cosas bien hechas están por encima de aspectos que escandalizarían a una persona de bien.

—No hablo del bien y del mal, ¿sabes? —continúa—. Eso es aburrido. Eso es para curas y filósofos. Hablo de lo que es intrínsecamente correcto. Aquello que tiene que ver con nuestras obligaciones para con los demás, con quienes amamos, a quienes debemos respetar.

A estas alturas ya sé que sabe lo nuestro. Lo tuyo y lo mío, mi querido Darcy. Sé que intenta decirme sin decirlo que tenga cuidado, que sea juiciosa, que no haga daño a quienes me quieren. Todas esas cosas que me repito día a día y que desaparecen de mi mente en cuanto te miro a los ojos más de cuatro segundos.

Lo que aún no he adivinado es hasta dónde sabe. Sospecho que cree más que lo que ha sido. Intuyo que sabe menos de lo que da a entender.

—Lo sé —contesto escuetamente.

—Cuando eso se pierde, querida, el sentido de lo correcto, es como si se apagara el magnetismo de una brújula. Nos encontramos perdidos, desorientados, somos prófugos de nosotros mismos. Pero esto es algo que a todos nos va a pasar alguna vez en la vida, no es necesario preocuparse.

—Me alegro de que no sea tan dramático.

—A menos que haya demasiado en juego. Si apostamos fuerte, si lo apostamos todo, entonces es posible, muy posible, que también lo perdamos todo.

—Tiene lógica. —Por primera vez en mi vida quiero que se vaya.

Ella, que ha sido mi consejera cuando no soportaba el asfixiante control de mi padre, la única que me ha entendido cuando parecía que estudiar Literatura era una absurda pérdida de tiempo, que no me ha pedido explicaciones cuando he tomado decisiones difíciles de explicar. Ella, que pone una sonrisa en mis labios siempre que la veo. Hoy necesito que se vaya porque puede hacerme dudar de ti.

—Y aquí viene la siguiente reflexión. —Me mira fijamente. Me conoce tan bien que sabe lo que sucede en mi cabeza—. ¿Estamos preparados para perderlo todo? ¿Absolutamente todo? ¿Merece la pena?

Una risa nerviosa aparece en mis labios. Es una sonrisa estúpida. También patética.

—Nunca te había visto filosofar de esta manera.

Ella comprende que no puede apretar más. Ha dicho lo que ha venido a decir.

—Hasta yo misma me siento extraña. —Y sonríe como lo ha hecho siempre, con los ojos antes que con los labios.

Me pongo de pie y retiro las tazas hasta la cocina. Ella me mira hacer, pero no se levanta. Estoy nerviosa y me sudan las manos.

—Debo marcharme —digo, esperando que ella lo entienda.

—Por supuesto, querida. —Solo entonces se pone de pie—. No quiero entretenerte. Yo estaré siempre a tu lado, no lo dudes. Aunque ello me sitúe en una posición difícil. Pero no podemos quejarnos de que se apaga la luz cuando somos nosotros quienes pulsamos el interruptor.

Y sin más empieza a hablar de azaleas, me acompaña a la calle, y mientras yo sigo anonadada, ella le pide al chófer que la lleve a Beckford Hill, donde se celebra una subasta de joyas.

—Usted de nuevo.

—Así es.

El agente Collingwood se quitó las gafas de sol y se sentó junto a John en el borde de la acera. Era extraño que alguien tan esmeradamente pulcro hiciera algo así, pero también lo era que estuviera fumando un cigarrillo.

Dejó que el humo escapara lentamente de sus labios y miró sin prisas alrededor. Unos metros más allá un equipo sanitario atendía al anciano, que se negaba a tumbarse sobre una camilla. Había recobrado la conciencia y parecía malhumorado. Estaba exigiendo que lo dejaran marcharse, pero los médicos hacían oídos sordos.

Era una anomalía que no se hubiera congregado el típico cordón de vecinos curiosos. La ambulancia había llegado con todo su esplendor, con las sirenas a tope y las luces estroboscópicas danzando, seguida de una patrulla de la policía. Miró a los agentes locales. Charlaban tranquilamente junto a su coche, sin otro trabajo que hacer que esperar apaciblemente a que la ambulancia partiera de nuevo. Sintió envidia de ellos. De una vida tranquila, sin otras preocupaciones que las multas de tráfico y las gamberradas de los adolescentes.

Después miró a John. Para él, aquel tipo era todo un misterio. Lo sabía casi todo sobre él, y cada uno de los datos que había encontrado eran desmentidos por su apariencia y su actitud. También sintió cierta envidia de él. Estaba allí sentado, con los brazos extendidos hacia atrás y las palmas de las manos apoyadas en la hierba. Sin sensación de urgencia. Sin otra cosa que hacer que esperar a ver si todo se resolvía con el anciano.

Collingwood sacó el paquete de cigarrillos y se lo ofreció.

—Lo dejé hace tiempo —dijo John.

Dio una calada profunda. De esas que hacen arder el pecho. Después expelió el humo lentamente, disfrutando de la forma que alcanzaba al elevarse contra el sol, que empezaba a descender tras las colinas.

—¿Ha sido casualidad? —preguntó sin mirarlo.

—Sabe que no —contestó John.

—He investigado sobre usted.

—¿No me diga?

—Licenciado con honores en el ejército, doctorado en Economía, y el cachorro de una buena familia de la Costa Este. Eso no encaja demasiado con la persona que tengo delante.

John esbozó una sonrisa, pero no lo miró.

—Quizá no soy el mismo.

—¿Disculpe?

Hizo un gesto que intentaba borrar sus palabras en el aire.

—No lo entendería.

Collingwood se incorporó ligeramente, para apoyar los codos sobre las rodillas.

—¿Tengo que creer que es una casualidad que usted esté por segunda vez en el mismo lugar donde ha estado Elizabeth Bennet?

—Sería un estúpido si lo creyera.

—No se pase.

—No lo hago.

—Debió llamarnos, para eso le di mi tarjeta.

—No tengo teléfono. Aunque eso ya debe de saberlo si me ha investigado.

Dio otra larga calada. Aquello no iba como esperaba. Lo habitual era que un tipo así se pusiera nervioso, pero ya se había dado cuenta de que con John iba a ser difícil de lograr.

—Podría haberla entretenido. Hubiera hecho un servicio a su país y a la ley.

—¿A una delincuente peligrosa? —Ahora sí lo miró, y había un trasfondo de burla tras sus pupilas—. Eso es cosa de ustedes, no de un ciudadano indefenso.

—Se cree listo y gracioso. Dos cualidades que no le harán llevarse bien conmigo.

John chasqueó la lengua.

—Es una lástima.

El agente se incorporó un poco más, así podía mirarlo a los ojos. Un mechón de cabello rubio movido por el viento caía sobre ellos. El anciano seguía discutiendo con los sanitarios y no parecía que todo aquel alboroto atrajera la mirada de ningún vecino del pueblo.

—¿Sabe que lo que ha hecho puede acarrearle consecuencias? —dijo tras otra calada—. Podemos detenerle por haber sido cómplice en su huida.

John ahora sí se incorporó. Lo justo para quedar a su misma altura y poder hablarle cara a cara.

—Como habrá descubierto, también tengo una licenciatura en Derecho, así que será mejor que se guarde sus amenazas donde le quepan.

Claro que lo sabía. Le habían mandado el expediente. Algo ejemplar. Aquel tipo debería estar trabajando en uno de los grandes bufetes del país y no recorriendo carreteras en una furgoneta cochambrosa. Decidió cambiar de táctica.

—¿Y su amiga?

—Está descansando, pero ella no tiene nada que ver. —Notó que ahora sí se sentía incómodo—. Ni siquiera sabe que nos hemos encontrado.

—Podría ir a preguntarle.

John se encogió de hombros. ¿Era un farol o de verdad le daba igual?

—Si quiere perder el tiempo.

Dio otra larga calada. Aquel vicio le mataría. De eso estaba seguro. Pero su vida era un largo paseo hasta la muerte, qué más daba cuál fuera la causa.

—Supongo que esta vez tampoco sabrá por dónde se ha marchado.

—Caminando en aquella dirección. —Señaló el final de la calle.

—Y usted no la ha seguido.

—Tenía que atender a ese hombre hasta que llegara la ambulancia.

Collingwood se puso de pie y se sacudió el polvo de los pantalones. Milagrosamente al instante estaba impoluto, como si acabara de salir de casa recién duchado. Tiró el cigarrillo y lo apagó con el pie. Se ajustó la corbata y metió con cuidado un centímetro de camisa que se había desajustado en la cintura. De nuevo se centró en John.

—La policía de los alrededores está avisada, y mi compañero en este momento está interrogando a varios vecinos. Una de las dos fugadas, al parecer, se ha excedido con la bebida. Sabemos que han llegado en su Chevrolet rojo y que han partido en dirección a la autovía.

John de nuevo se encogió de hombros.

—Si huye de ustedes me parece la estrategia más lógica. Puede ganar velocidad y por lo tanto tiempo.

El agente volvió a colocarse las gafas y se sacudió las manos.

—Espero que no volvamos a vernos.

—En eso estamos de acuerdo.

Esta vez Collingwood se volvió hacia él y se agachó para estar a la misma altura que John.

—La próxima vez tendremos serios problemas —su voz había adquirido un tono amenazante—, aunque haya estudiado Derecho en la mejor facultad del estado.

John sonrió.

—Quizá ya los tenga, agente. Los problemas. Quién sabe.

Y se quedó allí, mientras Collingwood desaparecía en dirección al centro del pueblo.

«¿Cree usted que habría algo que pudiera tentarme a aceptar al hombre que ha sido el culpable de arruinar, tal vez para siempre, la felicidad...?»

He crecido dándole vueltas a esta cita. La pronuncia Elizabeth Bennet, la otra Elizabeth Bennet, en algún momento de la novela.

La leí cuando la mayoría de mis amigos aún jugaban a médicos y bomberos. A escondidas, porque mi padre tenía en alta estima la clasificación de lecturas por edades, devoraba las páginas y tomaba nota mental de lo que más me impresionaba.

¿Conoces la sensación de sentirte el héroe de una novela, mi querido Darcy? Así me sentía yo cada vez que mi nombre, mi propio nombre, aparecía entre las páginas dotado de una deslumbrante actitud moral.

Ella es fuerte, sólida, sensible y decidida. ¿Cómo no iba a ser yo así? Decidí que me convertiría en alguien como aquella maravillosa Bennet... y mira a dónde he llegado.

Creo que así te lo expliqué: «Como si de repente se apagaran todas las farolas». Esa es la imagen que mejor lo define.

Una noche oscura, de perros. Una calle larga y sinuosa

que atraviesa un parque solitario y, de repente, todo se desvanece a tu alrededor. Desaparecen las dimensiones y con ellas se sobrepone una enorme sensación de pérdida. Las tinieblas te envuelven y te sobrecoge el terror. Un miedo profundo a lo desconocido. A lo que puede estar sucediendo a unos pocos metros de ti, sin que seas consciente de ello. A quien pueda estar acechando en las sombras, esperando el momento de atacar.

Esto es lo más parecido a lo que siento. Lo único que revela lo que he hecho.

Es curioso cómo por tus actos dejas de ser un ser humano de un instante a otro.

Después de lo sucedido incluso hubo cierta comprensión por parte de los demás.

Me encontré envuelta en palabras amables, en abrazos sentidos, en la dolorosa condescendencia de quienes aún no sabían cómo tratar a alguien como yo.

Pero eso solo fue al comienzo, antes de que empezaran a filtrase todos los detalles de mis actos. Antes de que los tabloides analizaran minuciosamente los hechos, expusieran, como si se tratara de una delicada operación a corazón abierto, cada uno de los pasos de aquella terrible noche, cada metro recorrido, cada episodio reprobable, incluso fabularon sobre las palabras que pudieron ser dichas.

Fue mi jefa la primera en reaccionar a todo aquello. ¿Te acuerdas de ella? ¿Con su alto peinado pasado de moda? Yo atendía a un cliente. Recuerdo que hablábamos de Coetzee y de su portentoso análisis de la realidad, cuando ella, tan amable como siempre, me pidió que la acompañara al almacén. ¿Ves que absurdo son los recuerdos? Me acuerdo mejor de aquella conversación con un cliente de quien soy incapaz de descubrir su rostro que de lo que sucedió después. Solo sé que el día anterior mi jefa me había dado la mano, custodiada por palabras de ánimo, lamentando lo sucedido con tanta amargura como todos los demás. Sí, esa mañana fue la primera en la que apareció todo en los periódicos y ahora recuerdo que ella desayunaba empapándose de noticias truculentas en los diarios más amarillos. ¿Qué mejor reclamo que lo que acababa de suceder en mi oscura vida?

Lo hizo con una frase tan ambigua, mi jefa, y con una sonrisa tan remilgada que tardé en comprender qué me estaba diciendo. Fue algo como «en tus circunstancias va a ser complicado compaginar tu trabajo aquí y el buen nombre de esta empresa».

Así de escueto, con una expresión que podría indicar que nevaría aquella noche, me despidieron. De esta forma me quedé sin trabajo.

Después vinieron los amigos.

Lo más doloroso, sin duda, porque son a ellos a quienes elegimos. Pasan el escrupuloso filtro de nuestros remilgos, son el resultado de una cuidadosa selección que siempre, o al menos la mayoría de las veces, empieza por la casualidad. Esta vez empezó de una manera que podía achacarse a lo notorio de mi caso. Los que no cogían el teléfono: «Lo llevaba en el bolso». Los que siempre se encontraban ocupados: «Estaba atendiendo a un cliente». Los que necesitaban tiempo: «En este momento no sé qué pensar». Y los que menos me dolieron: «Eso no se hace. No quiero volver a verte».

Mi familia... Bueno, yo ya había dejado de existir para ellos aquella misma noche. Mi madre me gritó al teléfono, algo impensable en una persona de su educación. Y papá guardó aquel silencio doloroso que solo saca a la luz ante los actos reprobables, ante aquellos que no tienen vuelta atrás. Después estaba... No, soy incapaz de decir nada más. ¿Ves? Aún me ahogo cuando pienso en todo aquello. Aún siento que debió ser mi vida la que terminó aquella noche.

Y no creas, lo comprendí perfectamente. Si alguno de ellos hubiera hecho lo que yo... casi estoy segura de que lo habría borrado de mi corazón sin darle la oportunidad de explicarse.

Solo tía Agatha y tío Richard aguantaron a mi lado.

Solo ella me visitaba a diario para hablar de cómo florecían sus caléndulas, de lo bien que le sentaba un nuevo sombrero y de lo insoportable que seguía estando su marido, de quien seguía diciendo que debía deshacerse de él cuanto antes. Te ríes porque ya la conoces. Esa manera de estar pendiente de mí sin ser inoportuna era su forma de apoyarme, y ahora que lo pienso, era la única que hubiera soportado. La condescendencia hubiera sido tan terrible como los insultos. Porque entonces, y aún ahora, soy incapaz de hablar sobre lo que hice.

Te vuelves a reír, sé que lo haces porque nuestra promesa fue «pase lo que pase». Pero esa fue la antesala de mi destrucción, y aquellas conversaciones superfluas con mi tía lo único que me mantuvo cuerda por un tiempo.

Por un tiempo.

Y cuando ese tiempo pasó... simplemente lo perdí todo: mis recuerdos, mi vida, y el respeto por mí misma.

—Ana, hemos llegado. Despierta.

Su compañera abrió los ojos, intentó girarse, pero cayó de nuevo en el asiento como un peso muerto.

—*Ro guiero llegar a San Gayerano. Ro guiero.*

Lizzy dejó de insistir. En cierto modo lo mejor que había podido pasar era que se quedara dormida. Ana se había pasado un poco con el tequila. De hecho, se había pasado un mucho. La encontró apoyada en la barra del bar mientras explicaba con media lengua a un aburrido camarero cómo pelar nabos con una cuchara.

Sacarla de allí había sido toda una odisea porque se empeñó en invitarla a un trago y después en que cantaran juntas una ranchera. No bebió, pero hasta que no entonó por dos veces «México lindo y querido» fue imposible convencerla de que ya era hora de marcharse.

Con la ayuda del camarero pudo meterla en el coche y atarle el cinturón de seguridad. Lo único positivo de aquella catástrofe era que se había ahorrado tener que explicarle que se dirigirían hacia las montañas en vez de seguir en dirección sur. De haber estado sobria habrían llovido preguntas a las que no hubiera sabido dar una respuesta convincente.

Ana entreabrió los ojos entre los vapores del alcohol.

—*Du no me guieres.*

—Claro que te quiero.

—*Entonzes dame odro dequila.*

Lizzy sonrió. También suspiró.

Estaba anocheciendo y llegar hasta allí no había sido fácil. Las indicaciones de John fueron claras, pero no contaba con caminos de tierra batida que hacían derrapar su inestable vehículo y la obligaban a ir despacio como una tortuga. Ni con una rueda pinchada que había tenido que cambiar sin ayuda. Ni con que su coche se había resistido a subir por la ladera de la montaña, lo que significaba que había tenido que ir en primera, no superar las quince millas por hora y soportar que el motor se calara cada pocos metros.

Pero al fin habían llegado, mucho más tarde de lo que esperaba, con el anochecer a cuestas, y estaba casi segura de que aquel era el lugar que le había indicado John.

Miró por la ventanilla. A unos veinte metros, medio escondidos por la vegetación, se veían un par de pósteres indicativos, y justo en medio una innecesaria cancela mal atada con una cadena sin candado. Encima, escrito en un trozo de madera con colores brillantes, se leía la palabra LIBERTAD, y a lo lejos, al otro lado, oculta tras árboles frondosos, se escuchaba el traqueteo de gente, de civilización, de vida, y las luces titilantes de una hoguera.

Solo le quedaba franquear aquella verja y esperar que esa gente, ¿una comunidad, había dicho John?, fueran quienes fueran, estuvieran dispuestos a acogerlas.

Volvió a mirar a Ana. No tenía más remedio que pedir ayuda para trasladarla al interior. Ella sola no podría si su compañera no colaboraba, lo que era difícil en su estado. Seguía intentando abrir los ojos, pero se le antojaba una tarea titánica.

—Por hoy ha sido suficiente, amiga. —Lizzy le palmeó la rodilla—. Hemos llegado a un lugar donde nos van a dar algo de comer y, si hay suerte, una cama limpia, ¿de acuerdo?

—*Y un dequila.*

Iba a contestarle cuando la deslumbraron los faros de un vehículo que acababa de tomar la curva y que se dirigía hacia donde ellas se encontraban. Era el primero que veía tras haber conducido millas por una carretera solitaria. Su corazón empezó a latir con fuerza: ¿la habían encontrado? La policía podía haberles seguido la pista. Era consciente de que los tipos del sedán no eran tontos. Sabían hacer su trabajo y lo hacían de forma eficiente. Antes de abandonar el poblado había usado su tarjeta para sacar sus últimos trescientos dólares. Si ya sabían dónde estaba por haber usado el teléfono móvil, ¿qué más daba?

Estuvo inquieta hasta que distinguió una silueta que conocía bien, y una sonrisa se dibujó en su cara.

—Nada de tequila —le dijo a su compañera de viaje—. ¿Podrás esperar un rato sin mí?

—*Di.*

—Perfecto. Echa la cabeza hacia atrás e intenta dormir. Ayudará a que se te pase.

—*Do guiero dormir.*

Pero antes de terminar de decirlo ya se había acomodado y al instante empezaba a roncar. Lizzy volvió a sonreír y al fin bajó de su coche.

El sol empezaba a ponerse al otro lado de la montaña y a pesar de que había sido un día fresco, parecía que la noche se había templado.

John había estacionado a Rosemary a una veintena de metros de distancia para no entorpecer la entrada y salida de vehículos. Había conducido directamente desde Great Charleston por un camino que conocía bien y que no le había dado problemas, quizá por eso habían llegado casi a la vez, a pesar de haber partido con un par de horas de diferencia.

Lizzy distinguió su cabellera rubia y su barba a pesar de que era ese extraño momento, la hora azul, donde todos los gatos son pardos. John apagó el motor y la saludó, sacando una mano por la ventanilla.

Ella respondió con el mismo gesto y se apoyó en el capó de su coche mientras esperaba, con los dedos metidos en la trabilla del pantalón. Por alguna razón estaba nerviosa. Era raro sentirse así. Incluso en los peores momentos había sabido mantener la calma, sin embargo, ahora... Lo achacó al cansancio. Estaba agotada, aunque le costara reconocerlo, y le dolía todo el cuerpo.

John salió de un salto de la furgoneta y fue directo en su busca. Eve, en cambio, se tomó su tiempo, sacudiéndose el escaso pantalón y comprobando su aspecto en el espejo retrovisor.

Lizzy lo vio acercarse aquejada de aquella sensación inexplicable. Mientras su silueta se iba definiendo a contraluz notó que su corazón latía con más fuerza. Empezó a distinguir las facciones, medio ocultas por el cabello rubio que le caía en la cara, y su pulso se aceleró. Había una sombra de preocupación en los ojos de John que se iba disipando según se acercaba. Cuando estuvo a escasos metros, ella cruzó los brazos sobre el pecho.

—Me lo imaginaba.

Él levantó ambas manos, en un gesto de disculpa.

—Te aseguro que no es acoso. Estaba preocupado. No podía irme en otra dirección sin saber si estabas bien. Lo siento. Eso es lo que hacen los amigos. Aunque no quiero decir..., no sé lo que quiero decir.

Lizzy notó que se sonrojaba. A veces ni ella misma se entendía. ¿Por qué le sucedía aquello? Supuso que era debido al hambre y al cansancio. Si lo analizaba bien, llevaba tres días huyendo, apenas había comido y sus sueños, por llamarlos de alguna manera, estaban llenos de sobresaltos y pesadillas.

Y allí estaba aquel tipo: un desconocido, casi un viejo amigo como él mismo acababa de decir, que le había echado más de una mano y de quien no sabía aún qué pensar. Decidió tomárselo con calma. Era mejor encender la pipa de la paz que desenvainar la espada. No sabía de quién era aquella frase, pero supuso que de tía Agatha.

—No te disculpes. —¿Por qué seguía sintiendo aquella desazón?—. Soy yo quien tiene que darte las gracias. Creo que venir aquí ha sido una buena idea. No sé lo que habrá al otro lado, pero al menos es un lugar solitario, tanto como para sentirnos seguras por un tiempo.

—Siempre que paso cerca intento saludarlos. Ya verás. Es un lugar especial.

De nuevo aquella sensación. Le costaba trabajo dejar de mirarlo, era como si sus ojos fueran un mar profundo donde ella se acababa de sumergir, empapada en algo que le erizaba la espalda y le provocaba unas extrañas taquicardias.

—¿Llegó la ambulancia? —Intentó despejar su abotargada cabeza—. ¿Sabes si todo terminó bien para el anciano?

—Tu nuevo amigo los despachó deprisa. Queda mucha vida en ese cuerpo, te lo aseguro. Aún me parece estar viendo la cara de pasmo del médico cuando se montó en su coche y enfiló la carretera pisando fuerte el acelerador. Es un tipo con carácter.

—Me alegro de que se haya repuesto tan deprisa.

Él iba a replicar cuando Eve pasó cerca de donde se encontraban, camino de la cancela de entrada. Se había quitado la blusa y se estaba desatando el sujetador.

—No os entretengáis —les apremió—. Quiero comer, bailar y dormir.

Lizzy vio cómo se alejaba y cómo su espalda quedaba completamente desnuda cuando se deshizo de la prenda íntima. Según avanzaba, Eve empezó a desabotonarse los shorts.

—¿Qué hace? —le preguntó a John, sin poder dejar de mirar la imponente figura de la mujer, que con un seductor movimiento de cadera había logrado que los minúsculos pantalones se deslizaran por sus muslos.

—Quitarse la ropa.

Fue una respuesta tan obvia que no tuvo más remedio que encararlo para... comprobar que él se había deshecho de la camiseta.

—Pero... ¿Qué haces tú?

—Quitarme la ropa.

Miró a una y a otro.

—¿Estáis locos?

John se deshizo de los vaqueros, danzando primero sobre un pie y después sobre el otro, y se quedó descalzo y en calzoncillos. Eran negros y tipo slips. Ella intentó no mirarlo, pero era algo difícil de hacer. Allí estaban. Los abdominales. «¡Dios! ¿Por qué nunca me equivoco?», pensó. Eran muy parecidos a como los había imaginado. Ligeramente marcados sobre un vientre plano y una cintura estrecha. El conjunto era de infarto, junto con los pectorales y los bíceps. Y los cuádriceps. Y un montón de músculos de nombres desconocidos pero que parecían saludarla desde sus elevados promontorios. «Deberían estar prohibidos», volvió a pensar. Allí no había rastro de gimnasio. No era el típico cuerpo de alguien que se mata entre máquinas y pesas. No era el cuerpo de Darcy. Había cierta desproporción natural, cierta rudeza que lo hacía más salvaje. ¿Más atractivo, más seductor? No estaba segura, pero en ese momento su cabeza no servía para evaluar aquello.

Se obligó a apartar la vista y a adoptar la actitud de estar escandalizada.

—¿Por qué diantres os estáis desnudando?

—Si quieres entrar ahí —le aclaró él—, tendrás que hacer lo mismo.

—Eso no lo haré ni aunque me apunten con una pistola.

Él se encogió de hombros.

—Bueno, puedes pasar la noche aquí fuera, pero dentro hace calor, preparan una comida de chuparse los dedos y tienen camas blanditas.

Sin más, se quitó los slips y pasó por su lado camino de la entrada.

Lizzy sintió cómo se ruborizaba una jodida vez más, aunque no estaba muy segura de si era de vergüenza o de deseo, porque aquellos glúteos eran el complemento perfecto a todo lo demás. Hasta su forma de andar era para chuparse los dedos. Y todo eso en un tipo que no le atraía en absoluto. «¿Desde cuándo no haces el amor, Elizabeth Bennet?», se preguntó, pero la respuesta era demasiado dramática como para formularla en su cabeza. «Empiezas a ver sexo hasta en los árboles.»

—¿Qué mierda de sitio es este? —decidió gritar para apartar aquellos pensamientos lujuriosos de su cabeza.

—Una comuna nudista.

—No me jodas.

Él se volvió. Lizzy tuvo que admitir que todo se encontraba perfectamente proporcionado y que estaba muy feo mirar así a un hombre desnudo.

—Aquí no van a venir a buscarte —dijo John— y si lo hacen... esta buena gente no es muy amiga de lo convencional, por lo que sabrán protegerte y estarás a salvo.

Lo dudó. Nunca se había desnudado delante de nadie. Bueno, por supuesto que se había desnudado cuando había estado con un hombre, pero incluso en el gimnasio tenía especial cuidado de que no la vieran sin ropa. No le gustaba exhibirse. Supuso que se debía a una educación demasiado conservadora y mojigata. Y aquello era..., era...

—¿Y no puedo entrar vestida?

—Mira ese cartel.

Le señaló un tablón de madera pintado también con colores alegres que explicaba que aquello era un hogar para los corazones libres y desnudos, y que la única llave para la cerradura del amor universal era dejar fuera la ropa.

Si quería entrar, si quería comer, si quería dormir, no le quedaba más remedio que quedarse en bolas.

—Joder —dio una patada en el aire—. ¿Y qué hago con Ana? Está como una cuba.

—Mandaremos a alguien para que la atienda. Por ahora déjala descansar. Esta zona es segura. Nadie la va a molestar.

Mientras Lizzy era incapaz de decidirse, John seguía ahí, sin mostrar el más mínimo pudor mientras la esperaba: piernas abiertas, brazos cruzados, mirada curiosa. Y toda su arrogante generosidad expuesta ante ella. ¿De verdad se habían formado en su cabeza las palabras «arrogante generosidad»? Se sintió aún más ridícula. Sus ojos se volvieron otra vez a la cancela de entrada. Eve hacía rato que había desaparecido tras ella. Solo quedaban ellos dos, y si conocía al vikingo como creía, no dudaría en seguirla y dejarla allí plantada.

—Joder, joder, joder.

Al fin empezó a quitarse la ropa. Primero la camiseta, con tanto cuidado que casi se hace un lío. Después los zapatos. Siguió con el vaquero, pero tuvo que sentarse en el capó para que saliera y estuvo a punto de caerse al suelo. Se quedó en bragas y sujetador, mientras hacía un extraño malabarismo para taparse con los brazos y las manos.

—No me creo que esté haciendo esto.

Él sonrió.

—Deberías hacerlo más a menudo.

—No mires.

—Tú tampoco.

—No he mirado.

—No me importa que lo hayas hecho.

—¿Insinúas que yo puedo sentir la más mínima curiosidad por... por eso?

—¿De verdad quieres que tengamos esta conversación? No me importa, pero lo haría delante de una hoguera y con un buen trozo de pan recién horneado.

Aquel tipo lograba exasperarla.

—«Eso» es lo que menos me importa del mundo en este momento.

—Nunca se sabe, pero vamos. —Al fin se dio la vuelta y se encaminó a la entrada—. Te presentaré a algunos amigos. Creo que te gustarán.

—Lo dudo.

Y como si en ello le fuera la vida, se lo quitó todo, quedándose completamente desnuda, y fue tras él.

«Glúteos.»

La palabra martilleaba en su cabeza mientras seguía a John a través de la comuna. Debía reconocer que aquellos eran unos glúteos en condiciones. Desafiando la gravedad a cada paso, con la firmeza de un general de brigada. Se adaptaban con plasticidad a los movimientos, estirándose y contrayéndose sin perder su dureza. Todo un milagro. ¿Eso era un lunar? Sí. Un lunar en la nalga derecha de John, cuatro dedos por debajo de los dos hoyuelos que se formaban donde la columna vertebral daba paso a otra cosa. Aquel lunar redondo y perfecto causaba en ella el mismo efecto que un péndulo en una sesión de hipnotismo. O al menos así le parecía a Lizzy, que intentaba tapar su desnudez con manos y brazos, lo que le daba un aspecto cuando menos peculiar.

Desnuda. Estaba desnuda en medio de más gente desnuda. Si dos semanas antes le hubieran dicho que haría algo así se hubiera reído a carcajadas. Ahora también lo haría, pero de nerviosismo. ¿Era aquello otro lunar? La mancha difusa en la espalda de John, entre los dos fuertes omóplatos...

Debía dejar de mirarlo o se volvería loca. Aún más.

La gran hoguera central iluminaba un conjunto de construcciones que se alzaban a su alrededor. Estaban edificadas con materiales de desecho: viejas puertas, planchas de chapa de origen desconocido, trozos de muebles abandonados a los que darles una utilidad. Aquella mezcla informe tenía la virtud de ser atractiva, como si aparte de la utilidad se hubieran guiado por la belleza a la hora de levantarla. Formaban un semicírculo donde muchas de aquellas construcciones estaban abiertas al frente, orientadas hacia el fuego, que era el centro de la vida social de la comunidad. Había zonas donde tumbarse a descansar, otras de meditación, lo que parecía un huerto cubierto, un corral para animales. La naturaleza lo perfilaba todo: los árboles que atravesaban las estructuras, los helechos que crecían a la sombra de las cabañas, las escasas flores otoñales que encontraban asiento en las grietas y esquinas.

Toda aquella gente debía de vivir allí. Quizá un par de decenas de un amplio abanico de edades y que, por supuesto, estaban tan desnudos como ellos dos. Abundaban los cabellos largos y la ausencia absoluta de cualquier sentimiento parecido al pudor. Un pudor que a ella no le abandonaba.

Lizzy seguía intentando taparse con las manos mientras el lunar hipnótico de John le marcaba el paso. «Debo presentar un aspecto patético», pensó. Con la frente zanjada, el labio herido, un moretón en la pierna, y sin apartar la vista de las nalgas de un tipo al que, en principio, detestaba. Sin embargo, John no parecía haber reparado en todo aquello. Camina al frente, como si ir desnudo fuera connatural en él. Por supuesto que la había mirado. Pero lo único que sintió Lizzy fue una extraña sensación de pudor y deseo. Quizá porque hacía demasiado tiempo que nadie reparaba en la maltrecha Elizabeth Bennet. Ella, en cambio, no podía dejar de hacerlo. Mirarlo. Para llegar a la conclusión de que, en otras circunstancias, se habría dado un revolcón con él.

Sonrió solo de pensarlo.

Estaba rematadamente loca. Con lo que arrastraba y su mente calenturienta se entretenía con picantes escenas donde John mostraba habilidades gimnásticas.

—En aquella zona están las camas. —Le señaló una especie de barracón comunitario que Lizzy miró con desconfianza—. No te preocupes, los que vienen de paso pueden elegir cabañas individuales. Hay un par de ellas y sospecho que nosotros somos los únicos que no pertenecemos a la comuna. Detrás de esos matorrales hay un caño de agua de manantial, por si quieres darte una ducha antes de acostarte. El agua está helada, pero te despejará.

Aquel ambiente casi naíf, iluminado con banderas tibetanas y pañuelos de oración, transmitía una sensación de intensa paz, aunque aquello no conseguía distraer a Lizzy del hecho de estar desnuda en medio de la nada. Había tropezado varias veces porque estaba más pendiente de comprobar si John la estaba observando que de los desniveles del terreno. Pero él parecía de verdad empeñado en que se sintiera cómoda, a pesar de que estar desnuda fuera una especie de prueba divina.

A aquella hora, con el sol ya oculto en el cielo, los integrantes de la comuna se preparaban para pasar la noche. Unos estaban disponiendo comida sencilla sobre una larga mesa confeccionada con el corazón de un árbol caído. Otros avivaban el fuego, o disponían bancos y troncos de árboles a su alrededor. Algunos simplemente descansaban y contemplaban las estrellas, o charlaban en grupos pequeños. Hacía fresco, pero menos del que esperaba. Quizá porque el bosque recogía aquel espacio con un abrazo cálido y el corazón de la hoguera se encargaba de lo demás.

Lizzy se sentía tan incómoda que seguía sin saber qué hacer con los brazos. Si taparse hacia arriba o taparse hacia abajo. Y el pelo no era suficiente para cubrir su pecho.

—¿De qué conoces a esta gente? —le preguntó al ver que saludaba con la mano a uno de ellos.

—¿Ves a ese tipo? El de la larga barba.

Ella miró hacia donde señalaba. El hombre estaba sentado sobre un tocón de madera, sacando con un cuchillo la forma de un animal de una vieja rama. Parecía fornido a pesar de su extrema delgadez.

—Era mi comandante en el ejército. Dice que aquí ha encontrado la paz. Así conocí este sitio, cuando vine a darle las gracias por lo que había hecho por mí. Desde entonces, siempre que paso cerca, vengo a saludar.

Aquella declaración, que hubiera estado en el ejército, le desdibujó por completo la imagen que hasta ese momento tenía de John. Esa podía ser la explicación de su excelente forma física. Parecía que encerraba más misterios de los que ella había supuesto. En otra ocasión le hubiera gustado saber algo más. Esa noche solo quería comer, descansar y marcharse antes de que saliera el sol... y olvidar aquellos glúteos.

Cuando pasaron por su lado, John se lo presentó. Lizzy luchó entre darle la mano y taparse, pero aquel hombre solo la miró a los ojos. Quizá aquello hizo que empezara a relajarse. En verdad nadie se estaba fijando en ella. No solo pasaban de su desnudez, es que tampoco parecía que su presencia hubiera supuesto ninguna novedad.

—Gracias por acogernos. Este sitio parece tan... —intentó agradecérselo, tomándole la mano con las dos suyas.

Pero el otro no dijo nada. Como si le hubiera comido la lengua un gato.

—Voto de silencio —le aclaró John cuando ella le lanzó una mirada de auxilio.

—¿Durante cuánto tiempo?

—Un año, que recuerde.

—¡Vaya!

Lizzy se imaginó a sí misma en aquellas circunstancias y una vez más le entraron ganas de soltar una carcajada, pero se comportó.

Conoció a otros miembros de la comuna, que fueron igual de amables, pero parcos en palabras. Una mujer con el cabello gris que hacía trenzas en el pelo de una joven y que más tarde supo que había sido cirujana, y un tipo muy parecido a John que en el pasado se encargaba de cuidar el jardín de su familia. Las conversaciones eran breves y cálidas: la excelente cosecha, la bonanza de las lluvias, la proximidad del crudo invierno.

—Como has visto —le aclaró él, mientras se dirigían de nuevo a la hoguera—, aquí no solo entramos desnudos de ropa, también de pasado. Se supone que cuando cruzamos esa puerta nacemos de nuevo. Por eso te dije que aquí estarías segura. Nadie va a preguntarte por lo que has hecho al otro lado de la cancela. A nadie le importa por qué estás aquí ni a dónde quieres ir.

Ella miró alrededor. Desde luego era extraño todo aquello, pero esa gente parecía contenta, feliz, despreocupada.

—¿Y no echan de menos... la civilización?

—Aquí tienen lo que necesitan. Y cuando se quieren marchar, simplemente lo hacen. Y si necesitan regresar, también lo hacen, dejando su vida anterior al otro lado. Nadie les va a preguntar a qué vienen ni por qué se han ido. Es su forma de ver el mundo.

—No creo que sea tan sencillo dejar atrás los problemas con un gesto tan simple como quitarse la ropa.

—Tú lo has hecho.

—Te recuerdo que, a pesar de estar aquí como vine al mundo, la policía sigue buscándome y medio planeta continúa pensando que soy la peor persona del mundo.

—Sobre lo último... a mí no me lo pareces. Y sobre lo primero, bueno, hoy los problemas están al otro lado de la cancela, ¿recuerdas?, así que yo disfrutaría de todo esto.

Lizzy sonrió. No, no era tan fácil. Sin embargo, decidió seguir su consejo.

La inseguridad que le provocaba el hecho de estar desnuda se fue diluyendo. Y eso que no se había depilado, algo que la atormentaba en ese preciso momento, a pesar de que John apenas la había mirado. No al menos que ella fuera consciente. Pero, claro, desde que había llegado de lo único que había estado pendiente era de sus nalgas.

En algún momento, una chica la tomó de la mano para llevarla a la mesa. Ella miró a su anfitrión, sin saber qué hacer, pero él simplemente le sonrió. Así se separaron, y poco a poco se fue integrando con aquellas personas que le resultaban tan amables como extrañas y calladas.

—¡Ana!

De repente se acordó de ella. La había olvidado por completo. ¿Cómo era posible? Quizá se había caído y estaba perdida en medio de los páramos. O se había ahogado en sus propios vómitos. O... Iba ir en su busca cuando la vio aparecer tan desnuda como ella misma y con la misma desenvoltura que mostraba John. Parecía que la borrachera se le había aligerado, aunque aún se tambaleaba.

—¡Si te hubiera ocurrido algo...!

—¿Dónde diablos estamos? —contestó su amiga con una pregunta.

Ana miraba a su alrededor con más curiosidad que asombro, mientras se rascaba la barriga desnuda.

—Ha sido idea de John. ¿Te acuerdas? Mi viejo amigo. No me he atrevido a despertarte para preguntar, pero he pensado que te gustaría un lugar así. Ya sabes. Nuestra aventura.

—Era imposible que se acordara porque en ningún momento había contado con ella.

—Alguien me ha dicho que hay un caño de agua por algún lado. Una ducha me vendría bien. —Ahora se rascó la cabeza—. Creo que voy a tomar una antes de comer.

—Buena idea.

Ana miró a ambos lados y después a Lizzy.

—Sabes que estamos desnudas, ¿verdad?

—Sí, me había dado cuenta.

—Esto no lo esperaba cuando decidí viajar al sur.

—Pues ya somos dos.

La miró de arriba abajo, con cierta desaprobación.

—Estás demasiado delgada.

Lizzy imitó su gesto.

—Tú también.

La carcajada de Ana resonó como una campana y atrajo la atención momentánea de los más cercanos, que respondieron con una sonrisa cómplice para olvidarse de ellas al instante.

—Ducha. —Ana señaló hacia alguna dirección. Le vendría bien porque aún olía a leguas el alcohol.

Cuando Lizzy se quedó sola, comió con ganas y mantuvo algunas conversaciones en las que todos esquivaban cualquier pregunta que indagara en el pasado o en un futuro que no fuera inmediato. Ana volvió mucho más fresca, con el cabello mojado y unas ganas enormes de zamparse lo que le pusieran por delante. La capacidad de su compañera de confraternizar era mayor que la de ella. En unos minutos reía a carcajadas, hablaba con todo el mundo y se convertía en el centro de atención de la mesa.

Lizzy no había dejado de mirar a John a hurtadillas.

Lo que había empezado siendo un engorro ahora le llamaba poderosamente la atención. Parecía sentirse tan bien allí, desnudo, y todo en él era tan impresionante que acababa de comprender que la ropa no le hacía justicia. Decidió decirle que de ahora en adelante debía ir desnudo a todos lados, y ella misma terminó riendo a carcajadas con aquella absurda ocurrencia.

A pesar de no haber cruzado la mirada, John tampoco la había perdido de vista en ningún momento. Lizzy era..., cómo decirlo..., como la visita inesperada de alguien que de repente se convierte en importante.

No sabía qué había sucedido en la vida de aquella mujer, aunque al parecer era de dominio público. Hacía años que no escuchaba las noticias ni leía un diario. Quizá debería haberlo hecho. Lo que fuera, estaba claro que la había maltratado. Tenía un cuerpo precioso, aunque debía reconocer que demasiado delgada. Aun así, su pecho era firme, y amplio, y sus caderas estrechas y deliciosas. Sintió que se excitaba, por lo que tuvo que apartar la vista. «Apartar la vista.» A eso era a lo que había dedicado sus fuerzas desde el mismo instante en que Lizzy se quedó desnuda. Porque todo, irremediablemente, le llevaba a ella, al tono dorado de su piel, al pliegue que palidecía entre sus pechos, a la forma en que se erizaban sus pezones cuando los arreciaba una ligera ráfaga de viento. O apartar la vista o volverse loco de deseo. Y no estaba en circunstancias de disimularlo.

En otra ojeada la vio reír mientras hablaba con la chica que la había apartado de su lado. Por algún motivo él también lo hizo. Sus ojos melados brillaban y su largo cabello castaño le caía por la espalda y jugaba con su seno cuando se agitaba con la brisa nocturna. Una vez más tuvo que apartar la mirada porque aquello que emanaba de Lizzy conseguía hipnotizarlo.

La cena, aderezada con fruta de otoño y agua de manantial, se alargó hasta que el cielo era una sombra negra salpicada de estrellas.

La música empezó a sonar en algún momento, una guitarra y timbales, y algunos comenzaron a bailar. Ana, por supuesto, agitando las manos con los ojos cerrados mientras se balanceaba como una sibila.

Era muy tarde cuando Lizzy se apartó hacia el lindero del bosque. En cierto modo necesitaba un instante de soledad. Necesitaba pensar en todo lo que le estaba sucediendo y también, por qué no, en la forma en que su mente se empeñaba en intentar descubrir quién era John.

En cuanto amaneciera debía partir y dejar atrás todo aquello, también al hombre que la había ayudado. Preguntaría a aquella gente cómo retomar la ruta sin tener que dar la vuelta. También debería explicar todo aquello a Ana, lo que la pondría en una situación difícil. Según sus cálculos, un viaje de un puñado de horas se estaba convirtiendo en una aventura de varias jornadas. ¿Qué haría cuando llegara a San Cayetano? ¿Cómo se enfrentaría a su destino?

Escuchó el ruido de una rama quebrada y se volvió con rapidez. John estaba muy cerca. El resplandor de la hoguera, a pesar de estar lejos, acentuaba el tono dorado de su cabello y de su barba, y volvía cálidos sus ojos claros. Se estremeció, a pesar de que no hacía frío.

—¿Estás bien?

Ella asintió a la vez que se tapaba el pecho con los brazos cruzados.

—Quiero darte de nuevo las gracias.

—No es necesario —le quitó él importancia.

—Sí lo es. Hubiera tirado por la autopista y en estos momentos estaría entre rejas. Ahora simplemente estoy... desnuda.

Él sonrió. Desnuda y preciosa, pero no dijo nada de eso.

—En medio de una montaña rodeada de gente en bolas. La vida siempre nos sorprende.

—Sí. Y de eso sé bastante. No de andar por ahí de esta manera, sino de las cosas que no esperas.

Ambos permanecieron callados unos minutos. Lizzy se asombró descubriendo que se sentía bien. Quizá desde hacía demasiado tiempo. Había desparecido aquella sensación de urgencia, de asfixia. Lo miró extrañada. ¿Era él el responsable de aquello? John permanecía a su lado, apoyado, como ella, en el tronco de aquella enorme haya, apartado lo justo como para no tocarse, mientras miraba las estrellas.

No. No era en absoluto su tipo. Siempre le habían atraído los hombres fuertes y decididos, los que parecían doblegar con mano dura su destino. Los hombres como Darcy. Sin embargo, John simplemente se dejaba llevar, como si no le preocupara qué le depararía la vida a cada paso, sin prisas, sin miedo, entregándose a lo que trajera cada instante. Eso era desconcertante para ella, y completamente nuevo.

John se giró y la vio con los ojos clavados en los suyos. Sonrió y Lizzy tuvo que reconocer que era un hombre guapo.

—¿Quieres hablar? —le preguntó él.

—¿Te refieres en plan rollo emocional y eso?

—No exactamente.

Ella se encogió de hombros.

—No soy de hablar de mí misma.

—De acuerdo.

Lo miró asombrada.

—¿No vas a insistir?

—No.

¿Así de fácil? Darcy jamás hubiera dejado pasar la oportunidad de interrogarla y se enfurecía cuando creía que su mutismo se debía a que ella ocultaba un secreto terrible que acabaría con su relación y hasta con la especie humana sobre la tierra.

A lo lejos, Ana bailaba con los brazos alzados. Era casi hipnótico ver cómo su cuerpo fluía con la música. Lizzy sintió que ella sí estaba dejando atrás algunas de sus capas, como la piel que muda una crisálida, que Ana sí estaba saliendo de la burbuja que había sido su vida hasta entonces, mientras que ella..., ella solo huía.

—Yo vivía en una casa preciosa —empezó a decir, siguiendo la mirada de John hacia las estrellas—, tenía el trabajo de mis sueños, y la mejor familia del mundo, ¿sabes? Y de eso hace solo dos años. Solo dos años y soy una prófuga en una comuna hippie hablando de lo único de lo que no puedo hacerlo, de mi pasado. Hace dos años, solo dos años me pertenecía el mundo, y mírame ahora.

—Estás de miedo.

Ella sonrió y agradeció su sentido del humor.

—No me refiero a eso. No tengo nada, mi familia me odia, el mundo me detesta y me persigue la policía por asesinato. ¿Cómo he podido llegar hasta aquí?

Él se giró para enfrentarse a sus ojos y cruzó los brazos sobre el pecho. Ella se tapó un poco más, imitando su gesto.

—¿Has matado a alguien? —preguntó a bocajarro.

Lizzy sintió un hueco inmenso en la garganta. Era la primera vez que esa pregunta aparecía ante ella y había demasiadas respuestas posibles. Decidió que con John diría la verdad. No sabía por qué, pero con él quería ser sincera, aunque pudiera arrepentirse de ello.

—Sí, he matado a alguien.

Él asintió.

—¿En defensa propia?

—No.

Vio que una sombra oscura pasaba por sus ojos. No era fácil encajar aquella respuesta.

—No sé las circunstancias —dijo muy despacio—, pero supongo que había una razón.

—No, no la había. O sí. El miedo, los celos, el deseo, la angustia, la confusión. Es lo único que se me ocurre.

No se lo estaba poniendo fácil.

—¿Te arrepientes?

Aquella era la más difícil de todas. Y lo era porque la respuesta se enunciaba de forma sencilla.

—No he hecho otra cosa que arrepentirme desde aquella noche.

Eso pareció tranquilizarlo, porque su frente se relajó, también su boca crispada, que se animó con una sonrisa vaga.

—Entonces quizá haya una solución a todo esto.

No. No la había.

—Dentro de mí, muy dentro de mí sabía que el final sería trágico, sin embargo, decidí seguir adelante. ¿Cómo puede ser eso?

—Porque queremos errar por nosotros mismos, supongo.

Eso decía su tía. La jodida manía de no aprender por cabeza ajena.

—Tú en cambio —fue a tocarle el brazo, pero se detuvo al recordar que estaban desnudos—, parece que sabes quién eres y a dónde vas.

—Lo único que sé es dónde estoy aquí y ahora, y es el mejor lugar donde podría desear estar.

—Eres extraño y misterioso... Y eso suena a diálogo de novela del siglo diecinueve.

Él volvió a sonreír.

—Soy, seguramente, el tipo más normal que has conocido.

—No me has dicho a qué te dedicas.

—A ser yo mismo.

—Una especie de hippie. Como tus amigos.

También le pareció que se sonrojaba levemente.

—No. Supongo que no. Ellos son auténticos. Yo solo pretendo... Dejé atrás aquello que no formaba parte de mí mismo y pretendo vivir día a día, sin pensar qué pasará mañana.

—Eso es un poco de locos.

—Sí, pero funciona.

—¿Y de dónde sacas el dinero?

John era consciente de que Lizzy intentaba apartarse de aquella intimidad de unos minutos antes, de aquella profundidad que al parecer tenía su origen en una noche trágica.

—Necesito poco y si me hace falta busco dónde puedo ayudar: talar un árbol, arreglar un motor, segar un campo o recoger excrementos. Es saludable.

—Ufff.

Tuvo ganas de besarla.

Unas ganas enormes, casi irrefrenables.

Pero sabía que si lo hacía, que si extendía la mano, la tomaba suavemente por la nuca y se hundía en sus labios, se acabaría todo. Ella lo echaría de su vida, de aquel mundo adverso donde estaba encerrada y donde él empezaba a sentirse cómodo a pesar de todo.

—¿Qué harás mañana? —cambió de tema para aclarar su mente.

—En cuanto amanezca y Ana se encuentre bien partiremos. Tengo que llegar cuanto antes. No creo que pueda escapar por mucho más tiempo. Todas las patrullas de la zona me estarán buscando.

—Pues creo que Ana ya está bien.

Y por supuesto que lo estaba. La música era en aquel momento trepidante, y ella estaba en el centro de un corro que la aplaudía y jaleaba. Lizzy sonrió. Su corazón sonrió de forma imprevista. Por un momento, por un brevísimo momento, se sintió dichosa. Una sensación que creía olvidada.

Había abierto su corazón más de lo que quizá había hecho jamás. Ya era hora de cerrarlo y dejarlo descansar.

—Lo mejor será acompañarla. —Le tendió la mano a John—. ¿Vienes?

Él la miró inerte en el aire. Incrédulo. Fascinado también.

—Al fin del mundo.

Y se encaminaron al calor de la hoguera y a la magia de una música que subía hacia el cielo como un ensalmo.

—No podemos seguir así —te digo sin importarme que quienes están sentados en las mesas de alrededor nos oigan.

—Solo busco el momento de poder arreglarlo. Debes tener paciencia.

—¿Paciencia? Llevamos dos años en esta situación. No lo soporto más.

—No puedo abandonarla sin más —me dices, como si yo te hubiera demandado algo así.

—No hablo de que la abandones. Jamás te pediría eso. No hablo de ella. Hablo de mí. Necesito que te apartes de mi lado. Que me olvides. Tienes que permitir que lo nuestro termine. Solo así seré capaz de hacerlo. De dejar lo que tenemos. De volver a ser yo misma.

Mis palabras suenan patéticas en mis oídos. ¿Hasta este punto me he degradado que necesito que me dejes para poder dejarte? Es curioso cómo la realidad se materializa cuando es verbalizada.

—Eso no va a pasar —bajas la voz y me tomas la mano sobre la mesa—. Sabes que sin ti ya no me importa nada.

Yo la aparto. He venido a poner un punto final, una vez más, a pesar de cómo va a sangrar mi corazón, y necesito toda mi fuerza. Y mi fuerza se diluye con el contacto de tus manos.

—Tienes que ayudarme a que lo nuestro acabe —te imploro—. Tienes que permitir que lo nuestro termine. Si de verdad me amas como dices.

Tú niegas con la cabeza, como si este hecho no fuera una verdad.

—No puedo estar sin ti, y lo sabes.

—Has elegido a otra. Compartes su vida. Duermes cada noche en su cama. Yo solo soy...

—El centro de todo.

—Solo soy un capricho que usas para desahogarte cuando te asfixias.

¿Crees que no lo sabía? ¿Que no lo he sabido siempre?

—Te resistes a comprender cómo de complicado es todo esto.

—Pero ya has hecho la elección.

—Y me he quedado contigo.

—Con las dos.

—Ella solo es...

—Puede llegar a ser la madre de tus hijos.

—No seas cruel.

Veo el dolor en tus ojos. Un dolor sincero. Crees en lo que dices. A pesar de que ambos nos hayamos condenado por dejarnos arrastrar a esto que hemos llamado amor.

—Mi querido, mi dulce Darcy —intento que me comprendas—. No podemos seguir así. Debes elegir.

—¿Es un ultimátum?

—Sabes que no. Ella te necesita. Yo te necesito. Y tú no puedes dividirte en dos.

—Lo hago. Lo haré.

No vas a entrar en razón, ¿verdad? ¿Somos un trío? ¿Una extraña pareja poliamorosa? No, no lo somos porque ella desconoce lo que existe entre tú y yo.

—Ni tu mujer ni yo misma tenemos lo que necesitamos.

¿Sabes lo que sucedería si se enterase? ¿Si supiera lo nuestro?

—Eso no va a pasar.

—Puede suceder en cualquier momento. Mira alrededor. ¿Quién te dice que alguna de estas personas no nos conoce, y a ella, y se lo diga, y solo tenga que atar cabos?

Miras las mesas que nos rodean. Este restaurante está muy lejos de mi casa. También de la tuya. Siempre hemos tenido cuidado con eso, ¿verdad? Pero comprendes que quizás no hoy, cualquier día, en cualquier momento, alguien puede vernos. Alguien puede extrañarse, o alegrarse, y puede comentárselo a ella. Como por casualidad. «¿Sabes a quiénes vi ayer juntos?» Y el castillo de naipes que con tanto cuidado hemos levantado se vendría abajo de forma estrepitosa y con consecuencias impredecibles.

—Que tú y yo estemos aquí juntos y hablando puede ser normal —te defiendes.

—Que nos miremos así no lo es en absoluto.

Los ojos. Tus ojos. Y ese brillo que me prende cada vez que me miras. ¿Cómo no va a ser visible para los demás? Estarían ciegos si no se dieran cuenta.

—No voy a dejarla en este momento. No te voy a dejar a ti —insistes. Tan terco como siempre has sido.

—Vas a traer la desgracia a tu familia.

—Es posible, pero no puedo hacer otra cosa. No es que no quiera. Es que no puedo.

He aceptado vernos con la única intención de que me lo pongas ligeramente fácil. No queda más remedio.

—Entonces, he de hacerlo por mí misma.

—Sabes que no podrás. —Te recuestas en el asiento. Tu actitud no es de suficiencia, es de derrota porque reconoces que cuando decido algo, cuando lo decido de verdad, busco la manera de conseguirlo—. Me has dejado en otras ocasiones y siempre vuelves.

—Esta vez será diferente.

—No lo será.

—Me maldigo por lo que estoy haciendo —hablo demasiado alto, tanto que los ocupantes de la mesa de al lado nos miran. Tú vuelves a acercarte y yo templo la voz—. He perdido el respeto por mí misma. ¿Sabes lo que significa mirarte al espejo y ver cada día a una desconocida a la que detestas?

Me pongo de pie y dejo la servilleta sobre la mesa.

—Lizzy. —Me coges la mano—. No lo hagas.

—Voy a marcharme de la ciudad. Es la única manera.

Me suelto. Tu contacto. Tú me miras con una desesperación que me rompe el alma. ¿Seré capaz? Voy a ser capaz.

—¿Cuándo te irás?

—El mes que viene. Tengo compromisos que no puedo abandonar. Hablaré con mi jefa en unos días.

Te humedeces los labios.

—¿Se ha acabado entonces?

—Si tú no vas a hacerlo me toca a mí. Ella no se merece esto. Llevamos demasiado tiempo traicionándola.

Mostramos una imagen curiosa. Tú sentado y yo de pie. Ambos derrotados por lo que está sucediendo.

—Volverás —me adviertes.

—Esta vez no.

—Volverás.

Quizá tengas razón, pero haré lo que esté en mi mano para que te equivoques, para que yerres en tus predicciones y una fuerza interior que no poseo me tome, me dé la vuelta como a un viejo calcetín, me permita abandonarte como debería haber hecho hace demasiado tiempo.

—Un último adiós, mi querido Darcy. —Voy a acariciarte la mejilla cuando aparto la mano. No puedo ceder ni un ápice, porque podría echarlo todo a perder—. Enfréntate a tu vida, no huyas de ella.

Y tengo la absoluta certeza de que esta es la última vez que voy a verte.

—Tu amiga no se ha despedido.

John gruñó ante el comentario de Eve, que terminaba de arreglarse las uñas sin importarle el traqueteo de Rosemary.

Esa mañana, cuando se había despertado de una noche plagada de sueños extraños, Lizzy y su coche ya no estaban. A pesar de que ella se lo había advertido, que se marcharían en cuanto amaneciera, el hecho de no verla lo había puesto de un endiablado mal humor.

John había querido partir de inmediato con la esperanza de encontrarla por el camino, o al menos descubrir qué dirección había tomado.

—Una razón más para que dejemos de ir detrás de una asesina —añadió Eve.

—No es una asesina y sí, se despidió. Claro que lo hizo —refunfuñó sin apartar la mirada del sendero—. Hoy tenían que salir temprano. ¿Y tú? ¿Dónde te metiste? Creo que no te vi en toda la noche.

—Me dolía un poco la cabeza y me acosté en cuanto llegué.

—¿Estás bien? —La miró preocupado.

—¡Estoy de maravilla! —No quiso darle importancia—. Por cierto, cuando me levanté a por agua os vi hablando, apartados de todo el mundo y bastante acaramelados. Vaya, vaya, vaya.

—Sabes que no fue así. Simplemente charlábamos.

—Muy a mi pesar tengo que reconocer que es bonita. Cuando se relaja, lo que sucede pocas veces.

Él se encogió de hombros.

—No me he fijado.

Eve lo conocía tan bien que no quiso continuar por aquellos derroteros para no acentuar su mal humor. John podía ser susceptible cuando su cabeza estaba abotargada, y aquel era uno de esos momentos. No estaba muy segura de hasta dónde estaba pillado por aquella mujer, pero todo indicaba que hasta las trancas. Y eso era algo extraño, porque era un tipo bastante juicioso, poco dado a los excesos, y si necesitara evaluarlo del uno al diez emocionalmente en ese preciso momento, pasaría con dificultades del cuatro.

—¿Vamos a volver a la autopista? —cambió de tema

—Tomaremos dirección Este, hasta Big Rock. Desde allí ya veremos por dónde tirar. Pretendo buscar el camino más rápido, no te preocupes. Sigues siendo mi prioridad —le sonrió.

—Lo sé, pero no importa si... Si tenemos que pararnos o tomar una desviación estará bien.

Él se lo agradeció ampliando su sonrisa. Sabía lo que estaba en juego, pero no estaría tranquilo hasta confirmar que Lizzy había conseguido escapar. O al menos que había podido salir indemne de aquel entramado de carreteras rurales. A pesar de lo poco que la conocía intuía que habría tomado el camino más seguro. Pero ¿cuál era ese?

La calzada de tierra levantaba una gran polvareda detrás de ellos. Había atravesado un par de veces aquellos páramos al pie de la montaña y sabía que le esperaban un puñado de millas donde no se cruzarían con nadie, no vislumbrarían ninguna aldea ni encontrarían ayuda si tuvieran algún problema. Confiaba ciegamente en Rosemary y en su capacidad para llevarlos al otro lado, hasta donde el camino se volvía firme y podrían decidir si seguir por carreteras secundarias o tomaban la interestatal que les acercaría en unas pocas horas a San Cayetano.

—Parece que hay alguien con problemas.

Eve estaba señalando una columna de humo negro que ascendía al cielo un par de millas más adelante. John pisó el acelerador y la nube de polvo que les seguía se hizo más densa.

No tardaron en ver el Chevrolet Cruze de Lizzy estacionado a un lado del camino, con el capó levantado. Sus dos ocupantes parecían medio desdibujadas por el humo a un lado de la carretera.

—Tu amiga tiene dificultades —murmuró Eve.

John estacionó detrás del coche.

Lizzy y Ana los habían visto acercarse y ya iban a su encuentro. La enorme columna de humo negro debía de estar viéndose a millas. Aquello le preocupó bastante. Todos los esfuerzos por pasar desapercibidas, por tomar una ruta segura, estaban en aquel momento en entredicho ya que era un hecho que alguien se acercaría a comprobar qué estaba pasando y si no era la policía, les daría parte del incidente.

De un salto bajó de la furgoneta y fue a su encuentro.

—Ha empezado a salir, sin más. —Lizzy parecía desesperada cuando estuvo a su lado.

Tenía un tiznón oscuro en la mejilla y las manos manchadas del hollín del motor. Conocía bien su viejo cacharro y aquella avería tenía mal aspecto.

Eve también descendió. Analizaba el rostro de John, pues parecía que su mal humor se había disipado de un plumazo, dando paso a la preocupación. Conocía ese brillo en sus ojos, y aquella mueca rígida en su boca. También sabía las consecuencias de aquella llamativa columna de humo negro.

—¿Cómo ha sido? —preguntó él. Le había pasado por la cabeza abrazarla, pero sabía que habría sido un desatino.

—Simplemente ha empezado a aparecer esa cosa del capó —le explicó Ana.

—He pisado demasiado. Sabía que si no prestaba atención a las revoluciones podría pasar esto. —Lizzy estaba de verdad angustiada.

—Le echaré un vistazo.

Desapareció tras el capó a la vez que Lizzy cruzaba los dedos. Si no podía hacer nada, las posibilidades de que su huida prosperara eran escasas. Se sintió estúpida por no haber prestado atención al cuentarrevoluciones. Sabía que no podía exigirle mucho más a su viejo Chevrolet, y sin embargo..., sin embargo, había tenido la cabeza ocupada toda la mañana pensando, precisamente, en John. De forma inocente, aunque no siempre, pero es que había empezado a intrigarle de tal manera que fabulaba sobre cómo habría sido su pasado y por qué deambulaba por empolvadas carreteras sin destino aparente.

Ellas tres esperaron pacientemente a un lado. Sabían poco de coches y John había desmontado varias veces el motor de Rosemary.

Ana comenzaba a agobiarse y cuando aquella mañana le había preguntado por qué estaban en medio de ninguna parte, lo único que se le ocurrió a Lizzy fue que se habían perdido al tomar un atajo. Eve, por su parte, se había acercado a ellas y fumaba un cigarrillo con una calma que exasperaba. No le caía bien la «presunta asesina», como pensaba en ella cada vez que la veía mirar a John a hurtadillas.

—¿Conoces a Ana? —dijo Lizzy. Al menos las dos podrían hablar de algo, de cualquier cosa, y su compañera de viaje no se sentiría tan agobiada.

—Te vi ayer. Eras la sensación de la fiesta.

—Me dejo llevar. ¿Tú estabas...?

—Sí. Tan desnuda como tú.

—Mi primera vez —casi se emocionó Ana—. Pensaba en mi padre. Me hubiera retirado la palabra para los restos. Era muy rígido en cuanto a mantener las formas.

—¿Y qué tal te sientes?

—Me apunto al nudismo. —Soltó una carcajada—. Voy a ser la vieja nudista más provocadora del continente.

—Eso me gusta —la animó Eve.

—Es el inicio de una gran amistad —la voz de Lizzy sonó sarcástica.

Su cabeza estaba ocupada por el jodido problema que John intentaba solucionar y, a pesar de haber sido ella quien había dado pie, sus nervios crispados no soportaban el incesante parloteo de las otras dos.

Eve encajó mal el comentario mordaz. Quizá porque había encajado igual de mal el interés creciente que John mostraba por aquella mujer.

—Al menos ella disfrutó en vez de juzgar lo que vio. —Nunca había sido de dar un paso atrás.

—¿Y qué sabes tú lo que yo hice?

—Lo tienes grabado en la cara.

—Que no te caiga bien no significa que me conozcas. Yo podría juzgarte por muchas cosas y sin embargo no lo he hecho.

Las manos de Eve se posaron en sus caderas.

—¿Por qué cosas?

—Por ejemplo, porque parezcas una zorra. Sin embargo, intuyo que eres una buena chica, posiblemente de familia acomodada, que buscas que te quieran, como todos, y que no tienes culpa de haber nacido con ese tipazo.

Eve la miró, pasmada. El tono calmado de aquella mujer era indescifrable. No estaba segura si aquel había sido el peor insulto que le habían lanzado a la cara o era el ejemplo más claro de haber entendido su naturaleza más profunda.

—¿Qué has querido...? —pudo articular.

John apareció en ese momento limpiándose las manos con un puñado de tierra.

—El motor está achicharrado. No hay forma de arreglarlo.

—¡Joder! —Era la peor noticia.

—Habrá que llamar a Ayuda en Carretera. —Ana ya había insistido en que debían hacerlo, pero su compañera parecía no querer prestarle atención.

La desesperación en el rostro de Lizzy era patente. En aquel momento pasaban por su cabeza los peores augurios. Se culpaba una y otra vez por su torpeza, por no haber estado pendiente de lo que era de verdad importante. Se jugaba demasiado, entre otras cosas la libertad. ¿Cómo había podido tener la cabeza entre las nubes? ¿En John?

A él le dolía verla derrotada. Desde que la conociera hacía solo un par de días, se había encontrado con alguien que era capaz de luchar, de sobrevivir a toda costa. Aquello parecía que había impactado en su zona de flotación.

—¿Podemos hablar un momento? —le pidió a Eve.

Ella asintió, apartándose hasta que Rosemary se interpuso entre ellos y las dos mujeres.

—No podemos dejarlas aquí tiradas —propuso en voz baja.

—¿Y qué se te ocurre? —Eve sabía que eso era precisamente lo que le iba a decir. Lo conocía demasiado bien.

—Decirles que viajen con nosotros. En Rosemary hay sitio suficiente.

Se encogió de hombros, a pesar de que aquello no le gustaba en absoluto.

—La furgoneta es tuya.

Era una decisión que hubiera podido tomar por sí mismo, pero las implicaciones eran demasiado importantes.

—Eve, si nos detienen y ella está con nosotros, iremos de cabeza a la cárcel como cómplices.

Eso no lo había pensado. No podrían aducir que la habían recogido en la carretera y que no sabían quién era. La policía ya los había avisado.

—La otra opción es dejarlas aquí hasta que pase alguien y las socorra —asintió Eve, más que preguntó.

—Así es.

—Y por aquí no pasará nadie en mil años. Miento, pasará la policía siguiendo su rastro.

—Correcto.

Eve respiró hondo. En cierto modo todo era cuestión de tiempo. De su tiempo. Sin embargo, aquello era importante para John y se lo debía todo. La apuesta era elevada. Sin decir nada se dio la vuelta.

Él la vio alejarse y fue detrás. Eve tenía todo el derecho a decir que no. De hecho, había sido un insensato proponiéndoselo. No estaba muy seguro de qué le estaba pasando, pero necesitaba pararse y reflexionar. Desde que había conocido a Lizzy... ¡Ufff! Desde entonces las cosas no eran como antes. Aun así, iba a apoyar a Eve. No podía olvidar que era su prioridad. Lo único que debía importarle en aquel momento. Si debía dejarlas allí tiradas lo haría. O quizá buscaría la forma de ayudarlas sin comprometer la seguridad de su amiga.

Cuando Eve llegó a donde estaban ellas dos, volvió a ponerse las manos en las caderas. John suspiró. Aquello nunca era una buena señal.

—¿Por qué no venís con nosotros? Por aquí no pasará nadie hasta dentro de un par de siglos —fue lo que dijo.

Él la miró, boquiabierto. Siempre había sido impredecible, pero aquella vez superaba las anteriores. Quería preguntarle «¿Estás segura?». Pero en ver de eso:

—¿Estarán cómodas?

—Rosemary tiene espacio para todos —aseguró Eve—. Y tenemos el mismo destino. Estaremos acompañados.

Los ojos de John brillaron. Se volvió hacia Lizzy.

—¿Qué piensas?

No era lo que quería. Se le había pasado por la cabeza salir corriendo, meterse en la furgoneta y dejarlos a todo allí plantados. Esa mañana, cuando había achicharrado el motor de su coche, había comprendido que debía estar lejos de aquel tipo, y sin embargo él se convertía en su única salida. El destino a veces era curioso, e irónico.

—No se me ocurre otra solución. —Aquella idea no le gustaba nada.

—Solo hasta que encontremos otra forma en que podáis viajar seguras.

Ana no entendió lo de «seguras». Seguía sin comprender por qué no llamaban a Ayuda en Carretera. Sin embargo, podría ser divertido. Aquel viaje de aventuras estaba siéndolo de verdad.

—Por supuesto —dijo Lizzy, cuyo rostro seguía ensombrecido—. Solo hasta entonces.

Collingwood miró en ambas direcciones.

Aquel camino de tierra amarillenta iba hacia el Este, lo que indicaba que Elizabeth Bennet se estaba dirigiendo hacia la costa. ¿Había cambiado de planes? Lo dudaba. El perfil que había trazado de ella definía que tenía muy claros sus objetivos, y un cambio de aquellas características en su forma de proceder chirriaba bastante. Collingwood sospechaba que su huida no solo era un intento desesperado de escapar de la justicia, sino que había algo más, un fin claro que la estaba llevando a tomar una dirección concreta y no al azar.

Su compañero estaba convencido de que se habían equivocado desde el principio al suponer que la sospechosa se dirigía hacia el Sur. Que solo había sido una maniobra de despiste porque su verdadero destino estaba en alguna de las grandes ciudades costeras, donde le sería más fácil pasar desapercibida. Incluso embarcarse y huir del país.

Él no lo creía así. Estaba seguro de que habían sido las circunstancias de la huida las que la habían llevado en aquella dirección y que en cualquier momento viraría de nuevo hacia el Sur. Porque indudablemente se dirigía al profundo Sur. La cuestión era cuándo. En qué punto. Había revisado los mapas y aquello era un jodido entramado de caminos polvorientos, carreteras rurales y senderos por los que era fácil perderse.

—¿Dónde te has metido, señorita Bennet? —preguntó al aire, como si este pudiera darle una respuesta.

Aquel páramo era una de las llanuras más extensas del estado. En tres direcciones la vista era tan amplia que parecía que la tierra y las nubes eran una misma cosa.

Volvió hasta el Chevrolet rojo que estaba inspeccionando su compañero.

—¿Alguna novedad? —le preguntó.

—Nada destacable. Aparte de envoltorios de chocolatinas, apenas quedan rastros, aunque cuando haga su trabajo la Policía Científica podrán decirnos algo más. Si es que nosotros no hemos contaminado todas las pruebas. El motor está destrozado. De ahí la humareda.

Aún salía humo del capó, pero era solo una pequeña columna que se disipaba en cuanto empezaba a elevarse. Había sido vista a millas de distancia por un agente local que había ido a echar un vistazo y, tras comprobar la matrícula, los había avisado a ellos.

Collingwood volvió a mirar en ambas direcciones. La teoría de su compañero era sencilla: habían abandonado el vehículo desahuciado y como única opción se habían adentrado en los páramos a pie, ya que por aquel camino apenas había tráfico. Tan sencilla como absurda. Porque el motor aún estaba caliente, lo que indicaba que aquel coche se había detenido no hacía demasiado tiempo, y si ellas hubieran decidido largarse caminando, suponiendo que aún llevara consigo a la rehén, serían visibles desde donde ellos se encontraban.

Así que solo quedaba la otra opción posible: habían abandonado aquel lugar en un vehículo y debía de haber rastros por los alrededores.

Mientras su compañero seguía empeñado en analizar el interior del Chevrolet, Collingwood decidió inspeccionar el perímetro. En la zona delantera del coche había marcas superpuestas de pisadas. Era lógico. Aquella era la ubicación del conflicto y lo normal habría sido que intentaran reparar el desastre hasta darse cuenta de que no había solución posible. La tierra amarillenta dificultaba la identificación de huellas. ¿Huellas de dos, de tres personas? Era muy difícil de apreciar. Posiblemente un calzado de un número mayor que el otro. ¿Serían de la rehén?

Aquella parte poca más información podía aportar. Anduvo una decena de pasos hacia delante, teniendo especial cuidado en observar cada resalte del terreno, cada accidente fuera de lo normal. Allí no había nada. La polvareda podía haberse asentado cubriéndolo todo.

Volvió sobre sus pies en la dirección contraria. Sabía que la Policía Científica les echaría la bronca por haber alterado la escena, pero le daba igual. Aquel grupo de tecnócratas podrían saberlo todo en un laboratorio, pero él necesitaba información inmediata, y esa estaba sobre el terreno.

No tardó en ver las huellas de rodadas. A pesar de haber estacionado el sedán a una decena de metros, estaba justo encima de donde terminaban.

—Mala suerte.

Apenas eran visibles unos diez centímetros, una simple marca donde la tierra, demasiado seca, formaba un resalte inapreciable, pero a un ojo experto como el suyo no podía escapársele.

Rodeó su coche. El vehículo que había estacionado allí, justo donde estaba el suyo, debía de haber venido o del poblado, como ellos, o de la montaña. En cualquier caso, no había más rastro ni más marcas en el sendero. Nada. Solo aquellos escasos diez centímetros de tierra de arcén aplastada.

Se agachó, teniendo cuidado de que su impecable traje gris no se manchara. Si solo hubieran estacionado un par de metros más allá hubiera tenido ante sus ojos un plano claro del vehículo que había socorrido a la forajida.

Miró con detenimiento. Quizá para otro agente aquello no fuera nada, pero para Collingwood era suficiente.

—Maldito hijo de puta —gruñó en voz baja.

Porque acababa de descubrir que aquellas huellas de neumáticos eran de una furgoneta, de una tipología muy concreta, y estaba seguro de a quién pertenecían.

Rosemary no era cómoda y tampoco espaciosa.

Tenía dos filas de asientos un tanto apretados y detrás, separados por una cortina, un cubículo donde John guardaba un colchón por si necesitaba pernoctar en la furgoneta, útiles para cocinar, un par de tiendas de campaña, un toldillo, un juego de mesa y sillas plegables, y el equipaje de él y de Eve, al que ahora se había sumado el de Ana y el de Lizzy.

Cuando un par de días antes había ayudado a John a limpiar la furgoneta apenas se había fijado en el interior. A pesar del buen trabajo de mantenimiento, los años no habían pasado en balde para Rosemary. El techo estaba oxidado en alguna de las juntas visibles, una de las ventanas se atascaba si no se ejercía presión en un ángulo concreto, y la pintura, tras demasiadas manos, tenía un grosor y una rugosidad considerables en las esquinas que no estaban paneladas. Por lo demás, rodaba bien por aquellos caminos polvorientos, aunque a una velocidad muy inferior a la que Lizzy hubiera querido. Pero no podía quejarse; aquel trasto con nombre de matrona galesa era lo único que tenía para llegar a su destino.

Eve no había cedido su asiento junto al conductor y, desde que habían arrancado, mantenía una aburrida conversación con Ana sobre los quehaceres de la vida en la granja, que parecía no tener fin.

Lizzy, sentada junto a su compañera de viaje en la parte trasera, había caído en un mutismo hermético. John la miraba por el espejo retrovisor, intentando descifrar qué pasaba por su cabeza. Pero encontraba un rostro serio, con la mirada perdida en la inmensidad del paisaje. Era evidente que la devoraba la preocupación. Todo dependía de demasiados hilos frágiles, que podían desprenderse en cualquier instante para arrastrarla a la catástrofe. Aun así, debía reconocer que estaba preciosa. Las pequeñas heridas de su rostro estaban casi curadas, y el pelo asilvestrado acentuaba aquel aire entre salvaje y sofisticado que lo tenía subyugado. Nunca antes había sentido algo así por una mujer. Y lo peor de todo era que no estaba muy seguro de en qué consistía «algo así»: la misma necesidad de verla, como incomodidad al estar con ella; tener la cabeza ocupada por pensamientos en los que Lizzy Bennet era la única protagonista; descubrir que dedicaba todo su tiempo a interpretarla, a saber cómo era, a adelantarse a sus deseos.

Ambos eran muy conscientes de que el viejo Chevrolet se había convertido en un faro que delataba a gritos su posición, por lo que era muy probable que en aquel mismo momento la policía estuviera sobre sus talones.

—¿Tú también te quedarás en San Cayetano, Ana? El Sur es inmenso. —Eve no quería hablar más de cómo hacer que los cochinos copularan o de qué manera se desgranaba el maíz usando un taco de madera.

La aludida se recostó en el asiento. Cada vez que recordaba para qué estaba atravesando todo un país, un cosquilleo incómodo se le alojaba entre las costillas. No estaba segura de si era bueno o malo, pero era cierto que la llenaba de dudas y solo aquella aventura, extraña y divertida, había logrado que la incomodidad saliera a ratos de su cabeza.

—Creo que sí. —¿Quién lo sabía, después de tanto tiempo?—. Busco a alguien a quien no veo en décadas. Allí está la última dirección que tengo.

—¿No te esperan?

—No, y sospecho que se llevará una gran sorpresa. Tampoco sé si me dará un abrazo o me arrojará a los perros.

—¿Y estás preparada para eso?

Ni se lo había planteado, a pesar de que fue lo primero que apareció en su cabeza tras decidir que iría en su búsqueda. Era mejor no saber qué iba pasar, de lo contrario se hubiera quedado en casa, en la seguridad de su granja, de sus pocos amigos, con la tranquilidad que da lo cotidiano.

—¿Se puede alguien preparar para las decepciones? —fue lo que contestó.

—Solo si no esperas nada. Cualquier otra cosa es dolorosa.

—¿Vosotros vais por trabajo o por ocio?

«Qué pregunta tan complicada de responder», pensó Eve. Pero decidió contarle la verdad, aunque lo suficientemente templada como para no causar indigestión. Si tenían que estar juntas un buen puñado de horas, quizá un par de días si no lograban salir de aquel endiablado laberinto de caminos de tierra, lo mejor era ser civilizadas. Siempre había sido enemiga de las decepciones.

—Voy al Sur por algo parecido a lo tuyo. A reunirme con mi novio. John ha accedido a llevarme casi sin tener que amenazarlo.

—Mula de carga —dijo él, levantando una mano. Ana sonrió. Lizzy ni se dio cuenta.

—¿Hace tiempo que no lo ves?

—Nunca. No nos hemos visto nunca.

Quizá no lo había entendido bien.

—¿Es una forma de hablar? Ya no entiendo el lenguaje de la gente joven.

—No. —Eve chasqueó la lengua—. Jamás nos hemos visto. No tengo ni idea de cómo es.

No debía extrañarse. En la granja no había cobertura de internet así que nunca había estado muy al día de las posibilidades de la tecnología, pero el hijo de Joe el Porquero había encontrado novia usando el teléfono.

—Os habéis conocido por una aplicación de esas —dijo con su tono más cosmopolita.

—No. Nada de eso. —¿Cómo explicarlo?—. No he hablado nunca con él ni hemos chateado. Solo sé que se llama Erick. Aunque tampoco estoy segura. La otra opción es que se llame William.

Aquello escapaba a su comprensión. De pronto se le ocurrió algo. Había visto en televisión una serie donde una mujer pagaba a una agencia para que le encontrara marido. Había risas, globos de colores, y una boda al final. También un contrato matrimonial y un cheque a nombre del maromo, pero así era la vida moderna más allá del vallado de los puercos.

—Vaya. ¿Es un novio por encargo? —Su tono «mujer de mundo» empezaba a hacer aguas—. En mis tiempos algo así sería impensable.

—Y en estos también. Es una historia un tanto especial.

Llegados a ese punto, Ana no pensaba bajar de aquel trasto sin enterarse.

—Tengo todo el tiempo del mundo, por si necesitas desahogarte.

Bien. «Yo misma me he metido en este entuerto», pensó Eve. Había llegado el momento de explicar lo inexplicable sin parecer una desquiciada. ¿Era eso posible?

—He oído hablar de él. De Erick. O de William. Sigo sin estar segura de cómo se llama.

A Ana se le iluminó el rostro.

—¿Es famoso? ¿Un cantante? ¿Un actor?

—Es dependiente de una tienda de cómics.

—Vaya. —No, aquello no iba bien—. Ahora sí que no comprendo nada.

Eve hizo un cálculo mental de hasta dónde debía contar. Ana parecía una mujer de lo más cordial. Buena persona y simple como un ocho. Debía narrarle la versión para menores de dieciséis. La otra la rayaría demasiado.

—Supe de él por primera vez el año pasado, cuando decidí reformar mi casa. Compartimos operarios durante un mes —comenzó—. Por la mañana arreglaban mi cocina y por la tarde instalaban un techo nuevo en su vivienda. Era inevitable que aquellos trabajadores hicieran comentarios. Supongo que en su casa también hablarían de mí. Así es como llegué a saber algunas cosas sobre un desconocido: tiene un huerto que cultiva a diario, toca el bajo en un grupo thrash metal y siente debilidad por el color amarillo. Aquellas tres cosas me resultaron curiosas porque no pegaban unas con otras, pero no pensé más en eso... ¿Te estoy aburriendo?

—No, no. Sigue.

—Casi me había olvidado cuando un mes después volví a oír hablar de él. Supe que no me equivocaba porque estos tres datos salieron a relucir. Era la boda de una compañera de trabajo y me convertí sin darme cuenta en la fisgona que escucha una conversación privada en los servicios de chicas. Allí me enteré de algunas cosas más. Erick, o William, había montado en su tienda de cómics un club de lectura para recoger a los jóvenes que empezaban a tontear con las drogas. Al parecer era un barrio chungo y su tienda estaba allí instalada a propósito. También hace de clown en el hospital infantil cada vez que tiene un hueco. Y cede una de las habitaciones de su casa a los indigentes que no tienen un techo bajo el que dormir. Soy muy sensible para esas cosas, ¿sabes? Aquellas chicas del aseo de señoras suspiraban hablando de él. A mí me parecía que describían a un tipo que debía de ser un plasta de campeonato, pero seguía llamándome la atención que tocara música metal, que cultivara un huerto y que su color fuera tan poco siniestro como el amarillo.

—Y decidiste saber más de él.

—De nuevo fue la casualidad. En esa ocasión estaba con John. ¿Te acuerdas? —Le dio un codazo, pero él estaba demasiado pendiente de Lizzy a través del retrovisor como para prestar atención—. Su hermana pinta y habíamos ido juntos a una de sus exposiciones. Había un corrillo de amigos que de nuevo hablaban de él. No me cupo duda de que se referían a mi viejo y desconocido amigo. Decían que era un tío cojonudo, divertido y alegre. El primero que saltaba a la pista de baile y el último que se marchaba a casa. Fue allí donde me descubrí escuchando otra conversación ajena con una sonrisa en los labios. Pensarás que soy una cotilla, pero no es así —advirtió—. Y fue un poco más tarde cuando decidí que tenía que conocer a alguien así. La hermana de John logró una dirección, pero olvidó su nombre. Y hasta allí voy yo en este momento. En busca de mi novio, a quien no conozco. Y ahora puntúa del uno al diez cómo crees que estoy de pirada.

Ana la miraba con una expresión curiosa en los ojos. Hacía solo tres días su mundo era tan estrecho, tan predecible, que todo aquello, las posibilidades, las locuras, las realidades que se abrían ante ella eran... maravillosas.

—Un seis. —Se ajustó su gorra publicitaria—. Menos de esa valoración me hubiera decepcionado.

Eve la evaluó de forma inconsciente. Se hubiera cruzado con ella por la calle y ni la habría mirado. Ana era una mujer más. Una de miles. Sin nada destacable. Y, sin embargo, la había escuchado con paciencia, con interés, y leía en sus ojos que valoraba lo que acababa de contar. Había aprendido hacía mucho tiempo que jamás debía juzgar a nadie por su apariencia. Tampoco por una primera impresión, a pesar de lo que dijeran los que se las daban de listo. Todos, cada uno de nosotros llevamos dentro un trozo de cielo, y solo hay que tener paciencia para verlo.

—Vamos a ser buenas amigas —afirmó.

—Eso ya lo sabía. —Ana se ruborizó. No estaba acostumbrada a que la trataran con amabilidad—. Y tú John, ¿solo vas de conductor?

—No sé qué pasará cuando Eve llame a la puerta de ese tipo —dijo él—, pero si necesita un hombro donde llorar, alguien con quien pelearse o simplemente un tipo con quien tomar un café en silencio, allí estaré yo.

—¿Y si necesito que me dejes la furgoneta y el colchón?

—Te daré las llaves y me largaré discretamente.

A Ana le gustaba aquel juego.

—¿Y si Eve simplemente necesita que te vayas?

Él la miró por el retrovisor.

—Llevo rogando por que pase eso desde que salimos juntos hace unos años. En ese caso me iré al Sur, más al Sur. Creo que hay playas y puestas de sol increíbles. Rosemary y yo nos tomaremos un descanso.

Ana se volvió hacia su compañera de viaje, que no solo no había abierto la boca en todo ese tiempo, tampoco había apartado los ojos de la carretera.

—¿Y tú, Lizzy? No me has dicho para qué vas a San Cayetano.

Pestañeó, como si acabara de despertarse.

—Debo ver a alguien.

—Eso suena misterioso.

Lizzy no entendía muy bien qué le estaban preguntando. Su cabeza estaba inmersa en un cúmulo de problemas, de caminos sin salidas, de supuestos que terminaban mal. Había estado muy cerca de corregir el giro trágico que había truncado su vida, y ahora parecía que era un hecho imposible, como si un huracán la hubiera arrancado de su casa y depositado a miles de millas de distancia, donde los caminos no tenían fin y las preguntas no tenían respuesta.

Algo llamó su atención al otro lado del parabrisas. Todos estaban tan pendientes de lo que fuera a decir que parecía que ninguno se estaba dando cuenta. A un par de cientos de metros, carretera adelante, había alguien parado en el arcén, con una mano al aire, haciendo autoestop. El sol se alzaba detrás de ellos e impactaba en el espejo retrovisor, y eso la deslumbraba, pero según se acercaban, aquella figura se iba haciendo nítida y también reconocible, como si se tratara de un fenómeno mágico.

—¿Aquel no es...?

Todos se giraron en la dirección de su mirada.

En efecto, había un hombrecillo parado al pie de la carretera, con una maleta a su lado y lo que parecía una sonrisa decidida clavada en sus labios. Estaba vestido con un arrugado traje blanco que se confundía con el paisaje estéril de los páramos, de ahí que no lo hubieran vislumbrado antes. Tenía la camisa abrochada hasta arriba con una pajarita y un sombrero panamá lacado hasta las cejas.

—Es el anciano al que... —articuló John—, es el hombre que se desvaneció en Great Charleston. ¿Cómo diablos ha llegado hasta aquí? Ha debido de pisar el acelerador a fondo.

—¿Lo conocéis? —preguntó Ana, pero nadie contestó.

Era imposible que estuviera allí parado, a millas de cualquier lugar. No habían visto ningún vehículo abandonado en el arcén ni se habían cruzado con ningún otro desde que bajaron de la montaña.

John aminoró la velocidad y fue a su encuentro hasta detenerse a su lado. Bajó de un salto, dejando la puerta abierta.

—¿Qué hace aquí? ¿Cómo diablos ha llegado? —era materialmente imposible que aquel hombre, que debería estar en un hospital, hubiera salido de ninguna parte—. Estamos en medio de la nada.

El anciano se acercó sin dejar de arrastrar su maleta. A pesar de que la mañana era fresca estaba sudoroso. Sacó un pañuelo y se secó la frente. John temió que fuera a darle otro síncope.

—¿Seguro que se encuentra bien?

—Esos matasanos no sabían nada. Fue un desvanecimiento. El calor. ¿No hace demasiado calor esta mañana?

Si el estado de salud de aquel hombre empeoraba no tendría más remedio que pedir ayuda.

—¿De dónde ha salido? La última vez que le vi iba en su coche camino de la autopista.

—Mi vieja tartana ha dejado de funcionar a diez millas del cruce con la interestatal. Se la han llevado al taller, pero tardarán tres días en tener la pieza que se ha fundido. Y ese es un tiempo que no puedo permitirme. He podido hacer autoestop, y mi conductor solo llegaba hasta este punto antes de cambiar de dirección. Ahora espero a alguien que viaje hacia el Sur y quiera cargar con un viejo. A cambio prometo entretenimiento. Sé contar historias y... ¡Ah! Veo que tu hermana viaja contigo, y esa señora tan atractiva debe de ser vuestra madre —dijo refiriéndose a Ana—. ¿La otra es también un familiar?

Lizzy se había podido desembarazar del asiento delantero, que se resistía a moverse. Había saltado de la furgoneta, algo peligroso cuando un pie aún está dentro, y ya se encaminaba hacia donde estaban ellos.

—¿Adónde diablos va? —Su presencia le exasperaba tanto como le preocupaba—. No puede estar solo en este páramo perdido. ¿Y si le ocurre de nuevo?

El anciano no parecía entender su preocupación.

—Voy lejos. A San Cayetano. ¿Por casualidad vosotros...?

Eve y Ana también habían descendido. Ninguna sabía de la existencia de aquel curioso personaje que parecía ser un viejo conocido de los otros dos. Ante la pregunta, los cuatro se miraron, pero fue Ana quien habló.

—Iríamos apretados, pero cabe uno más.

El anciano no dejó pasar la oportunidad.

—Que Dios les bendiga. ¿Alguien puede abrir la parte de atrás? La maleta pesa.

Se miraron de nuevo. John sonrió. Lizzy volvió dentro y se recostó en su asiento, haciéndose un ovillo.

—¿Qué más puede salir mal? —dijo antes de que todos volvieran a su sitio, con el nuevo viajero muy pegado a Ana, y Rosemary emprendiera la marcha hacia el lejano Sur.

Se llamaba Giacomo, tenía ochenta y cuatro años y estaba cumpliendo su ofrecimiento de entretenerlos.

En cuanto enfilaron la carretera se había deshecho en anécdotas. Era posible que al principio lo hubieran escuchado por educación, pero su capacidad para contar historias, algunas divertidas, otras curiosas, era tan sorprendente que no habían recorrido unas pocas decenas de millas cuando todos estaban embelesados.

Hablaba de un tiempo que parecía tan lejano que si hubiera incluido princesas y dragones le habrían creído.

Eve se había acurrucado con los pies descalzos sobre el asiento para así poder volverse y escucharlo mejor. Ana acompañaba con los gestos de su cara cada frase: ahora sorprendida, ahora feliz, ahora disgustada. Lizzy intentaba mantenerse distante, pero la salmodia de Giacomo era tan subyugante que se descubría dentro de aquellas historias, su cabeza imaginaba aquellas casas de colores pastel, los autos bordeados con resaltes niquelados y las mujeres ataviadas con voluminosos vestidos con cancán y colores alegres. John estaba pendiente del sendero y disfrutaba del ambiente distendido que les ofrecía Rosemary, pero no perdía de vista la expresión de Lizzy. Parecía que el anciano lograba que, por un momento, todas sus preocupaciones desaparecieran. Y eso era casi un milagro.

Un par de horas más tarde llegaron a una bifurcación donde tenían que elegir si tirar al Norte o hacerlo hacia el Sur, pero John se detuvo en medio de la carretera y se volvió hacia el resto del grupo.

—Hora de estirar las piernas.

Todos se lo agradecieron, pero a Lizzy no le había pasado desapercibida la expresión de su rostro, así que mientras los demás hacían por distender las articulaciones se acercó hasta donde él consultaba el mapa, sobre el parabrisas de la vieja Rosemary.

—¿Podemos hablar?

Vio en los ojos de Lizzy la misma preocupación que había en los suyos.

—Por supuesto.

Dobló el mapa y lo dejó dentro de la furgoneta. Se apartaron un par de metros del grupo para no llamar demasiado la atención.

—¿Qué sucede? —le preguntó ella a bocajarro.

—¿Tan transparente soy? —se rascó la cabeza.

—Es lógico que estés preocupado.

Él miró hacia donde el resto de sus compañeros de viaje seguían escuchando las historias de Giacomo. Ahora contaba una anécdota donde el dependiente de una tienda de ultramarinos se las ingeniaba para que sus clientes le agradecieran que hubiese duplicado el precio de su mercancía. En cierto modo se sentía responsable de la seguridad de todos ellos. Había aceptado llevarlos en su furgoneta, y aunque quizá aquello tuviera que ver con un mecanismo atávico relacionado con la hospitalidad, tenía que cuidar de aquel grupo de personas que parecían ajenas a lo que se les venía encima.

Volvió a mirar a Lizzy y sintió de nuevo esa desconocida sensación entre las costillas. Había algo dulce detrás de ese aire salvaje. O quizá era al revés, el pulso indómito que palpitaba bajo la apariencia de una vapuleada chica bien.

—Todos los caminos que vamos a encontrar a la izquierda nos llevarán al Sur con mayor o menor dificultad —dijo señalando el cruce—, y todos terminarán desembocando en la interestatal.

—Por lo que seremos un blanco fácil para la policía.

Él asintió.

—Así es.

—Sugieres que tiremos hacia el Norte.

—A partir de aquí no conozco el terreno y en los mapas la información no es clara, son solo senderos de tierra prensada. Pero si vienen detrás de nosotros, como sospecho, lo que hagamos en este cruce marcará la diferencia entre librarnos de ellos o caer en sus garras.

Lizzy se volvió hacia aquella intersección, donde un póster metálico indicaba las dos direcciones opuestas. Tiempo o seguridad, esa era la elección. Si eran capaces de llegar cuanto antes al Sur era posible que pudieran escapar, pero también se introducirían en el terreno de lo predecible, por lo que podrían darles alcance anticipándose a sus movimientos. Si, en cambio, elegían la seguridad del Norte, tendrían más posibilidades de despistar a la policía, pero cuanto más tiempo estuvieran a la intemperie más posibilidades había de que alguien la reconociera, de que alguien sospechara de aquel extraño grupo, y quisiera asegurarse de que eran buenos ciudadanos.

Y después estaba el otro asunto. El que no dejaba de torturarla desde que había embarcado a Ana en aquella aventura, a John, a Eve y a hora a Giacomo.

—John —tuvo que detenerse y respirar—, ¿eres consciente de que si nos atrapan...?

—Sí —fue rotundo—. Eve también. Pero ella y yo somos un poco Quijotes en estas cosas. Quizá va siendo hora de que se lo cuentes a Ana.

Sí. Debía encontrar el momento oportuno.

—Gracias.

—No hay de qué.

Era curioso. Había aprendido a odiar cualquier aire paternalista, sin embargo, con John era distinto. ¿Por qué? Quizá por su forma casi invisible de liderar el grupo, donde no había jactancia, ni imposiciones. Era capaz de consultar cuando tenía dudas y de rectificar cuando creía que se había equivocado.

—¿Qué hacemos entonces?

¿Era Elizabeth Bennet quien había hecho aquella pregunta? Casi le entraron ganas de reír. Hacía mucho tiempo que no se fiaba de nadie para tomar decisiones.

John señaló disimuladamente al grupo.

—Proponles dar un paseo por el sendero. Mientras vosotras camináis hacia el Norte yo llevaré a Rosemary un par de millas en dirección Sur. Eso dejará huellas de rodadas y marcará una intención que espero detecten. En cuanto pueda salir del camino sin desmontar el señuelo volveré, atravesando los páramos, y os recogeré.

—Todo hacia el Norte. —De las dos opciones era la más sensata.

—Estamos en los límites de este paisaje desolador. Según el mapa, un par de millas más adelante empiezan los bosques. Volveremos a encararnos hacia el Sur cuando lo veamos seguro, ¿te parece?

—Me parece un buen plan.

—Solo nos retrasará un par de días.

—Contaba con ello. Gracias de nuevo.

Todo indicaba que no había nada más que decir. Hubo

unos segundos de silencio incómodo donde ambos se miraron para apartar la vista a la vez.

—Lizzy, yo... —Se rascó la cabeza. Por algún motivo se sentía incapaz de mirarla a los ojos.

—¿Sí?

—No sé. Tú y yo..., quiero decir... Cuando todo esto termine...

De nuevo el silencio. No se atrevió a terminar una frase que era un error incluso antes de haber empezado a pronunciarla.

—John —lo dijo con calma, una calma cansada—, cuando todo este termine las cosas no podrán estar peor.

—Tienes razón. Lo siento si te he molestado. Yo no...

—Está todo bien. Dejémoslo así.

Se separaron al unísono sin añadir nada más. Él tan arrepentido de lo que había dicho que se maldijo por no haberse tragado sus palabras. Ella incómoda, porque en lo único que podía centrarse en ese momento era en llegar a su destino.

John fue hasta Rosemary y Lizzy se unió a los demás. Había aprendido a ser buena mintiendo, así que no le resultó complicado convencerles de que la acompañaran camino arriba, donde verían los lindes de un bosque de coníferas en cuanto sobrepasaran la pared de roca que se alzaba ante ellos. También tuvo salidas a las preguntas que llovieron cuando escucharon alejarse el motor de la furgoneta: «Un rodaje de seguridad», les dijo. Todos hicieron por creerla, aunque por la expresión del rostro de Eve supo que a ella no la estaba engañando.

John las recogió media hora más tarde. Parecía que Rosemary iba a ser frita en aceite porque estaba completamente enharinada del polvo del camino. Giacomo, que no se había quejado con la caminata, agradeció su asiento, y todos juntos emprendieron de nuevo la ruta.

El espectáculo de los bosques otoñales se abrió ante ellos como una bocanada de aire fresco después de la aridez del terreno. También se templó el humor de Lizzy. Ahora parecía más relajada, e incluso participó en la conversación que seguía dirigiendo el anciano como un perfecto maestro de ceremonias.

No podían avanzar deprisa porque el pavimento era tan desastroso como hasta entonces. Hicieron una parada en la misma calzada para comer unos sándwiches que Eve había preparado, y continuaron toda la tarde, sin cruzarse con ningún otro vehículo. Aquello era una buena señal. De nuevo se encontraban en una zona poco transitada, pero debían tener cuidado ya que serían algo digno de comentar si se cruzaban con alguien del lugar.

A su izquierda apareció un arroyo y John les propuso que lo siguieran hasta algún remanso para pasar la noche. Todos estuvieron de acuerdo, aunque Ana no dejaba de preguntar cómo diablos iban a dormir a la intemperie. Lizzy captó su mirada a través del espejo retrovisor. Aquella decisión de salir del camino principal no era fortuita. Si iban a pasar la noche en el bosque lo mejor era alejarse de los senderos para hacerse invisibles.

No tardaron en encontrar el lugar perfecto por donde la furgoneta podía transitar abandonando la ruta central. El riachuelo se ensanchaba y había un claro donde Rosemary podía estar a sus anchas. John y Eve se encargaron de la intendencia, montando las dos tiendas de campaña y acomodando el colchón en la parte trasera de la furgoneta. Ana había preparado el fuego, delimitando su contorno con cantos rodados, y había exigido encargarse de preparar algo caliente que llevarse a la boca con las pocas provisiones que tenían entre todos.

Mientras una sopa de aroma delicioso bullía en el caldero,

Lizzy encajó un cazo entre las brasas y preparó té aromatizado con canela. Habían formado un corro alrededor del fuego, pero la única que estaba sentada aparte, a orillas del arroyo, era Eve, que permanecía ausente, perdida en el lento transcurrir de las aguas.

Lizzy fue a su encuentro. Quizá había llegado el momento de aclarar las cosas entre ellas. Se sentó a su lado y le tendió la taza.

—Quema un poco, pero te sentará bien.

—Gracias.

Se quedaron en silencio observando cómo el agua pasaba entre las piedras, arrancándoles un sonido relajante. Ambas dieron un sorbo a la vez, como si las separara un espejo.

—Cerca de la casa de mis padres había un arroyo como este. —Lizzy recordaba que incluso el giro pedregoso que se veía al final de un recodo era similar—. En primavera duplicaba su caudal y arrastraba todo tipo de objetos en la corriente. En invierno se congelaba, y cuando mis padres no estaban atentos lo usábamos como pista de patinaje.

—¿No era peligroso?

—Mucho. No creo que tuviera más de doce años cuando, en una de aquellas escapadas, el hielo se rompió bajo mis pies y caí al agua helada. De repente no podía respirar y tampoco moverme. Fue como si mi cuerpo supiera que aquello era el fin y hubiera tomado la decisión de acelerarlo. Durante aquellos segundos hasta que mis amigos pudieron sacarme, únicamente permaneció una idea fija en mi cabeza: que tomaría los buenos consejos que me dieran y haría caso del sentido común.

De nuevo se hizo el silencio. A pesar de estar sentadas una al lado de la otra, a pesar de estar manteniendo una conversación, daba la impresión de que cada una de ellas estaba en su propio mundo. En un mundo solitario donde la otra no tenía cabida.

—¿Por qué me cuentas eso? —preguntó Eve cuando cualquier rastro de lo dicho ya había desaparecido.

—Porque no te caigo bien y quiero que sepas que en tu caso yo pensaría lo mismo de alguien como yo.

Ahora sí se volvió hacia ella. Lizzy también lo hizo. Desde que se conocieran era evidente que algo chirriaba entre ellas, como cuando dos materias disonantes tienen un desencuentro. Por eso quizá fuera aquella la primera vez que Eve se topaba con los ojos de la otra mujer clavados en los suyos. Eran muy distintos a como los había percibido mientras se lanzaban puyas o frases con dobles intenciones. Parecían francos y transparentes. Parecían los ojos de alguien que en nada se asimilaba a la imagen que se había formado de Elizabeth Bennet.

—¿Es cierto lo que dicen de ti? —le preguntó.

—¿Y si lo fuera?

—¿Hay alguna razón que lo justifique?

Lizzy se encogió de hombros.

—¿Matar a alguien?

«Matar a alguien.» Conocía a gente que no merecía vivir, pero... ¿hubiera sido Eve capaz de hacer algo así? Quizá Lizzy se había visto abocada a defenderse, quizá aquella persona le había hecho algo que solo se podía saldar de aquella forma, quizá...

—No debí hacerte esa pregunta. Prefiero pensar que puede ser explicable.

Lizzy se lo agradeció con un gesto. Aquella gente estaba poniendo su futuro en peligro por ella. Y no la conocían de nada. Mientras que los que habían conformado su vida durante todos esos años no habían tardado en arrojarla a los pies de los caballos, como a un clínex usado.

—Tu historia —le dijo—, la de ese chico que no conoces y vas en su busca, ¿sabes? Te comprendo. Perfectamente.

Cuando esa mierda irracional llamada amor se te mete entre las venas estás perdida.

Eve soltó una carcajada involuntaria. Aquello le gustaba.

—No eres muy romántica.

—La única vez que me he enamorado de verdad lo eché todo a perder. Así que esa palabra no me trae buenos recuerdos.

—¿No crees entonces que estoy loca?

—No he dicho eso. —Ahora ambas sonrieron—. Pero si algo dentro de ti ha decidido que te atrae ese tipo que toca música thrash metal, tiene un huerto y le gusta el color amarillo, lo único que puedes hacer es ir tras él y ver qué pasa.

—¿Tú lo has hecho? En el pasado.

—Yo lo hice, sí.

—¿Y no resultó?

A Lizzy le entraron ganas de reír. Precisamente por haberse dejado llevar, su vida se había convertido en un desastre cuya única solución era quitarse de en medio.

—Me persiguen por asesinato, ¿recuerdas?

Tuvo que asentir. Eve rara vez se había llevado bien con otras mujeres. Quizá porque veían en ella a alguien de quien no podían fiarse, con quien no podían competir. Su cuerpo, su aspecto, había jugado más veces en su contra que a su favor.

—No me caes mal —le dijo al cabo de un rato. Ya era hora de que le dijera lo que de verdad pensaba—. De hecho, me resultas interesante, llena de misterio, alguien a quien podría considerar mi amiga. El problema es él.

Eve se volvió para señalar con la barbilla a John, que estaba sentado junto al fuego, charlando con Ana mientras la mano vacilante de Giacomo había insistido en servir la sopa.

—¿John? —Lizzy la miró incrédula—. ¿De verdad crees que me interesa John?

—Sé que no —se sintió estúpida al ver la expresión en sus ojos—, y eso es lo que me preocupa.

Lizzy también lo miró. Se había puesto un grueso jersey de lana azul oscuro que resaltaba el color de sus ojos. Eran nítidos y transparentes a pesar de la distancia que los separaba. Muy distintos a otros ojos similares por los que habría entregado su vida con gusto.

—Parece un buen tipo —y lo pensaba de verdad—, pero yo no voy por ahí en este momento de mi vida, cuando es muy probable que termine entre rejas.

Eve se exasperó.

—¡Pues díselo! De forma clara, sin equívocos. Ese tío es mi mejor amigo. Ha hecho cosas por mí que ni siquiera mis padres se han atrevido. Está disponible siempre que lo necesito, y es el único que me dice lo que no quiero oír, aunque eso suponga que le deje de hablar un puñado de meses. Ese tío se merece lo mejor, y si no te interesa debería saberlo por ti misma.

Todo aquello la superaba. Ya tenía suficientes problemas como para tener que mantener una conversación de aquel tipo con alguien a quien acababa de conocer, a pesar de que casi le debía su libertad.

—Pensaba que simplemente estábamos tonteando.

—John no tontea.

Se lo debía. A John. De alguna manera tenía que agradecerle lo que había hecho por ella, aunque fuera destrozándole el corazón.

—Lo haré —claudicó—. Se lo diré en cuanto tenga ocasión.

Eve asintió en señal de agradecimiento. Era agradable estar allí, a pesar de que empezaba a refrescar. Parecía que la mano del Hombre no había ensuciado aquel remanso donde los pájaros lanzaban los últimos trinos antes de acurrucarse a dormir y los árboles mecían sus copas lentamente, como si se desperezaran.

—Es invidente —dijo Eve, rompiendo el nuevo espacio de silencio que se había construido entre ambas—. Erick, o William, como se llame. Es ciego.

—¿El chico al que vas a buscar?

—De nacimiento. No sabe qué son los colores ni jamás apreciará una vista como esta. Le gusta el amarillo por cómo suena. Curioso, ¿verdad?

La imagen difusa que se había formado en su cabeza sobre Eve empezaba a aclararse, como si pasara un dedo por un cristal empañado. Tía Agatha le había dicho en una ocasión, hacía ya mucho tiempo, que pocas veces nos mueve lo evidente. Siempre somos esclavos de algo más profundo, más secreto, que es la esencia de nosotros mismos.

—Y esa es la verdadera razón por la que lo has elegido —confirmó.

Eve se encogió de hombros.

—Una de ellas. Sí.

Su mirada se había nublado. ¿Le había contado alguna vez esto a alguien? ¿Había expuesto su debilidad más profunda de aquella manera? A corazón abierto, dejándolo al alcance de la mano.

—Si yo tuviera tu cuerpo y tu cara... —Lizzy se sintió en la necesidad de disipar la sombra de tristeza que había aparecido en sus ojos—, me enamoraría de mí misma.

Y lo consiguió, porque aquel velo oscuro desapareció de la mirada de Eve.

—¿Y tendrías hijos contigo misma?

—Buscaría alguna célula madre para clonarme, sí.

Ambas se rieron al unísono. Era agradable alejar todas aquellas sensaciones encontradas. La risa lograba milagros cuando el miedo y la desesperanza se empeñaban en anidar entre las costillas.

—¡La comida ya está lista! —la voz vibrante de Ana las

llevó de nuevo a aquel bosque solitario de donde se habían escapado por unos minutos—. ¿A alguien le gusta el picante?

—Será mejor que vayamos —dijo Lizzy.

—Sí. ¿Sabes? Si no fueras una asesina sanguinaria seríamos buenas amigas.

—Si tú no fueras una modelo esquizofrénica, seguro.

Lizzy se puso de pie y le tendió la mano para ayudarla. Eve la miró inerte en el aire, después directa a los ojos: sí, eran claros y transparentes. Y solo entonces la estrechó, y ambas se reunieron con el resto, alrededor del fuego

Esta tarde pretendo hablar con mi jefa.

Se lo he insinuado, pero no hemos quedado en nada. Sé que hay una vacante en la Costa Oeste, una nueva librería, lo que supone más trabajo y más responsabilidad, dos cosas que nunca me han intimidado.

Mis compañeros dicen que en caso de darme el puesto me tendría que marchar de inmediato, casi sin darme tiempo de hacer las maletas. Lo dicen con una sensación de desagradable urgencia que me hace reír, porque no saben que eso es precisamente lo que busco.

He visto tus llamadas perdidas. Hoy han sido tres. Ayer, incontables. La coherencia me dicta que debo bloquearte, pero aún tenemos muchas cosas que solucionar, ¿verdad, mi querido Darcy? Sería inexplicable que no pudieras llamarme, o yo a ti, con lo que está en juego. Los mensajes los he borrado según entraban.

Espero que ahora comprendas que esta vez va en serio. Lo nuestro ha terminado, a pesar de que empiezo a entrever lo que eso significa: no volver a verte, no volver a tocarte, no volver a escuchar el sonido de tu voz.

A mediodía aprovecho el descanso del almuerzo para ir a

casa a cambiarme de zapatos. Ha llovido y tengo los pies mojados. Tengo la cabeza tan abotargada que no he salido preparada para un frío y previsible día de lluvia. Este descuido me va a costar un resfriado y algunos días de cama.

Un sándwich en el metro es a lo único que me da tiempo. El teléfono ha sonado de nuevo. Acaba de entrar un mensaje. Sé que es tuyo y que lo voy a borrar. A esta hora debes de estar en tu oficina, a la espera de que la secretaria te convoque a la reunión de los viernes.

La megafonía del vagón nos avisa de que hay un problema en la vía y estaremos detenidos unos minutos en el túnel. Casi sin darme cuenta, mientras me exaspero pensando que llegaré tarde, miro el teléfono, uno de esos estúpidos actos reflejos, y veo tu mensaje en la pantalla. No me da tiempo a borrarlo cuando leo «Lo he hecho. La he dejado. Necesito hablar contigo».

El pulso se me acelera.

El corazón se me desboca en el pecho.

Pienso en ELLA.

Solo en ELLA.

Miro alrededor, como intentando comprobar si la enorme turbulencia que se ha desatado en mi interior es visible para los demás. Todo el mundo sigue atento a sus teléfonos y sus libros. No existo. Yo y aquella revolución no existen más que dentro de mi pecho.

Releo el mensaje una decena de veces, como si pudiera así extraer más información a aquellas letras negras y tambaleantes.

El tren vuelve a reanudar la marcha. Se escucha un murmullo de alivio a mi alrededor. Siento las manos sudorosas. Mis pulmones parecen expandirse, como si no cupieran en la caja torácica e intentaran desbordarse. Es una sensación extraña. Así debe de sentirse un ahogado, como alguien a quien la persona que ama le confirma que ha hecho algo por lo que debe sentirse dichosamente bien y terriblemente mal.

A los pocos minutos llegamos a una nueva parada. Me echo al arcén sin saber dónde estoy. Me da igual. Solo necesito salir y respirar. Detener aquella explosión con una bocanada de aire fresco.

Subo las escaleras mecánicas como una zombi. Tropiezo y alguien me ayuda a que no me caiga. «¿Se encuentra bien?» Le devuelvo un *gracias* confuso. Tengo el teléfono tan apretado en la mano que me duelen los nudillos. Salgo a la superficie. La bofetada de aire frío me atenaza la garganta. No reconozco la calle. Es una avenida repleta de gente alrededor de un mercadillo. ¿Red Line Street? Me da igual. Nada es importante en este momento. Me tengo que agarrar al respaldo de un banco para no desvanecerme. Me tiemblan las piernas. Vuelvo a leer la pantalla del móvil.

«Lo he hecho. La he dejado. Necesito hablar contigo.»

Comprendo entonces que tengo que llamarte.

Necesito llamarte.

Alrededor la gente pasa sin prestarme atención.

Decido sentarme mientras marco tu número.

—¡Lizzy! —exclamas—. Pensaba que...

No te permito terminar. Tu voz me impacta, porque había olvidado en tan pocos días los matices cálidos y un tanto arrogantes que tanto me atraen.

—La has dejado.

Tardas en contestar.

—Sí.

—¿Cómo...? —intento decirte—. ¿Qué ha sucedido?

Oigo tu respiración. Sé cómo de difícil es todo esto para ti. Espero que comprendas que también lo es para mí.

—Lo sabes. Te lo he dicho mil veces. No puedo estar sin ti —sale de tu boca como una exhalación—. Eso ha sucedido.

Tengo ganas de llorar. De emoción, de miedo, de desesperación. Ha sido algo tan esperado y a la vez tan temido que solo ahora me doy cuenta de todo lo que va a implicar.

—Qué le has dicho —te pregunto casi sin aliento.

—No es tan fácil.

—Otra vez no, por favor —presiento que es otra de tus jugarretas—. No me obligues a colgarte.

No puedo soportar otro «mañana». Mi decisión de dejarte es firme. No voy a permitir que de nuevo juegues conmigo, con nosotras.

—He hecho las maletas —me dices, y comprendo que esta vez va en serio—. Las llevo en el coche. Le he dejado una nota.

—¿Una nota?

—Se lo cuento todo. Desde el principio. Lo nuestro. Sin omitir nada. Ya no hay marcha atrás.

Todo por escrito. Está todo por escrito. Una confesión que se va a convertir en el cimiento de mí misma.

La imagino llegando a casa y encontrando una nota donde el hombre al que ama le explica que se ha acabado. Que la deja por mí, precisamente por mí. La imagino leyéndola boquiabierta, una y otra vez, como yo tu mensaje. Imagino sus lágrimas. Su rabia. El vacío que deja la traición. Si no me ha llamado es porque aún no ha leído la nota. Recuerdo que los viernes nunca llega a casa antes de las ocho. Pero lo hará. Por supuesto que lo hará.

—¿Dónde estás? —te pregunto, porque hasta este momento no he caído en ello.

—En mi coche. Llevo toda la mañana dando vueltas por la ciudad. He puesto una excusa en la oficina. Necesito pensar. No ha sido fácil, ¿sabes? Estoy cansado. Muy cansado.

—Tengo que ir al trabajo. No puedo marcharme sin haber avisado.

—¿Podremos vernos luego? Cuando salgas. No he querido molestarte estos días yendo a incomodarte donde están tus amigos. Necesito abrazarte. Necesito estar entre tus brazos. Vernos de nuevo.

Mi corazón palpita con fuerza.

Es lo que más deseo y lo que más temo.

—Ven a mi casa —te digo—. Hablaremos y veremos cómo encajar todo esto.

—A tu casa no. Será el primer sitio donde nos busque. No quiero que presencies algo que solo me corresponde a mí...

«Solo a mí.» Como si yo no fuera responsable de lo que ha sucedido. Hubiera sido tan fácil dejarte entonces. Cuando supe que ella existía. Sin embargo... miento. Ni siquiera entonces hubiera sido capaz. Así de perniciosa es Lizzy Bennet.

—¿Dónde entonces? —te pregunto.

—Te mando la dirección. Es un hotel de las afueras. Un lugar tranquilo.

—Un lugar tranquilo —repito como un papagayo.

—Tengo que resolver algunos asuntos. ¿Me esperarás allí?

—Lo haré.

El nudo en la garganta se hace cada más más grande. He deseado durante dos años esta llamada, y ahora que es algo real estoy aterrada. Emocionada, ilusionada, pero también aterrada.

—¿Estás bien? —me preguntas, inquieto por mi repentino silencio.

—Sí. No. No sé muy bien cómo me encuentro.

—No será fácil, pero si estamos juntos podremos con el mundo.

—Sí. Podremos con el mundo.

Pasa otro millón de años antes de que ninguno de los dos hablemos. En esta ocasión eres tú.

—Te quiero.

Esta vez no suena a excusa. A algo que hay que decir después de un paseo a hurtadillas, sexo fugaz antes de que vuelvas a casa a mentir a tu mujer. Suena a algo cierto y repleto de futuro.

—Y yo a ti.

Noto cómo te relajas. Intuyo que esa breve frase es el objetivo de esta conversación, ¿verdad, mi querido Darcy? Encontrar la seguridad de que en algún lugar del mundo hay otra mujer, yo, que te quiere de verdad. Como solo pueden hacerlo las enamoradas, las locas y las estúpidas. Que ha sido capaz de echarlo todo a perder, su vida, su presente, su futuro. Solo por ti.

—Nos vemos en unas horas —tu voz refleja entusiasmo y dolor—, y a partir de este momento nada será igual.

Lizzy, que estaba segura de que no iba a pegar ojo, había dormido profundamente. Tanto que tuvo la sensación de que aquel había sido el mejor sueño de su vida; sin pesadillas, sin recuerdos, con la mágica laxitud de sentir su cuerpo relajado. Ana seguía roncando a su lado, cómodamente repantigada a lo largo del colchón.

Se incorporó como pudo, esquivando un brazo y una pierna, y se sentó en el borde de la furgoneta sin hacer ruido, con las piernas colgando sobre la hierba. La noche anterior cada uno había optado por tumbarse a dormir donde le viniera en gana. Giacomo había sido el primero en seleccionar una de las dos tiendas de campaña. Eve dio por hecho que John compartiría con ella la segunda, lo que dejaba a Ana y Lizzy la mejor opción, el colchón extendido dentro de Rosemary.

Después de la cena había intentado hablar con John, pero no encontró la oportunidad, a pesar de que el cruce de miradas era constante. Tampoco veía la forma de hacerlo sin que fuera violento para él. Ese razonamiento casi la hizo sonreír. En los últimos tiempos le había dado igual el impacto que sus palabras, sus actos, tuvieran en los demás. Pero con él... Aunque si de verdad sentía algo por ella, como le había asegurado

Eve, tenía que dejarlo claro cuanto antes. Al menos le debía aquello después de estar arriesgándose por ella.

Aquel trozo de bosque era un espectáculo al amanecer. El sol atravesaba las copas de los árboles proyectando sombras cambiantes sobre la superficie. Cuando impactaba sobre la corriente del arroyo se dividía en matices verdosos que centelleaban como si tuvieran luz propia. Y estaba el trino de los pájaros, que lo envolvía todo como la última capa de un helado de fresa.

Se desperezó. Lo daría todo por quedarse allí para siempre. Perdida, olvidada del mundo, invisible para los demás. Pero aquello era imposible. Quizá en un futuro lejano, cuando ya nada mereciese la pena y solo le quedara rememorar un pasado que una vez fue dichoso.

El sonido de cacharros atrajo su atención. Giacomo estaba preparando lo que olía como un delicioso café.

—Corto y cargado —le susurró, tendiéndole una taza de metal—. Solo eso es un café.

Ella sonrió y de un salto bajó de la furgoneta.

Estaba delicioso, fuerte tras el primer sorbo y consistente en adelante.

—¿Qué tal has pasado la noche? —le preguntó al improvisado cocinero mientras se sentaba alrededor del fuego.

—Las he tenido peores.

—Si hemos de pernoctar de nuevo puedes hacerlo en el colchón. A mí no me importa dormir ahí dentro y seguro que a Ana tampoco.

—He estado en dos guerras. Dormir a la intemperie no es un problema.

Hablaban en voz baja, para no despertar a los demás. Acababa de amanecer, así que no debían de ser más allá de las seis. Giacomo se sentó a su lado y chocó su taza, como si se tratara de dos copas de un delicioso Manhattan.

Lizzy dio otro trago. Era sorprendente cómo aquel brebaje despertaba cada célula de su cuerpo.

—¿Vienes desde muy lejos?

—La Costa Este —contestó él—. ¿Conoces Commodore Bay?

—No. Nunca lo he oído antes.

—Es un pequeño pueblo pesquero al norte del norte. Todo lo al norte que uno pueda imaginarse. Me he dedicado a la mar desde que me salieron los dientes y mi padre me ponía a zurcir redes y a enderezar anzuelos. Eran otros tiempos.

Le mostró las palmas de las manos. Eran recias y callosas, conocedoras del trabajo duro y constante. La aparente fragilidad de aquel hombre la desmentía la fortaleza de aquellas manos. A veces solo somos la apariencia de algo engañoso.

—¿Cómo es que te diriges a San Cayetano? —le preguntó Lizzy, porque desde donde se encontraban en aquel momento hasta las suaves laderas de la mítica ciudad, había cientos de lugares, de pueblos, de vida, y no dejaba de ser curioso que ellos cinco tuvieran un mismo destino.

—Hago este viaje una vez al año desde hace cincuenta y dos y solo lo he suspendido dos veces a lo largo de este tiempo. La primera porque un tornado arrasó medio estado y la segunda porque me rompí las dos piernas al caerme desde la proa. El resto de las veces he sido puntual. El primer viernes de cada octubre, como un reloj.

Ella lo miró asombrada.

—¿Cincuenta años yendo hacia el Sur? Tiene que haber una razón muy poderosa para que desafíes el otoño.

Él le guiñó un ojo. Aquel rostro arrugado debía de haber pertenecido a un gran seductor.

—¿Cuál crees tú que es?

No lo dudó.

—El amor.

—Así es. —Giacomo suspiró y sus ojos brillaron, soñadores—. La mujer más sorprendente que he conocido nunca.

—Debe de serlo si vas a verla una vez al año desde entonces.

—¿Quieres saber cómo fue?

Lizzy se descubrió completamente intrigada.

—Claro que sí.

Él tomó aire, como si se fuera a lanzar a una piscina y tuviera que realizar una larga prueba.

—Ella tenía diecinueve años y yo veintiuno cuando nos conocimos —empezó—. La vi aparecer desde lejos. Cargaba con una sola mano una canasta hasta arriba de verduras. Llevaba el cabello sujeto con un pañuelo y se protegía el vestido con un delantal. No le vi la cara, ¿sabes? Estaba atardeciendo y ella caminaba en la dirección opuesta al sol. Yo haraganeaba junto a la taberna del pueblo, a la espera de que apareciera el patrón y repartiera el trabajo para esa madrugada. Solo vi su silueta a contraluz. El movimiento de sus caderas, suave y deslumbrante. En algún momento, mientras yo me quedaba sin respiración, hipnotizado ante aquella sombra que se recortaba sobre un horizonte en llamas, ella levantó la mano y se apartó el sudor de la frente con el antebrazo. Fue en ese preciso instante cuando me enamoré de ella.

—¿Fuiste a conocerla?

—Por supuesto que no —dijo escandalizado—. En aquella época las cosas no se hacían así. Desapareció por una de las calles laterales antes de que pudiera ver más de ella y yo me volví loco intentando adivinar quién era aquella mujer, por qué no la había visto antes en un pueblo donde apenas éramos mil almas. No tuve que indagar mucho. Era la esposa del nuevo encargado de la conservera. Se habían mudado al pueblo para intentar reflotar la vieja fábrica.

—Vaya, estaba casada.

Todo indicaba que, al igual que ella, Giacomo había caído

en la misma trampa. Sintió una enorme necesidad de saber cómo había acabado todo aquello. Él prosiguió.

—Así era. Al día siguiente fui a pedirle trabajo a su marido. Me importaba un bledo la conservera porque yo era lobo de mar, pero quería conocer al tipo que dormía cada noche con una mujer a la que aún no había visto pero que no lograba salir de mi cabeza. Y eso fue lo peor que he hecho nunca.

—Ese tipo era un gilipollas.

—Era el mejor hombre que he conocido —dijo con aquel acento norteño suavizado con un suave toque italiano—. Guapo, amable, sencillo, divertido, comprometido, elegante, y yo le caí tan bien como él a mí. Tanto que me invitó a cenar esa noche en su casa para que le contara cómo era aquel pueblo, cómo aquella gente, y qué ideas se me ocurrían para levantar una empresa que llevaba una década hundiéndose. Puedes imaginar mi nerviosismo. Yo era un simple pescador de ascendencia italiana, que apenas sabía leer y escribir, tenía una única cuchara para comer el pescado y tomar la sopa, un solo traje para faenar y otro para los domingos. Y él, bueno, a pesar de ser un tipo sencillo, había estudiado Comercio, venía de una gran ciudad del otro lado del país, y hablaba varios idiomas.

Sacó la cartera del bolsillo y hurgó en ella hasta encontrar una vieja foto en blanco y negro, arrugada y vapuleada por el paso del tiempo. Lizzy lo reconoció al instante. Allí estaban aquellos ojos brillantes y socarrones. Lo demás tenía poco que ver con el hombre que era ahora. La foto mostraba a un muchacho apuesto, de reluciente cabello negro peinado hacia atrás, y un rostro casi perfecto que miraba a la cámara con descaro. Parecía una estrella del Hollywood dorado. Imaginó que un ejemplar como aquel, paseando por una calle concurrida, atraería muchas miradas y levantaría muchos suspiros.

—Eras muy guapo.

—Y él lo era más. —Giacomo tenía los ojos clavados en su

vieja foto—. Y por cada cosa que se te ocurra, él lo duplicaba. Llegué puntual, más nervioso que un cormorán en época de cría. Me sudaban las manos y era incapaz de dejar quieta la gorra. Vivían en la casa encima de la colina, una de las mejores del pueblo, un poco a las afueras, al final del camino por el que la había visto perderse. Llamé a la puerta y me abrió él mismo. Me sentí ridículo con mi traje oscuro, y la corbata de mi abuelo. La única que tenía. Él estaba vestido con comodidad: un jersey amarillo que aún recuerdo con envidia y unos pantalones claros. Pero no dijo nada sobre mi aspecto. Me invitó a pasar y, una vez en el salón, me presentó a su esposa.

—A ella.

Sus ojos adquirieron un matiz dorado. A Lizzy le pareció sorprendente cómo un sentimiento tan fuerte como el que le estaba contando podía provocar cambios incluso en la fisonomía de aquel hombre. Se preguntó si a ella le sucedió lo mismo. Si el amor que la atravesó en el pasado había impreso aquel brillo dorado en sus ojos ya cansados de llorar.

—Tuve la suerte de que Paul estaba pendiente de poner algo de música en el tocadiscos mientras nos presentó —prosiguió Giacomo—. Era 1962 y el rock and roll aún se escuchaba por todos lados, pero lo que sonó fue algo clásico, un blues de los treinta. Ella se acercó y me tendió la mano. Me miraba con curiosidad. Creo que era la primera vez que se relacionaba con alguien como yo. Me sentí burdo, un puercoespín al lado de aquella gacela. Pero tuvo el tacto suficiente como para no preguntar nada que me pusiera en un compromiso. Hablamos del tiempo, de las mejores zonas para observar el mar desde la costa y de lo ruidosa que se estaba volviendo la calle principal con tantos coches. Así fue como comprendí que estaba enamorado de esa mujer hasta el tuétano de los huesos. Incluso más adentro.

—¿Y no me vas a decir cómo era?

Por toda respuesta trasteó en su vieja cartera y sacó otra fotografía igual de ajada. Lizzy la observó con cuidado. No era bonita para el gusto actual, pero sí había algo magnético en su mirada. Llevaba el cabello rizado, peinado hacia atrás y mostraba una sonrisa franca y limpia. Parecía una de esas mujeres que aparecían en los anuncios de la década de los cincuenta, prestas a hacer felices a los demás.

—Es de dos años después —le aclaró el—. Cuando decidieron marcharse.

Lizzy le entregó la foto.

—¿No te has saltado nada de la historia?

—Tienes razón. —La tomó con cuidado, la besó y volvió a guardarla donde estaba—. Esa noche cenamos pescado y verduras. Estuve torpe con los cubiertos y deslumbrado con la conversación, porque me daba cuenta de que ellos se adaptaban a mi pequeño mundo rural. De alguna manera hablamos de música. Así supe que ella amaba bailar y que Paul tenía dos pies izquierdos. «¿Quieres bailar con mi mujer?», me preguntó. «Si no lo hace se pone de mal humor y lo paga conmigo.» Y a pesar de que nunca lo había hecho antes, acepté, porque de esa forma podría tocarla, de manera muy decente, solo una mano en la cintura y la otra, palma contra palma.

Lizzy lo miró divertida y también sorprendida.

—¿Bailasteis delante de Paul? ¿Con la mujer de la que te acababas de enamorar?

—Toda la noche, mientras él iba seleccionando su música favorita. Acordamos que me pasaría de vez en cuando para charlar y bailar. Y así nos fuimos conociendo.

—¿Delante de su marido? —insistió.

Le parecía una historia demasiado moderna incluso para hoy en día. ¿Cómo se viviría cincuenta años antes?

—Ya te he dicho que eran otros tiempos —le aclaró él—. No había nada sospechoso. Al menos hasta el baile de las Perseidas.

—¿En verano?

Giacomo asintió y se quedó un rato mirando el fuego. Parecía que su mente vagaba por aquellos años en los que la esperanza era el baluarte de todo.

—¿Estás bien? —preguntó ella, colocando una mano sobre su hombro.

Él pareció volver de un lugar remoto, despertar después de un largo sueño donde te levantas desorientado.

—No pensarás que me creí que John era tu hermano, ¿verdad?

Aquello la cogió de improviso. Sintió un vuelco en el corazón, pero logró reponerse. Miró hacia atrás, hacia la tienda de campaña donde aún dormía. Parecía que estaban siendo lo suficientemente silenciosos como para no despertar a los demás. Decidió decir la verdad. Ya no servía de nada mentir.

—No, no lo es.

Giacomo asintió.

—Ni Ana es tu madre ni tus intenciones son claras. —Se sirvió más café. Le ofreció a ella, pero lo rechazó—. Soy viejo, pero no estúpido.

Lizzy volvió a sentir aquella opresión asfixiante en el pecho.

—Es largo de contar.

—Y no quiero saberlo. —Ahora fue él quien le puso una mano sobre el hombro—. Sé valorar a las personas, y tú tienes algo especial.

—Intenté sacarte un poco de dinero —confesó.

—Te lo habría dado gustoso a pesar de que no me creí una palabra de lo que me contaste.

Lizzy lanzó un largo suspiro involuntario. Nada estaba saliendo como había planeado. Según sus cálculos debería de haber llegado a San Cayetano la mañana anterior, y ahora estaba perdida en medio de un bosque que apenas se desdibujaba en los mapas, con un grupo de gente de la que había intentado aprovecharse.

—Llevo dos días pidiendo perdón —reconoció al fin—. Y aún me quedan un par de corazones por destrozar. Hasta en eso soy un desastre.

—¿Y John? —preguntó con cautela—. ¿Qué opina de todo esto? Porque tú y él...

—No existe un él y yo.

Giacomo chasqueó la lengua y sus ojos adquirieron un matiz astuto.

—Lo vi en sus ojos, ¿sabes? En los de ella. —Golpeó con dos dedos la cartera que guardaba cerca del corazón—. Tan claramente que no tuve dudas. Ahora lo veo en los de él. Y también en los tuyos.

¿De qué estaba hablando? Había tenido pocas cosas claras en su vida, pero una de ellas era que John no era su tipo, para nada, y que no sentía el más mínimo interés hacia él.

—Eso no es cierto —atinó a decir, pero se sorprendió por lo débil y confusa que sonaba su voz.

—Estás demasiado metida en tus asuntos como para ver lo que tienes alrededor. No dejes que sea tarde.

—Pero es que él no...

No la dejó terminar. Giacomo se puso de pie con dificultad y le tendió la mano.

—Te voy a dar la solución a todos tus problemas. Es un regalo. De un amigo a una amiga. Vamos.

La apremió, moviendo la mano. Ella la miraba inerte en el aire, sin comprender. Al final decidió hacerle caso. Aquello era un poco de locos, pero... ¿qué no era de locos en su vida?

Cuando estuvo frente a él, Giacomo la tomó por la cintura y con la otra le levantó la mano, palma contra palma. Lizzy lo miró, empezando a comprender.

—¿Qué estamos haciendo?

—Bailar.

Ella sonrió. Le sacaba una cabeza a su viejo amigo.

—No sé si te habrás dado cuenta, pero no hay música.

—Siempre hay música, en tu cabeza. Imagina la que más te guste al ritmo de tres por cuatro.

Decidió hacerle caso, cerró los ojos y milagrosamente allí estaba, la música, en su cabeza, al compás de sus pies, que empezaron a moverse cuando él comenzó a marcar los pasos.

Al principio se sintió ridícula, también divertida. Debían de estar mostrando una imagen extraña, bailando un vals silencioso en medio de un bosque perdido. Pero según evolucionaba, según Giacomo iba llevándola, vuelta tras vuelta, por la orilla del arroyo, aquella presión en el pecho se fue disipando, diluyendo como un enjambre que encuentra un campo de flores donde libar. Y su mente se quedó transparente, en paz, envuelta en el silencio de una música inexistente pero que sonaba con fuerza, acallando todo lo demás.

No supo cuánto tiempo había pasado, pero los pasos sobre las ramas secas la sacaron de aquella especie de trance.

—¡Vaya! Café y baile —dijo John, que había aparecido junto al fuego, guapo como nunca, mientras se desperezaba y los miraba con una sonrisa brillante en la boca—. Una buena forma de empezar el día.

Antes de soltarla, Giacomo se inclinó sobre ella y le susurró al oído.

—Recuerda. Párate y déjate llevar. La vida no te dará problemas que no puedas soportar. Serán duros, te romperán por dentro, pero podrás con ellos. Si fuera de otra manera, los padres que pierden a sus hijos no podrían seguir viviendo, porque donde está nuestro dolor más terrible también está la clave de nuestra felicidad.

Un pequeño refugio a las afueras.

Había esperado un motel de carretera, algo destartalado anunciado por un enorme luminoso, pero no se parece en nada. Más bien se asemeja a una casita de chocolate en medio de un robledal.

Hay seis habitaciones y solo necesito dar mi nombre para que la recepcionista, una mujer elegante, con un marcado acento británico, me acompañe hasta el otro lado del edificio. No sé cómo serán las otras estancias, pero esta es exquisita, empapelada con un ligero motivo de hojas verdes sobre un fondo suave, muebles antiguos de líneas sobrias y una gran ventana que se abre al bosque.

Es perfecta.

Simplemente perfecta.

Dejo mi equipaje junto a la cama y me siento en ella. Estoy nerviosa. Aterrada y nerviosa. Mi cabeza se niega a pensar en las consecuencias de lo que hemos hecho. Serán gravísimas. Irreparables. Pero hoy no. Hoy no es el día donde deba debatirme entre haber destrozado el corazón de aquellos a quienes amo y dejar que el mío se desangre por no poder amar a quien ocupa por completo mi pensamiento.

Este es el paso más importante de mi vida. Cuando tú llegues, mi querido Darcy, primero lloraremos por lo que acabamos de hacer, y después planificaremos un futuro que debe ser feliz.

Nos mudaremos de ciudad. Siempre he querido vivir en el Sur. El frío se me mete en los huesos y la humedad me pone de mal humor. Ansío el viento cálido, los cielos azules y las tardes eternas.

Buscaré trabajo en una librería pequeña, en el centro de cualquier ciudad. Un lugar a donde pueda llegar caminando y donde los clientes mantengan largas charlas antes de decidirse.

Tú no tendrás problemas en encontrar un bufete. De hecho, competirán por que alguien como tú, con tu experiencia, quiera trabajar con ellos.

No quiero una casa grande. Necesito algo pequeño, en el corazón de la ciudad, que se abra a una plaza por donde corra el aire y que tenga un jardín trasero donde sentarse a leer las noches de verano.

Yo no tendré familia y tú tampoco, así que necesitamos buenos vecinos y mejores amigos. Dicen que allí abajo la gente es más abierta, que no otorga el valor de la duda a los extraños. Deberemos esforzarnos para corresponderles. Para entender que alguien que jamás has visto antes pueda tomarte del brazo, hablarte de sus intimidades e invitarte a su casa a comer con su familia.

Suena el teléfono y vuelvo a la realidad de esta habitación encantadora desde donde se oye el trino de los pájaros. Llevo esperando la llamada desde que tú y yo hemos hablado. ¿Será esta? Sé que ELLA lo va a hacer en cuanto lea la nota. Llamarme. Estoy preparada, todo lo preparada que alguien que se fuga con su marido puede estarlo.

Sin embargo, no es ELLA. «Tía Agatha» aparece en la pantalla de mi teléfono. No me apetece hablar con ella. Hoy no. Sé que no lo sabe. Lo que acabamos de hacer. De haberlo sabido jamás me habría llamado. «Las cosas importantes no se resuelven por teléfono», ha dicho siempre. Me hubiera buscado, hubiera aparecido en el fin del mundo, y me habría dado un abrazo. Y solo después me hubiera reprendido por la forma en la que lo hemos hecho.

Rechazo la llamada, pero vuelve a insistir. Deslizo el dedo por la pantalla y cuelgo de nuevo, pero ella marca mi número una vez más. Eso me alarma. No es propio de ella. A pesar de lo que hemos hecho, no es propio de ella.

Miro el teléfono que vibra y suena en mi mano. Algo oscuro empieza a deslizarse por mis entrañas, muy cerca de mi corazón. No sabría explicarte. Lo percibo como un humo negro que va apareciendo muy dentro de mí, con el único objetivo de oscurecerlo todo.

Cinco. Seis. Siete tonos.

Decido descolgar.

—¿Tía?

—¿Dónde estás? —su voz suena a urgencia.

—¿Qué sucede?

—Elizabeth —insiste—, ¿dónde estás?

Titubeo. ¿Es mi tía? Ella siempre tiene algo amable que decir.

—Al otro lado de la ciudad —respondo sin ser explícita.

—Debes venir cuando antes. A casa de tus padres.

Si supiera lo nuestro, si ya conociera nuestra traición, su tono hubiera sido diferente. Comprendo que algo terrible ha debido de pasar. Algo ajeno a lo que tú y yo acabamos de perpetrar. Pienso en mamá y en sus eternos achaques. En papá y en aquel dolor en el pecho que le molesta desde hace un par de meses.

—¿Qué ha pasado? —pregunto con una voz que no reconozco.

—Algo terrible.

—¿Qué ha pasado, tía?

Se hace el silencio. No quiero que me responda. Cuento los segundos. Suplico que su voz vuelva a ser la de antes, una campana ligera que dice cosas amables. Pero no es así.

—Collins —otra breve pausa—. Ha tenido un accidente —dice con la voz apagada por el dolor—. Perdió el control de su coche. Al parecer llevaba horas conduciendo, deambulando por la ciudad. No han podido hacer nada. Debes estar aquí. Debes estar con nosotros.

Y así, mi querido Darcy, me he enterado de que has muerto. De que, de alguna manera, yo te he matado.

Partieron nada más desayunar.

La mañana había amanecido fresca, aunque nítida y brillante, por lo que todos se habían reunido alrededor del pequeño fuego donde calentaron el café de Giacomo y compartieron un par de piezas de pan asentadas que aún se podían comer. Necesitaban reponer provisiones en cuanto encontraran un lugar discreto donde se las vendieran sin hacer preguntas ni sentir curiosidad por aquella extraña cuadrilla. Mientras tanto, podrían tirar con la comida enlatada que almacenaba Rosemary y con patatas hervidas.

John fue el primero en terminar de desayunar y de inmediato se puso a desmontar las tiendas. Lizzy se preguntó si era aquel el momento adecuado para hablar con él, pero no encontró una excusa para hacerlo. Tampoco sabía cómo empezar.

Ana y Eve se encargaron de lavar vajillas y cubiertos metálicos en el agua clara del arroyo mientras Giacomo organizaba las provisiones y las apilaba junto a Rosemary. Lizzy, por su parte, se dedicó a recoger el colchón y a colocar en su sitio todo lo que los demás le iban acercando.

También se consagró en observar a John a hurtadillas que,

en silencio, eliminaba cualquier rastro de su estancia en aquel claro del bosque. Se había recogido el cabello en una coleta mientras ocultaba las cenizas y borraba las pisadas. Tenía la frente arrugada y las cejas fruncidas, concentrado en algo que a ella se le escapaba. La potente forma de su cuerpo se dibujaba a través de la sudadera que se le pegaba con cada movimiento. Debía reconocer que era un tipo impresionante. Extraño, diferente a los hombres sofisticados, que sabían qué hacer en cada momento, a los que estaba acostumbrada, e impresionante. De repente algo en sí misma la sorprendió. Era una sensación casi olvidada, pero ahora se daba cuenta, con la presencia de John insistía en aparecer. El recuerdo que en otro momento de su vida formó parte de ella, como el cabello y las uñas. Era el deseo. Aquella afección furtiva que se metía bajo la piel y se hacía dueña de las decisiones. «Los bíceps, los pectorales y los abdominales me están trastornando», pensó, y esbozó una sonrisa. «Y los glúteos. No puedo olvidarme de los glúteos.»

Aún estaba con la sonrisa en los labios cuando Ana le tendió el último lote de cacharros recién fregados.

—Eve dice que es posible que mañana lleguemos a nuestro destino —le aseguró, cuestionando su propio comentario con una mueca de duda.

—Sí. Mañana. Quizá pasado. Cuanto antes. —En su cabeza empezaba a tomar forma la manera en que le contaría la verdad, algo que debía hacer a la menor oportunidad.

John llevó a Rosemary hasta el camino porque con el rocío de la noche la tierra estaba blanda y las ruedas podían hundirse. Desde allí continuaron siguiendo la senda difusa entre los árboles. Giacomo retomó sus historias de tiempos en donde se pensaba que las cosas solo podían ir a mejor, acaparando la atención del grupo, y John se detuvo un par de veces para consultar el mapa.

Lizzy se dio cuenta de que algo sucedía en cuanto vio su mirada crispada a través del espejo retrovisor. Se inclinó hacia delante, colocando una mano sobre su hombro.

—¿Todo bien?

Él dirigió el gesto hacia el indicador de gasolina. Estaba en reserva. ¿Cuánto tiempo llevaría así?

—Hay que buscar combustible como sea.

Ella le pidió el mapa e intentó localizar su ubicación. Aquello era una maraña de caminos diseminados por una difusa mancha verde. Buscó puntos de referencia hasta que encontró el arroyo. Lo siguió con el dedo hasta el lugar donde giraba en un ángulo abrupto. Aquel era el terreno donde habían pasado la noche. Llevaban circulando un par de horas y una milla atrás habían atravesado un endeble puente sobre un riachuelo. También logró ubicarlo en el mapa, por lo que estaba bastante segura de en qué punto de ese inmenso bosque se encontraban. Entonces observó los alrededores, dibujados sobre el plano como diminutos símbolos que se explicaban al pie.

—Hay un aserradero a unas tres millas hacia el interior —señaló en la dirección por donde se ponía el sol—, pero no hay caminos transitables que lleguen hasta allí desde este lado del bosque.

John chasqueó la lengua.

—Habrá que ir andando.

—Yo podría... —se ofreció Giacomo.

—No. —John no iba a permitirlo. Ya tenía suficientes problemas como para tener que preocuparse por la salud del anciano—. Iré yo. Puedo caminar más rápido y cargar más peso.

—Tres millas de ida y vuelta —enumeró Eve—, convencer a los leñadores del bosque encantado de que no te peguen un tiro nada más verte, de que te vendan gasolina y de que no pretendes incendiar sus almacenes con ella. Veo difícil que puedas hacerlo solo. Necesitas a alguien que transmita confianza.

—Aunque no sea la más adecuada iré yo contigo, ¿de acuerdo? Con esos zapatos Eve no llegaría ni a aquella fronda y calza dos números más que yo, así que no podemos intercambiar el calzado. —Lizzy había estado callada, pensando en cómo llegar hasta aquella serrería, aunque... ¿Eve lo había dicho aposta?

—Te buscan por todo el país —le dijo John en voz baja, casi al oído—. Lo adecuado es que te quedes aquí. Es un sitio seguro.

—Y tienes razón. Pero soy la única alternativa fiable.

John no estaba de acuerdo con aquella idea. Lizzy era tan capaz como cualquiera, pero en caso de que la reconocieran... Sin embargo, era evidente que necesitaba ayuda, y la visión de alguien como ella suavizaría la impresión de ver aparecer a un extraño a través del bosque pidiendo combustible.

—De acuerdo —terció al fin—. Quizá, si nos ven a los dos, se crean que nos hemos quedado tirados en el bosque.

Solo se llevaron una mochila con agua, el plano y una brújula. En principio no debía ser complicado. Su mayor dificultar era que el bosque no les dejaría ver el horizonte, pero confiaban en encontrar un rastro de árboles cortados, o de rodadas de camiones, que les confirmara que iban por el buen camino.

Caminaron en silencio. John abría la marcha porque tenía experiencia como explorador y parecía orientarse bien en un escenario donde todo era igual, miraran hacia donde mirasen.

Lizzy no iba a encontrar otra oportunidad como aquella para dejar las cosas claras entre ellos dos. Se lo debía a él, pero también debía hacerlo por ella misma. Era necesario alzar una barrera entre ambos porque empezaba a comprender que la curiosidad y también «aquella extraña cosa llamada deseo» que sentía por John podían abocarla a cometer una tontería de la que se arrepentirían ambos.

—¿Desde cuándo conoces a Eve? —Era una manera como otra cualquiera de llegar a una conversación que sabía que iba a ser incómoda.

—Desde el instituto. Era la chica cañón.

—Y tú el capitán del equipo.

—En aquella época era un gilipollas. —Sonrió—. Me creía que el mundo se rendiría a mis pies porque me lo merecía. Después vendrían los palos que regala la vida y las cosas se pondrían en su sitio.

Ella podría hacer una tesis sobre aquello.

—Fuisteis pareja, ¿verdad?

—Primero amigos. Nos peleamos. Después amigos con derecho a roce. Discutimos. Pasamos a ser novios formales. Nos tiramos los trastos a la cabeza, aunque más bien fue ella. Retomamos lo de amigos con derecho a roce. Nos distanciamos. Y volvimos a ser de nuevo amigos. Los mejores amigos. Esa ha sido nuestra evolución.

Ella también sonrió, mientras lo observaba avanzar usando para orientarse el liquen que crecía en los árboles y las sombras que se proyectaban en el suelo.

—Es una mujer de carácter.

—No sabes cuánto.

—Y ahora va en busca de un tipo al que no conoce.

Él se detuvo un instante y la miró. ¿Era dolor lo que Lizzy veía en sus ojos? Fue una sombra fugaz pero no cabía duda de ello.

—Así es —dijo John al cabo de unos segundos que a ella le parecieron eternos—. Pasará cualquier cosa cuando se presente ante ese tipo y le diga «Hola, aquí estoy» —sonrió—, pero sabrá qué hacer. Siempre sabe qué hacer. No quiere abandonar este mundo sin haberse tirado por completo a la piscina, sin salvavidas, sin bañador y sin saber nadar. Aunque nunca he terminado de entender qué quiere decir con todo eso.

Lizzy vio de nuevo aquella expresión amarga. Algo borroso que él intentaba disimular.

—¿Temes por ella?

Esta vez tardó en contestar. Cuando lo hizo no se volvió, sino que siguió caminando, dándole la espalda

—Eve no está bien.

—¿Qué significa que no está bien?

John se detuvo en seco. Tanto que Lizzy estuvo a punto de chocar contra su ancha espalda. Era la primera vez que lo veía dudar. El resultado, quizás, de una lucha interior entre guardar un secreto doloroso y quitarse una losa de encima.

—Una jodida enfermedad. Una malformación, según su médico. Ha podido estar ahí desde siempre. —Su rostro intentaba no expresar ninguna emoción, aunque las expresaba todas.

—¿Es grave?

—Hay algo cerca de su corazón que puede estallar en cualquier momento.

—Eso no responde a mi pregunta.

Solo lo sabían ellos dos: Eve y él. Ni siquiera sus padres. No lo habrían entendido. Ahora estaría en un hospital, viviendo con cuidado, con una prudencia de la que no se creía capaz. Solo él aceptaría lo que Eve le había propuesto sin hacer preguntas ni dar consejos paternales.

Se retiró el rubio cabello de la cara. Era la primera vez que lo iba a verbalizar en palabras porque hasta ese momento solo había estado continuamente en su cabeza.

—Se puede romper en cualquier momento, sin previo aviso, y entonces no habrá nada que hacer. Será cuestión de minutos. Quizá menos.

La revelación fue tan impactante que Lizzy no supo qué contestar. Si había conocido alguna vez a alguien repleto de vida, esa era Eve. Cada centímetro cuadrado de su espléndida piel gritaba la plenitud de la existencia. Y sin embargo...

—Lo siento.

—Gracias.

—¿Saldrá adelante?

—No tengo ni idea. Ella no ha querido volver a hacerse pruebas ni recibir ningún tipo de tratamiento. Dice que se irá al otro barrio cuando le toque. Y aquí estamos los dos. Donde Eve quiera ir, allí iré yo. Donde quiera detenerse pararé mi vieja Bully y montaré mi tienda de campaña. Eso es lo que debo hacer y eso es lo que estoy haciendo.

—Y lo llevas tú solo sobre los hombros.

—A veces lo olvido, ¿sabes? —Involuntariamente su pie jugaba con las hojas secas del suelo—. Pero nunca sale de mi cabeza que en cualquier momento...

—Sé lo que es eso.

John detuvo el gesto de su pie. Estaba convencido de que no mucha gente entendería su secreto a dos. Lo de estar recorriendo un país interminable en vez de recibir tratamiento en un hospital. Lo de apoyarla en sus locuras en vez de aconsejarla con prudencia. Lo de agradecer a cada instante cada segundo que pasaba con ella, en vez de temer que un minuto después todo podría haber acabado.

—¿Lo sabes?

—Esta mierda de perder a alguien... —¿Cómo explicarlo?—. Hoy lo es todo y mañana no existe. ¿Cómo se puede sobrellevar eso?

—No se puede. Simplemente hay que hacerlo.

—Hay que hacerlo.

Las lágrimas acudieron a los ojos de Lizzy sin esperarlo. Desbordadas, como si se hubiera evaporado, sin darse cuenta, un baluarte que las mantenía amuralladas desde hacía tiempo. Se descubrió llorando, sorprendida y sin consuelo, en medio de un bosque, de la nada, purgando una amargura antigua, tan profunda como las raíces de aquellos árboles.

Él la miraba, al principio desconcertado porque poco de lo que conocía de Elizabeth Bennet indicaba que podría echarse a llorar por una pena propia o ajena. Después enternecido por la desesperación que transmitía su llanto, su falta de consuelo, su vulnerabilidad.

—Ven aquí.

La atrajo hasta rodearla con sus brazos. Temblaba como un cachorro que busca el pecho de su madre. De repente, la mujer indomable era una persona frágil, necesitada de un apoyo para dar un nuevo salto, un nuevo brinco en aquella vida llena de reveses. Era más pequeña de lo que había imaginado. Y eso le gustaba. Desprendía un calor profundo que le sirvió de bálsamo a aquella espera dolorosa en que se había convertido su relación con Eve, con su mejor amiga. Su única amiga. Y más aún cuando ella desplegó sus brazos y lo abrazó a la vez.

El tiempo hizo su camino ajeno a ellos. No importaba. Para John aquel era el lugar exacto donde quería estar. Para Lizzy...

—Le echo de menos —dijo entre jipidos desconsolados—. Cada día. A cada instante. Tanto como maldigo la hora en que se cruzó en mi camino.

No sabía a quién se refería. Supuso que a un hombre. ¿Su padre? ¿Un antiguo amor? Le besó el cabello. Aún quedaba aroma de champú. Era suave al tacto.

—Dicen que el tiempo cura las heridas. —No quiso apartar su boca de allí.

—Las mías deben de ser demasiado profundas —pudo articular a través del llanto.

—A lo mejor necesitas lavarlas con más lágrimas como estas.

Más lágrimas. ¿Aún más lágrimas? Su vida en los últimos meses estaba escrita sobre un mapa de llantos desesperados, de angustias interminables y del destrozo emocional que causaba el arrepentimiento.

—¿Sabes cuánto he llorado?

Ahora John sí la apartó. Lo justo para poder verle la cara surcada de lágrimas. Puso dos dedos bajo su barbilla y le levantó el rostro para mirarla de frente. Sus ojos estaban empañados, pero seguían conteniendo aquella vida que lo tenía deslumbrado. No había rastro de maquillaje así que todo el estropicio era aquella sorpresa de un llanto inesperado.

—Estás preciosa cuando lloras.

Aquello logró arrancar una malograda sonrisa.

—¿Estás intentando ligar conmigo? ¿Aunque esté en este estado?

—Sí.

—Eso no es muy noble por tu parte.

—Pero ha logrado que sonrías.

—Eres una especie de prestidigitador.

—Y tú...

Fue ella quien dio el paso.

Quien lo besó.

Un acto reflejo.

Un impulso salido de algún lugar de su cabeza que no comprendía. Él lo recibió primero con sorpresa, y después con una necesidad que sospechaba, pero de la que no era consciente. La atrajo hacia sí, hasta pegarla a él. La boca caliente de Lizzy lo volvía loco. Se descubrió perdido entre aquellos labios, con una sed inagotable. No era consciente de cuánto lo deseaba hasta ese preciso momento. Se sumergió en su boca, devorando sus labios y su lengua. Tenía un largo historial de besos y esa fama chulesca que arrastraba de la adolescencia de hacerlo bien, pero aquello era diferente. Diferente a todo lo anterior. Se quedaría solo con aquellos besos, lo daría todo por besos como aquellos...

Pero fue tan intenso como breve.

—No es una buena idea. —Ella se apartó, llena de contrariedad.

—A mí me parece que sí.

Perderla de entre sus brazos fue como una angustiosa despedida, como destaparse en medio de una noche gélida. Sintió el vacío, la nada helada.

Lizzy retrocedió un par de pasos. Él permanecía petrificado en el mismo lugar. Tan cerca y a la vez tan lejos de ella.

—Tengo que llegar al otro lado —la voz de Lizzy era tan opaca como el tono que habían adquirido sus ojos—, me busca la policía y he metido en problemas a todos los que se me han acercado en los últimos años. Te aseguro que no es una buena idea, John.

Él seguía sin moverse.

—No me importan ninguno de esos argumentos.

—Pero a mí sí.

—Si me dejaras...

Lizzy recogió la mochila que había caído al suelo y se la ajustó a la espalda.

—Vamos, tenemos que encontrar ese jodido aserradero. Dejémoslo como está, ¿de acuerdo? Mañana, o pasado, llegaremos a nuestro destino, y entonces nos separaremos para no volvernos a ver nunca jamás. Dejémoslo así, John.

—¿Y si quiero algo más que un adiós?

¿Aquello era el desconsuelo? ¿Eso que se reflejaba en los ojos azules de John? Deseó poder acercarse, abrazarlo y decirle que todo saldría bien, pero sabía que aquello solo sería otra gran mentira, otro gran teatro que pagaría con creces llegado el momento.

—Cuando haga lo que tengo que hacer —le dijo muy despacio—, me entregaré a la policía.

Él la observó, perplejo. ¿De qué estaba hablando? Tenía la oportunidad de escapar por la frontera sur. Y si lo lograba era casi seguro que nunca la encontrarían al no existir acuerdos de extradición.

—Eso es absurdo.

Lizzy no quería seguir con aquello. Había decidido acompañarlo para poder decirle que no había nada entre los dos y en cambio se había tirado a sus brazos. Su vida de desastres. Su incapacidad para hacer lo coherente. Se dio la vuelta y empezó a caminar en la misma dirección que habían llevado.

—Será mejor que continuemos. —Apenas se volvió—. Y esperemos que esa gente no tenga un rifle apuntándonos cuando nos vean aparecer.

—¿También estaba aquí cuando se marcharon?

El empleado del aserradero volvió a mirar los papeles que se amontonaban muy cerca de donde estaba el agente. No sería bueno que aquel tipo les echara una ojeada.

El olor a madera cortada lo impregnaba todo, y el ruido de las máquinas trabajando acallaba incluso el de los motores de los camiones que llegaban continuamente a descargar y recoger mercancía. Las instalaciones explotaban una concesión de varias hectáreas y tenían un tamaño considerable. Zonas de secado, de tratamiento y selección. Después estaba la enorme nave donde se despiezaba y clasificaba cada tronco, y por último el gran almacén donde la madera era apilada y empaquetada, lista para ser entregada.

La oficina donde se encontraban estaba situada encima de este último almacén y tenía un gran ventanal abierto al bosque. A eso era a lo que se refería el agente cuando le preguntó por su situación cuando los curiosos visitantes se habían marchado.

—Los chicos les vendieron unos pocos galones. No sé nada más.

Collingwood sonrió de aquella forma amable de cocodrilo. Se había quitado las gafas de sol y oteaba el bosque, como si quisiera ver algo más allá del follaje.

—Eso ya lo sabemos. —Se volvió hacia el hombre larguirucho que lo miraba con la frente fruncida—. Mi compañero y yo hemos hablado con cada uno de los empleados y todos nos han dicho lo mismo. Usted es el único que estaba aquí arriba y me gustaría saber qué vio.

El hombre se acercó lo suficiente como para tapar con su cuerpo el montón de papeles que hasta hacía un momento habían estado expuestos al agente.

—Llegaron a través del bosque. Los vi aparecer porque mi mesa es esa de ahí, la que mira hacia la ventana.

—Descríbamelos.

—Un tipo alto, en buena forma. Barba y pelo rubio, y largo. Parecía uno de esos hippies, pero más cachas.

—¿Cómo iba vestido?

—Vaqueros, botas, una cazadora oscura. Apenas los vi un momento. No recuerdo bien.

—Siga.

—Ella era morena, delgada, parecía guapa. Los vi de lejos. También vaqueros y una chupa de cuero. Sabía moverse, ¿sabe a lo que me refiero? Podría estar viendo tiendas en la metrópolis en vez de en un bosque solitario como este. No puedo darle más detalles, lo lamento. En ese momento estaba muy ocupado.

Collingwood asintió. Ya sabía que eran ellos, pero no podía quedar ninguna duda. Cualquier información, por pequeña que fuera, ayudaría a saber dónde diablos estaban y haría posible su captura.

—¿Charlaban? —le preguntó.

—¿Cómo?

—Que si se acercaron al aserradero como dos colegas en día de paga o como si fueran al funeral de su madre.

El tipo sonrió, pero al ver que la expresión preocupantemente amable del agente no cambiaba, se borró de sus labios de un plumazo.

—La mujer iba delante. Él la seguía a un par de metros.

—Quería asegurarse de que fuera a ella a quien vieran primero. Muy listo.

—¿Perdón?

—No hablaba con usted —suavizó el tono, que había sonado demasiado cáustico—, ¿qué pensó cuando los vio aparecer?

—Excursionistas extraviados —se encogió de hombros—. No es raro que lleguen hasta aquí. Se creen que con un mapa y una brújula se pueden meter en estos boques sin perderse. Deberían prohibirlo. Ayudar a esa gente no es nuestro trabajo. Bastante tenemos con despachar a diario todas esas toneladas de madera.

Collingwood volvió a mirar hacia el bosque. Había un camino bien pavimentado que llegaba hasta el aserradero desde la carretera principal, y de allí se podía enlazar con facilidad con la autopista. Sin embargo, ellos habían llegado desde la profundidad del bosque. Repasó mentalmente el mapa de la zona que ya conocía casi de memoria. Desde el último punto donde los habían localizado, en aquel cruce de carreteras, hasta allí, era difícil que hubieran tomado esa dirección.

—Lo siguiente que supo se lo contaron sus compañeros, ¿no es así? —le preguntó al empleado.

—Usted lo ha dicho. —Pareció sentirse aliviado—. El capataz me dijo que habían llegado dos forasteros que necesitaban gasolina. Al parecer iban en coche por uno de los senderos y no habían previsto algo así. Pasa de vez en cuando. Estos excursionistas son unos pardillos. Les dije que les ayudaran. No queremos meternos en problemas. Si los chicos se pasaron con el precio no es cosa mía.

Collingwood empezaba a cansarse de la actitud de aquel individuo, pero nada en su expresión pausada y amable lo dejó entrever.

—¿En qué sendero? —preguntó.

—¿Cómo?

—¿Le dijo su compañero en qué sendero se extraviaron?

El hombre lo miró sin terminar de comprender. Aquel bosque era una maraña de caminos de tierra que no llegaban a ninguna parte.

—No... —titubeó—. Pero si llegaron desde esa dirección debía de ser por uno de los caminos rurales que bajan desde la montaña, al otro lado del bosque.

Esa era la misma suposición a la que él había llegado.

—¿Y se marcharon por el mismo lado?

—Así es. —De eso estaba seguro—. En esa ocasión. Apenas les presté atención. Se perdieron detrás de aquellos árboles, pero me quedé mirando a la chica. No se ven mujeres así por aquí.

Sonrió, buscando una complicidad que no encontró en el agente.

—Una vegetación muy densa —fue la respuesta helada de Collingwood.

—Y estamos en otoño. —De nuevo se sentía nervioso. Aquel policía tenía algo que ponía la piel de gallina—. En primavera hasta yo me perdería ahí dentro.

Collingwood echó un último vistazo al bosque y se volvió hacia el individuo con una sonrisa inexpresiva en el rostro.

—Eso es todo. Me ha sido de mucha ayuda.

El hombre suspiró aliviado.

—Soy un buen ciudadano. Hay que ayudar a las Fuerzas de Orden Público.

—Por supuesto.

Sin esperar a que le acompañara, el agente salió de la oficina y bajó las largas escaleras de madera hasta el almacén. Los operarios lo miraron pasar con la misma aprensión que había sentido el contable durante su corta charla.

Se dirigió a la parte delantera de las instalaciones, donde su compañero lo esperaba tomando notas junto al enorme sedán.

—Tenías razón —le reconoció el otro nada más verlo—. Han estado aquí.

—Es el único lugar donde encontrar gasolina en muchas millas a la redonda, y desde la última vez que ese tipo repostó... Solo había que hacer números.

—Ya sabemos que han estado aquí hace unas horas, pero nada más. ¿Te ha servido de algo hablar con el contable?

—De mucho.

—¿En serio? Ese individuo parecía un manojo de nervios cuando te ha visto aparecer.

—Porque estafa a su jefe con la contabilidad, pero eso no es asunto nuestro.

Buscó un cigarro en su chaqueta, a pesar de que estaban justo delante de un gran letrero que prohibía fumar en toda la instalación.

—¿Ya sabes dónde se encuentran? —le preguntó su compañero.

Collingwood señaló un punto indeterminado entre la vegetación.

—Llegaron y se fueron por aquella dirección.

El otro agente sacó un mapa del interior del vehículo y lo desplegó sobre el capó aún caliente. Había marcas y cruces que indicaban los puntos donde los habían detectado. La gran mancha verde era el bosque donde se encontraban.

—Entonces deben de estar perdidos por alguno de estos caminos. —Señaló una maraña de finas líneas amarillas—. Si movilizamos a la policía de la zona...

Collingwood le quitó el mapa de las manos y le dio la vuelta.

—Están aquí —afirmó, señalando un punto ubicado en la dirección contraria a la que se había referido su compañero.

—Pero has dicho...

—Ninguno de esos dos es tan estúpido como para venir directamente a la serrería desde donde tuvieran estacionada la furgoneta. Han debido de dar un rodeo fuera de la vista de esta gente.

Era posible, pero también improbable.

—Eso es una suposición, jefe.

Collingwood encendió el cigarrillo e inhaló una larga calada. Aquello mataba, pero a veces era mejor que nada.

—Puede ser —dijo sin variar la expresión—. Pero todo indica que están intentando despistarnos. Saben que no tienen escapatoria, y la única ventaja con la que cuentan es jugar con el momento y el lugar exactos en que se incorporarán a la interestatal. Si somos capaces de estar allí justo entonces, serán nuestros.

El otro lo miró sin intentar parecer demasiado estúpido.

—Pero... ¿Cómo vamos a saber eso, si no tenemos ni idea de dónde están? El punto que has señalado en el bosque es inmenso.

—Tengo razones para sospechar por dónde se van a incorporar a la autopista.

—Así que tu idea es...

—Que nosotros estemos allí, esperándoles.

Sin más apagó el cigarro sobre los restos de serrín que tapizaban el suelo, y fue hasta el vehículo. Debían partir cuanto antes.

—¿Habrán tenido algún tropiezo por el camino?

Ana se refería a la distante actitud que mostraban entre sí John y Lizzy, que desde que habían regresado hacía media hora no solo no se habían dirigido la palabra, sino que habían contestado con monosílabos a todas las preguntas.

Eve también se había dado cuenta.

—Al menos han vuelto con la gasolina y podremos largarnos de aquí. Esto empezaba a ser mortalmente aburrido.

John estaba muy serio, huraño, como cuando las cosas se empeñaban en no salir bien, y Lizzy parecía enojada, aunque Eve sospechaba a qué se debía. La charla. Era evidente que habían hablado de «aquello», y que no había marchado como debiera. Sabía lo empecinado que podía llegar a ser John, pero ignoraba si su compañera de desventuras había sido todo lo hábil que requería una situación como aquella.

Para más inri, se había pinchado una de las ruedas de Rosemary, lo que provocaría que se retrasaran aún más.

Mientras la cambiaban, Lizzy fue en busca de Ana. «De perdidos al río.» Su compañera de viaje doblaba cuidadosamente su ropa interior, que había oreado en las ramas bajas de los árboles. No soportaba el olor a humedad de las prendas guardadas en una maleta.

—¿Puedo ayudarte?

Ana le sonrió agradecida. El sol empezaba a templar el ambiente y sentadas allí, sobre un tronco caído, recibir sus rayos era una bendición.

—¿Todo bien con John? —lo preguntó mientras plegaba con cuidado una minúscula camiseta de interior.

Lizzy se encogió de hombros.

—Sí.

—No lo parece. No os habéis dirigido la palabra desde que habéis vuelto.

—A veces no estamos de acuerdo en las mismas cosas.

—Esa es la historia de mi vida.

Lizzy sabía lo que tenía que hacer. Lo había sabido mientras atravesaba el bosque de vuelta, siguiendo a un John huraño que no terminaba de comprender qué estaba sucediendo entre ellos dos. Ahora era el momento de decírselo a Ana. La verdad. La trampa en la que había caído. Como una mosca inocente en la tela de una malvada araña. Si no lo hacía, quizá no tuviera otra oportunidad.

—Ana, yo...

Se detuvo de nuevo. Era complicado explicarle que la había engañado, que se había aprovechado de ella y que la había puesto en peligro por puro egoísmo.

—¿Tú? —la apremió, extrañada por el silencio.

—No sé si ha sido buena idea embarcarte en esta aventura.

—La decisión no la tomaste tú, la tomé yo.

—Quizá no fui del todo sincera contigo.

Ana dejó el último pliegue sin doblar.

—Lizzy —se humedeció los labios antes de continuar—, puedo parecer estúpida, pero no lo soy. Sé que huyes de algo oscuro, que no conocías de nada a ese pedazo de pan —señaló con la barbilla a John, que seguía arrodillado ante una de las ruedas de Rosemary—, y que estamos usando la suerte como mapa para llegar. ¿A dónde? Aún no lo sé, pero siento una enorme curiosidad.

—Yo... —¿Cómo contestaba a todo aquello?

—Y todo eso lo intuí nada más verte aparecer por la cafetería de aquella gasolinera —prosiguió Ana—, con el labio roto, la frente herida y un sándwich ridículo sobre un plato. No soy estúpida, amiga mía. He sido yo quien ha optado por seguir aquí, pese a todo, porque el lado salvaje de la vida, como dice la canción, tiene un precio, y la única pregunta es si estamos seguros de poder pagarlo.

Lizzy sintió que se emocionaba. Hacía tiempo, demasiado, que no escuchaba palabras amables. Aquel era un hábito que se olvidaba con facilidad.

—Es aún más oscuro que todo eso, Ana.

—No lo creo. Y si es así, no quiero saberlo. Es posible que lo sientas, pero yo sé que alguien como tú no puede ser una mala persona.

—En eso te equivocas.

Ana arrancó la última prenda de una rama y la arrojó de cualquier forma en el interior de la maleta.

—No voy a discutir contigo. —La cerró de golpe y pasó la cremallera—. Y ahora ve a buscar a John, habla con él y arregla las cosas. Es un buen chico.

La determinación de su rostro hizo que Lizzy, a pesar de todo, sonriera.

—De acuerdo.

—Yo voy a ver si encuentro un árbol lo suficientemente desmayado como para extender las sábanas hasta que la rueda esté lista. Huelen a naftalina.

Lizzy se lo agradeció y la vio alejarse hacia la otra punta

del claro, donde un roble de ramas muy bajas le ofrecía la oportunidad perfecta.

Sin darse cuenta suspiró.

Había llegado el momento de hacerlo.

Miró a Eve, a la mujer perfecta, que en aquel momento tarareaba una canción mientras se desperezaba sobre la hierba. A Giacomo, zurciendo uno de los botones de su chaqueta, que seguía tan impoluta como la primera vez que se vieron, aunque más arrugada. A Ana, que luchaba por que la gran sábana blanca no tocara el suelo mientras la extendía sobre las ramas bajas. Y también a John. Especialmente a John, con su frente fruncida, mientras intentaba desencajar la rueda atascada. ¿Qué estaría pasando por su cabeza? Seguramente repasaría la mala fortuna que había tenido al toparse con alguien como ella, una asesina, una mala persona, alguien poco de fiar. Se sintió triste. Como si acabaran de darle una mala noticia. Pero John, de estar pensando aquello, tendría razón. Así era ella. Y lo mejor era acabar cuanto antes.

Se acercó hasta Rosemary por la parte de atrás, esquivando a su compañero. Abrió con cuidado y sacó la pequeña mochila que habían llevado en el bosque. Era suficiente. Dentro aún estaba la botella de agua casi llena, el mapa y una brújula. De su maleta tomó un par de camisetas. Ropa interior limpia y unos pantalones. Era suficiente. Se estaba ajustando una chaqueta de abrigo cuando escuchó que alguien le hablaba.

—No terminé de contarte la historia.

Cuando se giró allí estaba Giacomo, con las manos en los bolsillos y su atenta sonrisa encajada en el rostro. Lizzy intentó disimular. Dejó a un lado la mochila mientras intentaba ocultarla con su cuerpo.

—Tienes razón. —Consiguió que no se notara su turbación—. Me quedé sin saber qué pasó entre tú y aquella chica tan especial.

—¿Lo quieres saber ahora? Las tuercas se le resisten a nuestro amigo, así que tenemos tiempo.

«¿Ahora?» Era el peor momento, pero si se negaba levantaría sospechas.

—Me encantaría.

Giacomo suspiró y se colocó a su lado, ambos sentados sobre la trasera de Rosemary, que permanecía con las puertas abiertas, un poco inclinada por la acción del gato hidráulico.

—Nos quedamos en la Fiesta de las Perseidas, en el baile del último día —recordó—. Iba todo el pueblo. Era muy animado. Bailábamos a cielo raso mientras caía una lluvia de estrellas fugaces. Por supuesto bailé con ella, aunque no desde el principio. Hubiera sido demasiado evidente. Primero Paul. Después alguno de los hombres respetables de la comunidad, como el farmacéutico y el alcalde, y yo esperé hasta el final. Cuando bailaba con ella... simplemente desaparecía todo lo demás. ¿Nunca te ha pasado? Es la sensación más mágica que uno pueda sentir. Cuando íbamos a mitad del segundo pase empezó a llover, una tormenta de verano, y todo el mundo salió corriendo, y riendo, como si hubieran bajado de la montaña una manada de payasos. Pero nosotros seguimos bailando, empapados, incluso cuando dejó de tocar la orquesta para ponerse a cubierto. Fue entonces cuando se lo dije.

—¿Que la amabas?

Él apartó la idea con un aleteo de la mano.

—No con esas palabras. Le dije que nos fugáramos.

—¿Y lo hicisteis?

—Fue aún mejor. —Le guiñó un ojo—. Ella sí me dijo que me amaba, pero que nunca dejaría a Paul. Una semana más tarde empacaron sus cosas y dejaron el pueblo. Al parecer le habían ofrecido un buen puesto en su ciudad natal. Paul vino a despedirse a mi cabaña. Yo estaba seguro de que ella se lo había contado y esperaba que tendríamos que saldarlo como hombres, con los puños en alto, pero no fue así. Estuvo tan amable como siempre, me invitó a visitarlos y me deseó lo mejor.

—¿Y ella?

—Nunca habíamos estado a solas, ¿te imaginas eso hoy en día? Hubiera sido inapropiado. Se marcharon y yo creí que me moría. En serio. Fue terrible. El joven de esa foto no tenía fuerzas para levantarse por las mañanas y echarse al mar. Hasta que recibí su carta. Lo que no había conseguido en tantos años lo logré en unos meses. Terminé de aprender a escribir para leerla y mandarle noticias. ¿Cómo iba a dejar que nadie me la leyera? Y así comenzamos a saber el uno del otro. A conocernos. Yo quería ir a verla, pero ella se negaba. Decía que si me veía quizá hiciera algo de lo que podría arrepentirse. Dos años más tarde no le hice caso y me presenté en su casa, y entonces lo hicimos.

Lizzy abrió mucho los ojos.

—¿El amor?

—¡Bailar! —¿Es que no era evidente?—. Era mediodía y Paul estaba en el trabajo. Y nosotros bailamos juntos toda la tarde. Abrazados y felices. Nada más. Nunca hemos hecho otra cosa que bailar. Desde ese día, y una vez al año, voy en su busca y bailamos por unas horas. Entonces yo vuelvo a casa, a mi vida en el muelle. Y ella regresa a su hogar, con sus hijos y sus nietos. Nada más. Nada menos. Para eso voy camino de San Cayetano, como he hecho durante el último medio siglo.

Ella sintió que un escalofrío le recorría la espalda. Hacía ya mucho tiempo que había soñado con algo así. Con «toda una vida» junto a él. Sin embargo...

—Toda una vida —murmuraron sus labios.

—La mejor vida.

—¿Y si hubierais dado un paso más? Si os hubierais fugado.

Se encogió de hombros.

—No sé lo que hubiera pasado. Quizá ella se habría aburrido de mí o yo de ella. Quizá nos pelearíamos antes de ir a dormir y malmeteríamos el uno contra el otro. Así, como ha sido, como es, es perfecto. No cambiaría un solo momento. Un solo segundo.

—Paul nunca...

Giacomo negó con la cabeza.

—Nunca, que yo sepa. Es algo entre ella y yo. El amor necesita un espacio íntimo y nosotros lo tenemos una vez al año, unas pocas horas, desde hace medio siglo.

Era algo inaudito, incluso de locos, pero absolutamente hermoso.

—Me gusta esa historia.

Permanecieron en silencio, uno al lado del otro. Se escuchaban los resoplidos de John con una tuerca que se le resistía. Eve estaba cómodamente tumbada al otro lado del claro, sobre la rama caída de un árbol tomando plácidamente el sol. Ana seguía luchando con su sábana.

—¿A dónde piensas ir? —preguntó el anciano de improviso.

—Yo... —se encontró sin saber qué decir.

—Es evidente que vas a abandonarnos. —Señaló la mochila con la barbilla, sin moverse un ápice de donde estaba.

—Giacomo... —Lizzy sintió que se derrumbaba—, si tú supieras. Mi presencia aquí solo os pone en peligro. Debo quitarme de en medio.

—¿Y él?

—Lo entenderá.

Asintió, aunque su mirada estaba fruncida, como su frente. Era evidente que no le gustaba la idea de perderla, pero no iba a hacer por detenerla.

—¿Necesitarás algo? ¿Un poco de dinero?

Ella negó con la cabeza.

—Me las apañaré.

Solo entonces la miró a los ojos. Lo que vio le causó un dolor profundo, conocido, pero no por ello menos angustioso: una persona huyendo de su destino.

—Ten cuidado. —Le apretó la mano un instante, para apartarla al vuelo.

Lizzy tragó, para que no se le escapara la lágrima que pendía de la comisura de sus párpados. Intentó quitarle importancia con una sonrisa forzada.

—No les digas nada hasta que esté lejos.

Él se lo aseguró con un gesto. De nuevo un vacío de silencio.

—¿Volveremos a vernos alguna vez?

¿Quién lo sabía? Una vez que llevara a cabo aquello que la llevaba al Sur se entregaría a la policía, y a partir de entonces le iban a quedar muchos años de oscuridad por delante.

—Seguro —mintió—. Mientras tú bailas con esa preciosa mujer.

No quiso decir más. No imaginaba que aquella despedida de un puñado de desconocidos con los que se había topado hacía unos pocos días le iba a resultar tan dolorosa. Quizá porque hacía mucho tiempo que no encontraba comprensión, verdad y pasión, tres ingredientes que necesitaba en su vida.

De un salto bajó de la furgoneta y, sin mirar atrás, desapareció en lo frondoso del bosque.

Contraviniendo el consejo de tía Agatha he ido a tu funeral.

Es el acontecimiento social de la temporada.

Disculpa si sueno patética.

Soy patética.

Sé que voy a encontrarme a los viejos amigos, a mi buena familia, a la tuya, a todos aquellos que son alguien en nuestra selecta sociedad del noreste.

—Es un error, querida —me ha dicho tía Agatha por teléfono—. Ella podría verte. Una mujer que lleva maldiciendo tu nombre desde antes de que se enfriara el cadáver de su esposo. ¿Cómo crees que reaccionará?

No lo sé. Pero sospecho que eso es lo que busco. Sus reproches.

¿Te parece absurdo? Patética y absurda el día de tu funeral. Qué combinación tan extraña.

La enorme iglesia está a rebosar. Has sido un hombre importante y muchos quieren hacer ver que te conocían.

Ninguno de estos tipos atildados, de estas mujeres exquisitas, sabe lo nuestro. Durante dos años lo hemos ocultado de manera eficiente. La nota donde explicabas cómo lo dejabas todo por mí solo ha sido leída a unos pocos, según mi tía. A los más allegados de tu esposa. A aquellos a quienes no ha tenido más remedio que contarles que el hombre al que hoy despiden la engañaba con alguien como yo. Una mujer tan absurda como patética.

Me siento detrás, en la misma bancada ocupada por aquellos que apenas te conocían. Un hombre, muy amable, cree acertado sacarme de mi error, indicándome dónde está mi sitio, pero yo me niego a moverme. Este pequeño revuelo atrae la mirada de los más curiosos, lo que delata mi presencia.

Siento los ojos helados de mi madre clavados en los míos. Un rictus de dolor. Una mueca de asco antes de apartarlos. Papá ha sido quien ha venido a mi encuentro.

—¿Cómo te atreves? —me dice al oído mientras me sujeta con fuerza por la muñeca.

—Tengo que estar aquí.

—Vete antes de que ella te vea.

Pero ya es tarde.

ELLA levanta la vista del pañuelo que enjuga sus lágrimas y me mira directamente a los ojos.

La conozco bien y por eso sé que la dama de hermosa porcelana que siempre ha sido está hecha añicos. Te preguntas qué siento, y no siento nada. Tu pérdida ha vaciado mi corazón de cualquier aflicción que pueda enturbiar este dolor oscuro que me produce no volver a verte. La observo como si estuviera en otra dimensión. Como si fuera alguien extraño, ajeno a mí.

Esa mujer no solo ha perdido a su marido, y los sueños que trazó sobre el futuro. Ha perdido su pasado y yo soy la responsable.

Entonces ELLA se pone de pie. Alguien hace por volver a sentarla, pero no parece posible. Este nuevo movimiento en un lugar de oración aviva la curiosidad de los presentes, que intuyen que algo sucede.

—Lizzy, por favor... —insiste mi padre, vaticinando lo que puede ocurrir.

Pero ya es tarde. ELLA avanza por el pasillo central, con una fragilidad de mariposa rota, de negra mariposa con las alas rotas. Me pongo de pie sin darme cuenta.

—Sácala de aquí —escucho que dice mi padre.

Miro alrededor. Tía Agatha aparece a mi lado, perfectamente vestida de blanco y con el maquillaje un poco subido de tono.

—Estas niñas... —dice en tono juguetón, tan inapropiado que me parece inadecuado incluso a mí.

—¿Estás bien? —es lo último que escucho, pero papá no se dirige a mí, sino a mi tía.

Es entonces cuando ELLA llega a mi lado.

Se detiene a un metro de distancia. Como si yo emitiera radioactividad. Como si un contacto más próximo pudiera infectarla de algo horrible.

—¿Cómo has sido capaz?

Su voz es apenas reconocible. Aquellas campanillas afinadas son ahora rotos fagotes.

—Yo no... —titubeo.

—Era mi marido.

—Nunca quise...

—Te acostabas con mi marido —lo grita con su voz rota por el dolor. A todos. A los cuatro vientos. A quien quiera oírlo—. Tú. Cómo has sido capaz.

A nuestro alrededor se hace el silencio. El rostro demudado de mi padre. Los cientos de miradas clavadas en mí, intentando comprender al monstruo que tienen delante.

Intento explicarme.

—Nunca quise...

—La nota decía que desde antes de casarnos. ¿Es cierto?

—Lo es, pero no puedo decirlo—. ¿Tanto me odias? ¿Qué te he hecho para que me hayas tratado así?

—Yo nunca quise... —Me siento confundida. Miro a tía Agatha, pero esta sonríe como si nada estuviera sucediendo. Como si de verdad estuviéramos en uno de sus cócteles donde se habla de flores y del tiempo en la Riviera.

—Vete. —Su mano señala la puerta y tiembla en el aire—. No quiere verte más. No quiero verte jamás. No quiero saber de ti. No me importa si estás viva o muerta, si tienes necesidades o triunfas en la vida. Has desaparecido para mí. Más muerta que él. Muerta para siempre.

Para quien no la conozca pueden parecer palabras ligeras. Pero tú y yo sabemos lo que significan para alguien que jamás ha contravenido las normas exquisitas de nuestro círculo social.

Sin más, se da la vuelta, y arrastrando todo su dolor, vuelve hasta la primera fila, donde los dolientes intentan consolarla.

Yo trago saliva. Todos los presentes siguen vueltos hacia mí. Rostros serios, acusadores, también sorprendidos. La simpática señorita Bennet es ahora alguien a quien hay que evitar.

Mi padre, que hasta ahora me sostenía por el brazo, me suelta. Su paso atrás, hacia donde se encuentra ELLA, me indica dónde se ha alineado. Y lo comprendo. No lo culpo. Yo hubiera hecho lo mismo con alguien como yo.

Tambaleante, abandono la iglesia. Tomo un taxi. Vuelvo a casa.

Al día siguiente todos saben que Elizabeth Bennet, la buena de Lizzy, ha estado manteniendo una relación secreta, oscura, repugnante, traicionera, con el gran Alfred Collins, a espaldas de su elegante esposa.

¿Quieres saber qué ha pasado desde entonces? Te lo puedo resumir en unas pocas frases, mi querido señor Darcy.

Durante dos años no he vuelto a saber nada de ELLA.

Mi familia ha dejado de hablarme.

Mis amigos, poco a poco, han dejado de llamarme.

Cuando el diagnóstico de tía Agatha se ha confirmado, he entendido muchas de sus excentricidades de los últimos meses.

Demencia senil.

La pérdida de uno mismo en la neblina del olvido.

Dos años.

Dos años donde el dolor por tu pérdida me ha sumido en un pozo del que no sé salir.

Y la única persona que podía ayudarme ya no recuerda su nombre.

Lizzy volvió a mirar hacia la carretera. ¿Aquello era la desesperación? La forma en que su corazón latía, la que habían tomado sus pupilas para dilatarse, su piel para dejar escapar el sudor.

Había sido un día largo. El día de la huida. Uno de esos donde parece que las horas se estiran, se retuercen como las serpientes en la arena, consiguiendo que la percepción del paso del tiempo sea muy diferente.

Tras abandonar a sus amigos, Lizzy había tomado dirección sur, atravesando el bosque, teniendo como única guía la brújula, que no terminaba de entender, y el tránsito del sol en un cielo que las ramas de los árboles apenas permitían observar.

El mapa tampoco era claro, por lo que no supuso una buena ayuda. Era fácil perderse por aquel intrincado nudo de caminos y senderos que se retorcían sobre sí mismos como lombrices. Un laberinto de líneas marcadas de amarillo que parecían no llegar a ninguna parte. Por eso había decidido dejar de seguir cualquiera de esos atajos y adentrarse en el bosque a pesar de su impericia. Sabía que, si caminaba deprisa, si sorteaba un par de arroyos y el desnivel de una colina, saldría a una carretera. A una carretera de verdad: asfaltada, delimitada, con un principio y con un fin claros. Y era posible, muy posible, que por allí pasara un coche, y que tuviera piedad de ella, y que pudiera escapar de allí.

Un plan absurdo.

Lo sabía.

Pero no existía otra posibilidad.

Había dejado a sus amigos porque era la única opción.

Seguir con ellos solo los ponía en peligro.

Si la policía los hubiera atrapado estando juntos, algo que cada vez era más probable, serían acusados por haberla ayudado: un anciano en la última recta de su vida, una enferma crónica, y una mujer que por primera vez abandonaba sus obligaciones para encontrarse con ella misma. Y John, por supuesto. Y John. Pero se había hecho el firme propósito de no pensar en él.

Poner la suerte de todos ellos en riesgo era algo que no podía seguir permitiéndose. Algo que había descubierto hacía muy poco. Que le importaban. Que no podría soportar ser responsable del desastre que supondría que los atraparan juntos.

Ahora que ella ya no estaba en el grupo, podrían volver sanos y salvos a la autopista. A la civilización. Rosemary los sacaría de allí avanzando valiente por aquellos caminos empolvados. Sí, señor. Y en unas horas, quizá mañana, mientras el sol amanecía por oriente, ellos entrarían en San Cayetano, donde era posible que se cumplieran sus sueños.

Suspiró. ¿Los echaba de menos? Eso era imposible. Apenas habían estado juntos un par de días. Quizá lo que anhelaba era esa sensación de seguridad, de que todo saldría bien, de que había otros que velaban y se preocupaban por ella.

Miró hacia la carretera una vez más. Le había parecido oír un sonido lejano. ¿El sonido de un motor? Era muy consciente de a lo que se arriesgaba. Podía tratarse de una patrulla de la policía. Estaba segura de que la estaban buscando por aquel entramado de carreteras. También era posible que su fotografía ya estuviera circulando por todas las televisiones del condado, lo que propiciaría que cualquiera la reconociera.

Sí, era el motor de un coche. Aquel ronroneo inconfundible.

Se puso de pie para resguardarse detrás de uno de los enormes troncos, justo cuando tomó la curva una destartalada ranchera blanca cubierta de polvo. Lizzy soltó un suspiro de alivio. Aquello no significaba que estuviera a salvo, pero al menos alentaba una posibilidad de escapar. Fuera donde fuese aquel conductor, sería a un lugar más civilizado que ese tupido bosque, y entonces..., entonces ya se le ocurriría qué hacer.

Salió de su escondite para ponerse al pie de la carretera.

El coche empolvado circulaba a una velocidad prudente. Ella se colocó bien visible, al borde de la estrecha calzada. Levantó el dedo y prestó toda su atención a la voluminosa forma que se acercaba. El parabrisas también estaba cubierto de ese polvo amarillento, y el surco que habían dejado los limpiaparabrisas no ayudaba a adivinar quién conducía.

Lizzy notaba cómo su corazón latía acelerado. En unos segundos sabría si su aventura podría continuar un poco más o se había acabado para siempre. Estaba preparada para todo: para dar algunos escasos pasos hacia su libertad, o para entregar sus muñecas a la policía. Ya no quería luchar más. Ya no podía. A pesar de que solo necesitaba un puñado de horas para concluir lo que empezó hacía demasiado tiempo.

Cuando la ranchera aminoró la marcha supo que se detendría. Lo hizo a un par de metros de ella, antes de sobrepasarla. Aquella era una maniobra sospechosa que la puso en alerta. Pero no se amilanó. Esbozó una sonrisa. La más beatífica que fue capaz de encontrar, y fue al encuentro del conductor.

Le extrañó que no saliera del vehículo ni se hiciera visible de alguna otra manera. Aquello la puso aún más nerviosa. ¿Y si estaba dando parte a la policía? ¿Y si estaba comprobando que aquella transeúnte perdida era la misma que aparecía en un cartel de «Se busca» de todas las gasolineras del Condado?

Cuando llegó a la altura del viejo auto se inclinó para poder ver en su interior.

—¿Tú?

John también se inclinó, y le dedicó una deslumbrante sonrisa.

—Si no te gusta mi coche no tienes por qué montarte.

Lizzy no daba crédito a lo que veía. Era a la última persona a la que esperaba encontrarse. Pero se alegraba. Claro que se alegraba de ver a John, pero..., pero...

—¿Cómo me has encontrado?

—He supuesto que buscarías la carretera más cercana y llevo recorriéndolas toda la mañana.

Ella sonrió. ¿De verdad era tan predecible? ¿Cómo era que aún no estaba entre rejas? Tuvo ganas de reír, de llorar, de abrazarlo..., de besarlo.

Miró el coche con suspicacia.

—¿De dónde lo has sacado?

Él se encogió de hombros.

—He vuelto a la serrería con la mayor discreción. Como ya conocía el terreno no ha sido difícil tomarlo prestado. Espero que aún no lo estén echando de menos. Este era el que estaba en el lugar menos visible.

—¡Lo has robado! —Parecía de verdad escandalizada.

—¿Comparamos delitos?

Aquello le arrancó otra sonrisa, pero duró bien poco en sus labios. Era consciente de lo que John se jugaba por ella y no estaba segura de si debía aceptarlo. A pesar de que se trababa, posiblemente, de su única salvación.

—¿Y los demás?

—Seguirán su camino con Rosemary. Sin ti a bordo no tienen nada que temer. Son un simple grupo de turistas perdidos en el bosque. Solo necesitan encontrar la salida a la autopista y llegarán a San Cayetano antes de que amanezca. —Golpeó con la palma de la mano el asiento del copiloto—. ¿Subes o no? No podemos quedarnos aquí todo el día. Sería peligroso.

Lizzy miró a ambos lados de la carretera. El primer coche que pasaba desde que estaba allí. Tenía la opción de pedirle que se fuera y esperar a que la suerte quisiera acompañarla. Si subía a aquel coche, John estaría en peligro y ella sería la responsable.

—¿Qué haces aquí? —preguntó de nuevo, sin moverse de donde estaba.

—Es evidente. He venido a por ti.

—Sabes lo que quiero decir. ¿Qué haces aquí?

John suspiró, abrió la puerta y bajó del coche. Con paso lento, con las manos en los bolsillos, mirando hacia el pavimento salpicado de hojas secas, bordeó la ranchera hasta colocarse a su lado. Ni muy lejos ni muy cerca. A una distancia cómoda para ella. Donde no se sintiera amenazada.

Lizzy lo vio acercarse y sintió de nuevo aquel hormigueo incomprensible entre las costillas. Guapo, sereno, quizá algo arrogante, testarudo, insistente, y absolutamente apetecible.

Al final de un largo silencio, John levantó la mirada y se enfrentó a los ojos recelosos de Lizzy Bennet. Empezaba a acostumbrarse, a poder mirarlos sin que el corazón se le descabalgara en el pecho.

—Medio estado te busca —dijo con voz pausada—. Salir de este bosque es complicado y tu rostro está pegado en las gasolineras de todo el país. Necesitas mi ayuda. Eso es todo.

Lizzy se apartó el cabello, que insistía en taparle toda la cara.

—John. Tú y yo...

—¿Tú y yo? —Esbozó una sonrisa.

—Eres un buen tipo. A pesar de tu forma de vestir...

—¡Oye! —se hizo el ofendido.

—Déjame terminar.

—De acuerdo.

Manos arriba en un gesto de paz.

Ella tragó saliva. Ahora o nunca.

—En otro momento, en otras circunstancias, creo que hubieras llegado a gustarme, pero ahora no. ¿Lo entiendes?

Él lo encajó bien. Quizá porque ya estaba convencido de que eso que sentía por aquella extraña mujer no era correspondido. Pero tampoco iba a ponérselo fácil.

—Puedo esperar. El tiempo que necesites.

—He matado a un hombre, John, y tengo que pagar las consecuencias.

—No te creo.

—Me da igual si me crees o no, pero es importante que comprendas que al final de esta aventura, lleguemos a donde lleguemos, tú y yo...

—Lo sé —no quería oírlo de nuevo—, y no me importa.

Antes de subirse a aquel coche, Lizzy debía tener claro que aquello era cierto.

—¿Seguro?

Él se encogió de hombros.

—Eso no quita que me esté enamorando de ti.

Aquella frase lanzada al aire, como si no tuviera significado, la hizo estremecer. Sin embargo, chasqueó la lengua. No podía dar un paso atrás. No podía alentar esperanzas. Ni a él ni a ella misma.

—No lo pongas más difícil de lo que es, John.

Él suspiró. Algo profundo. Necesitaba recuperar el centro que aquella preciosa mujer descolocaba. Dio un paso hacia ella, pero se detuvo en seco. No quería presionarla, solo aclarar algunas cosas.

—Quiero ser sincero.

—De acuerdo. —Lizzy alzó las manos. Si él estuviera más cerca no estaba segura de poder evitar lanzarse a sus brazos—. Solo seremos amigos. Buenos amigos. Hasta que seas detenida. ¿Entendido?

—¿Detenida? Evitaremos que eso pase, pero cuál es tu plan.

¿Su plan? ¿Existía un plan?

—Tengo que llegar a San Cayetano en menos de dos días. Sea como sea.

—La única posibilidad es la autopista.

—Lo sé.

—Y nos estarán esperando armados hasta los dientes.

—También lo sé. —De nuevo apartó un mechón que se mezclaba con sus labios—. ¿Sabes que si nos paran también te detendrán a ti y te acusarán de ser mi cómplice?

Él se humedeció los labios. Era muy consciente de aquello. Tanto como tenía claro que cualquier riesgo merecía la pena si era para ayudarla. Un pensamiento absurdo. Alejado de cualquier coherencia, pero en el que creía firmemente.

—Eso no tiene importancia. Si necesitas estar allí, yo te llevaré.

Lizzy tuvo ganas de llorar. Sentía cómo le temblaban las rodillas, pero tenía que ser fuerte. Fuerte. A pesar de que aquella era la primera vez en muchos meses, quizá en toda su vida, que alguien hacía algo desinteresado por ella.

—John... Gracias.

Él sonrió. Abrió la puerta del copiloto y trazó una cómica reverencia.

—Y ahora, señorita, comámonos el mundo.

❀

—Hay que pisarlo antes de cambiar de marcha —volvió a apuntar Giacomo.

—Sé lo que es un embrague. —Ana intentaba no perder la paciencia.

—Por allí —señaló Eve—. Es el sendero más ancho. John dijo que buscáramos los más anchos.

—Eso dijiste hace media hora y tuvimos que dar la vuelta.

—¿Cómo se mete la segunda?

—¿Seguro que no quieres que conduzca yo?

—Seguro —dijeron las dos al unísono.

Desde que John los había dejado solos no habían conseguido entenderse. Giacomo, con su sentido antiguo de la caballerosidad, intentaba ejercer un liderazgo que ninguna de sus compañeras compartía. Y es que los tres, cada uno a su manera, querían tener la razón en algún aspecto. Lo que todos trataban de esconder era la preocupación. Dos de sus amigos podían estar en cualquier parte, incluso detenidos, y ellos no tenían más remedio que llegar a su destino si querían entender qué había pasado.

Todo había sido demasiado rápido.

Un «¿Dónde está Lizzy?» bastó para que los tres recorrieran los alrededores llamándola. Todos menos su anciano compañero, que continuó sentado apaciblemente en la parte trasera de Rosemary.

Cuando John se dio cuenta, supo que a Lizzy no le había pasado nada. Caminó despacio y se sentó a su lado.

—¿Te ha dicho por qué?

Giacomo sacó un pañuelo curiosamente bien planchado de su bolsillo y se limpió unas gotas de sudor.

—No quería ponernos en peligro. Sabe que antes o después darán con nosotros.

Lo había sospechado. Esa idea ya había pasado por la cabeza de John. Y, sin embargo, cuando había desaparecido, en lo único en que pensó fue en que podía haberle pasado algo y en que él era el responsable de que no le sucediera nada.

—¿Me dirás por dónde se ha marchado?

En anciano suspiró.

—Si hubiera querido hacerlo ya lo habría hecho, ¿no crees?

Tenía razón. Pero eso no implicaba que fuera a hacerle caso.

—No voy a dejarla sola.

—Haz lo que creas. —Dobló el pañuelo con extremo cuidado y lo guardó, evitando cualquier mal pliegue—. Cada uno debe hacer aquello que considere adecuado.

—¿Qué ha sucedido?

Lo preguntó Ana, que parecía realmente turbada. Acababa de llegar, seguida de cerca por Eve. Ambas se habían alejado unos cientos de metros de donde se encontraban, llamando a gritos a su compañera desaparecida. Ahora, cuando regresaban y veían aquella escena casi plácida de los dos hombres sentados en la parte trasera de Rosemary, comprendieron que había algo que les había pasado por alto.

John se puso de pie y cogió su mochila.

—Voy a por Lizzy.

—¿Dónde está? —preguntó Eve, deteniéndose junto a él, y que tampoco comprendía qué estaba pasando.

—Se ha marchado —aclaró John sin más—. Pero caminando por estos bosques no creo que pueda llegar muy lejos.

Ahora fue Ana quien intervino.

—Pero... ¿cómo vas a encontrarla?

—Ya se me ocurrirá algo.

Las dos mujeres se miraron entre sí. Eve sabía que la determinación dibujada en el rostro de su amigo, de su hermano, era inamovible. Si decía que la buscaría removería cielo y tierra hasta dar con ella.

Lo dejaron hacer. Tomó una cantimplora, algunas barritas energéticas y su saco de dormir. No quería despedirse. Se verían pronto. Tenían que verse pronto. Los cinco. Para continuar su viaje, juntos. Esa era su intención.

—John —Giacomo lo tomó por el antebrazo antes de que se marchara—, ¿por qué la busca la policía?

Él tragó saliva.

—Sea lo que sea, me niego a creer que sea culpable.

—Pero... —dijo Eve—, ¿y si lo es?

—Aun así, estaré a su lado.

Ana miró alrededor. Sabía mucho de huertos, ganado y campos de centeno, pero no tenía ni idea de cómo desenvolverse en un bosque como aquel.

—¿Qué haremos nosotros mientras tanto?

John fue hasta ella. Los ojos de la mujer brillaban preocupados. Quizá todo aquello era demasiado para ella. Demasiado para un viaje que solo era el tránsito hasta un destino diferente.

—Debéis llegar a San Cayetano —le sonrió con suavidad y fue correspondido—. Rosemary tiene gasolina suficiente, os quedan algunas provisiones, y el sur está en aquella dirección. Alguno de estos caminos debe de llevar a una carretera y de allí a la autopista. Con suerte, mañana estaréis en la ciudad.

Eve se adelantó. No le gustaba la idea de separarse de su amigo del alma, que estaba uniendo su destino a una delincuente. Encantadora, fascinante, pero una delincuente. Podía terminar con los huesos en la cárcel, o con un tiro mal dado entre ceja y ceja.

—¿Y tú? —le preguntó—. ¿Y vosotros dos?

—Eso depende de Lizzy. De que la encuentre y de lo que ella quiera hacer.

—Nos dejas entonces. —Giacomo acababa de comprender que no había más que hablar.

—Hasta que nos volvamos a ver.

No eran necesarias más palabras. Cada minuto que él se entretuviera, Lizzy tendría que valérsela sola en un medio que desconocía. Los dos juntos tendrían más posibilidades de salir de aquella. Y aunque no fuera así, no podía permitir que pasara por lo que seguramente le esperaba sin nadie a su lado.

Esbozó una sonrisa triste y emprendió el camino. No sabía a dónde se había dirigido Lizzy, pero seguro que buscaría una carretera. Era su única posibilidad. Cualquiera de aquellas que iban hacia el sur. Necesitaba un coche y un mapa, y el único lugar donde estaba seguro de que los encontraría era...

—John...

Se giró. Allí estaba Eve. Lo miraba muy seria, con aquel rictus de preocupación que rara vez aparecía en su rostro. Le sonrió para alejar sus malos pensamientos.

—Dime, cariño.

Al fondo, Ana y Giacomo los observaban sin moverse. Las despedidas siempre son amargas, incluso las felices.

—Ten cuidado. —Le puso una mano en el pecho—. Te necesito a mi lado en San Cayetano.

—Pase lo que pase allí estaré. Te lo prometo.

Eve suspiró. Nunca había visto esa determinación en su amigo. Ni siquiera cuando «eso» aparecía en su vida. Esta vez era distinto. Esta vez parecía definitivo.

—Si ella merece la pena —le susurró—, si Lizzy merece la pena, no la dejes escapar.

Él la besó en la frente.

No hubo más palabras.

John desapareció entre la maleza y ellos tres permanecieron en silencio mientras intentaban saber cuál sería su próximo paso.

Y en ese momento, varias horas después, seguían intentando saber cuál era.

—¿La tercera marcha era a la derecha o a la izquierda?

—Si condujera yo, ya habríamos llegado a la ciudad.

—Por ahí, creo que es por ahí. O mejor toma por aquel sendero.

Porque alguna vez, con suerte, saldrían de aquellos caminos infranqueables.

John detuvo la vieja ranchera en el arcén, justo antes de entrar en el carril de aceleración.

—Ahí está la autopista —señaló algo obvio, pero era como cuando se llega a un destino tan anhelado que es obligatorio recordarlo.

Lizzy asintió.

No había sido fácil dar con ella.

Con cada vehículo que se habían cruzado había pasado por su cabeza la posibilidad de que los reconocieran, a ellos o al coche robado en el que viajaban, y que seguramente ya había sido denunciado a la policía. En cada intersección hacia una carretera principal, su corazón había latido con fuerza, a la espera de que el enorme sedán negro saliera de debajo de una valla publicitaria, o del anonimato de un puente, para darles caza. Desde que encontraron la primera señal indicativa de la autopista, habían estado esperando a que una patrulla de policía activara la sirena para detenerlos...

Pero eso no había sucedido.

Aún no.

Y aquella era la última prueba.

Al final de aquella larga línea recta se incorporarían a la

gran Autopista del Sur, donde, quizá no en aquel momento, pero sí más adelante, la ranchera empolvada se confundiría con otros cientos de vehículos anónimos que viajan hacia tierras más templadas.

Sí, aquella era una prueba importante y, si tenían éxito, cabría la posibilidad, ya no tan remota, de que lograran llegar a San Cayetano.

—John...

Él no había dejado de mirarla, absorto en su perfil, que se recortaba contra la sombra oscura de los árboles.

—John —ahora sí giró la cabeza para verlo de frente y se encontró con unos ojos brillantes clavados en los suyos—, si no saliera bien...

—Va a salir bien —no la dejó terminar.

—Si no saliera bien, diré que te he obligado a hacerlo. Que te he amenazado de alguna manera. Ya se me ocurrirá algo.

Él sonrió. Era difícil de creer que una mujer como aquella, una preciosa mujer como aquella, hubiera podido obligar a un hombre de su envergadura a hacer algo que no quería sin la ayuda de un arma, pero no quiso discutirlo.

—Si nos detienen al final de ese carril... —quería atraerla hacia sí y besarla, darle toda la tranquilidad de que no estaría sola en un mal momento—. Si nos detienen, ya veremos lo que tenemos que hacer.

Lizzy lanzó un suspiro involuntario.

—Prométeme que pararás el coche. —Señaló el final del largo carril de aceleración, por donde otros vehículos que venían detrás ya habían desaparecido—. Que nos detendremos si están al otro lado. Pueden disparar. Puede ser peligroso.

—Haré lo que tú me digas —lo dijo en voz baja y muy despacio, para que no le cupiera dudas—. Asumiremos el riesgo que tú estés dispuesta a asumir. Los dos. Juntos.

Ella no pudo evitarlo. No quiso evitarlo. Se inclinó, lo

atrajo hacia sí, apoyando la mano en su nuca, y lo besó en los labios. No fue un beso tórrido como la otra vez. Solo labio contra labio. Piel contra piel. Alma contra alma. Y lo sintió. Que en aquellas minúsculas pulgadas de epidermis palpitaba un corazón dispuesto a darlo todo por ella. Como nunca antes lo había sentido. Ni siquiera en sus mejores momentos con Collins. Y aún sintió algo más. Que no le importaba. Collins. Ni su pasado. Ni siquiera todas aquellas cosas tormentosas que la habían llevado hasta allí. Solo aquellos labios. Minúsculos retazos de piel que se estremecían bajo la leve presión de los suyos.

Se separó sin que él intentara hacer nada por evitarlo. Seguía mirándola fijamente. Igual de perdido que ella, de expectante. De entregado.

—Gracias por todo lo que has hecho por mí —dijo Lizzy, porque aquello tenía que ser una especie de final.

—Volvería a hacerlo mil veces por un beso como este.

Ella sonrió y él también lo hizo.

—¿Adelante?

John le guiñó un ojo.

—Adelante.

—Si estás seguro de que accederán a la autopista por esta incorporación, ¿por qué no los hemos esperado al otro lado? Sería más fácil detenerlos.

Collingwood escuchó con paciencia la pregunta de su compañero. Era joven e inexperto, pero también más simple que un ocho. Estaban parados en el amplio arcén, justo después de que terminara el carril de aceleración. Atentos a cada vehículo que accedía desde allí.

—¿Sabes cuántos accesos tiene esta carretera desde los bosques?

—El mapa indica que seis.

Él asintió.

—No hemos logrado saber en qué parte de esa maraña de caminos de tierra han estado perdidos, así que es posible que puedan acceder a la autopista por cualquiera de esas seis salidas.

—Pero tú has dicho...

—Que estaba casi seguro de que lo harían por la última de todas ya que, si son tan listos como parece, intentarán pasar el mayor tiempo posible fuera de nuestra vista. Y por eso estamos aquí. Porque desde esta ubicación podremos verlos, tanto si acceden por esta como si ya lo han hecho desde alguna de las incorporaciones anteriores. ¿Entendido?

—Sí, señor.

—Ahora, no apartes la vista del retrovisor. No podemos permitirnos perderlos. Quizá sea nuestra última oportunidad.

El otro agente obedeció sin rechistar y Collingwood apretó los dientes, ansioso por fumarse un cigarrillo.

Aquella era la parte más excitante de la caza, pero también la más peligrosa. Nunca se sabía cómo iba a reaccionar la presa una vez que se sintiera atrapada. Instintivamente tocó su pistola, ajustada en la funda bajo su brazo. Hicieran lo que hicieran tendrían la respuesta adecuada.

—Señor...

Collingwood no tuvo que preguntar qué sucedía.

Allí estaban.

No había dudas.

Eran ellos.

Se acercaban desde el carril de aceleración, como ya había previsto. A veces incluso a él le molestaba tener siempre la razón. Sintió cómo se le aceleraba el corazón en el pecho. Aquellos breves segundos donde todo podía pasar, donde la partida se inclinaba hacia una u otra dirección como por azar, eran los que más le gustaban.

—Saca el morro —le indicó a su compañero—. No dejes que pasen.

El otro conocía bien la operativa y ya estaba preparando la maniobra. Fue tan rápida, tan eficaz, que apenas duró unos segundos. En ese breve espacio de tiempo, el enorme sedán negro había cegado la incorporación a la autopista y las luces estroboscópicas que acababa de poner sobre el techo ululaban a todo gas.

El objetivo no tuvo más remedio que detenerse y, como

ya preveían, los coches que venían detrás le taponaron la retirada.

—Ahora con cuidado. —Collingwood había sacado su pistola y retirado el seguro—. No sabemos si están armados.

Solo él bajó del coche, amparándose tras la puerta abierta. Mientras, su compañero daba parte al resto del equipo para que les prestaran apoyo. Aquel era el momento más delicado. El objetivo podía ponerse nervioso y actuar con desesperación. Y cuando no había nada que perder, como en aquel caso, podía pasar cualquier cosa.

Tomó el megáfono y lo direccionó hacia el otro vehículo.

—Elizabeth Bennet, salga con las manos en alto. Estoy armado y autorizado a disparar si no obedece.

Vio como las formas borrosas al otro lado del sucio parabrisas se miraban entre sí, y empezó a contar, llevando toda su atención a la punta de su arma, por donde saldría la bala en caso de tener que actuar: uno, dos, tres...

La puerta de aquel vehículo destartalado se abrió de un golpe, y la mujer descendió, muy despacio, y con los brazos en alto.

—Tienen que salir todos los que estén dentro —volvió a bramar tras el megáfono.

La otra puerta también se abrió, y el hombre puso el pie en tierra con la misma actitud sumisa de su compañera.

—¿Tardarán en llegar? —preguntó Collingwood a su compañero, apartando el megáfono.

—Una patrulla ya está detrás de ellos. A las otras las veremos aparecer en unos minutos.

Con eso tenía suficiente.

—¡No se muevan!

Volvió a ordenar, y entonces sí salió de la protección que le proporcionaba su propio coche, encañonando a los sospechosos.

—¿Dónde está ella? —preguntó cuando llegó a su lado.

—¿Quién? —respondió Ana, con las manos tan levantadas que la camiseta dejaba al aire su voluminosa barriga.

—No juegue conmigo. Elizabeth Bennet. ¿Dónde está?

Ahora fue Eve quien contestó.

—No sé de quién habla. En la furgoneta solo estamos nosotros tres.

—¿Tardará mucho, agente? —añadió Giacomo—. Necesito evacuar.

Collingwood empezaba a ponerse nervioso. ¿Y si...? Rodeó la vieja furgoneta Volkswagen. Sin dejar de apuntar abrió la puerta trasera. Nada. Solo estaban esos tres.

Las sirenas de otras dos patrullas sonaban ya muy cerca, y él se había equivocado.

Aquella malnacida y el tipo rubio no estaban a bordo de aquel trasto. Debían de haber huido por su cuenta y cualquiera sabía dónde estaban en aquellos momentos.

—¡Mierda! ¡Mierda! —gritó, dando una patada al guardabarros, que respondió desprendiéndose de la trasera de Rosemary.

—¿Y ahora qué? —preguntó su compañero que, encañonando a los sospechosos, acababa de comprender lo mismo que él.

—Ahora tendremos que dar muchas explicaciones.

Y sin más, enfundó su pistola y se dispuso a tomar declaración a aquellos tres.

Cuando me ha llamado tía Agatha he intuido que algo grave sucede. Su voz suena confundida, no está segura de si habla conmigo o con mi madre. Tampoco si ha llamado ella o lo he hecho yo. Le pido que se ponga tío Richard, pero ella balbucea y cuelga.

Miro el reloj. Son las dos de la madrugada y estoy en la sala de urgencias de un hospital. Otra crisis de ansiedad. Otra noche en vela. Otra de tantas donde pienso que es el final, que aquella forma en que mi corazón late en el pecho solo puede terminar deteniéndose, y mendigo ayuda en las salas de urgencia donde aún no me conocen.

Hablo con una enfermera y le digo que me marcho, que me encuentro mejor, que la crisis empieza a ceder. Me mira con desaprobación, pero no dice nada mientras sujeta el parte de alta que firma el doctor. Tampoco me importa, en estos momentos lo único que me preocupa es esta extraña llamada de tía Agatha.

Nunca debí aceptar que la cuidadora se fuera por las noches, como el resto del servicio, dejándolos solos. Pero en eso su marido ha sido tajante: en su casa siempre ha sido así, y si Agatha estuviera bien querría que su entorno siguiera manteniéndose igual que en el pasado. Él es quien se encarga de atenderla esas pocas horas antes de que la cocinera, la primera en llegar, aparezca a las siete. Y hasta este momento ha resultado posible. Hasta este momento. ¿Quién soy yo para cuestionarlo? La pobre sobrina loca y repudiada por su influyente familia que malvive en un apartamento del que apenas sale.

Me pongo el ajado chaquetón y me tiro a la calle. Podría llamar a mamá o a papá, pero llevo dos años sin saber de ellos más allá de las pocas cosas que quiere contarme mi tío, y no quiero que piensen que he buscado una excusa para pedir su perdón.

Dejo mi coche mal aparcado, rogando que no se lo lleve la grúa. Saludo fugazmente al portero nocturno del edificio, intentando parecer cordial. Subo en el ascensor privado hacia el apartamento y, una vez que las hojas doradas de latón se abren, comprendo que es peor de lo que esperaba.

Hay manchas de sangre en el suelo del salón, al otro lado del recibidor. Pisadas marcadas por el pie descalzo, diminuto, de mi tía.

El corazón me da un vuelco. Me temo lo peor. Por la cabeza me atraviesa la posibilidad de que hayan sido acatados, pero es imposible. Solo se puede acceder por aquel ascensor y por la puerta de servicio, y la segunda está vigilada por cámara desde la portería.

Las huellas sanguinolentas atraviesan el salón, y van desde el pasillo que conduce a los dormitorios hasta la zona de servicio.

Por un momento tengo la intención de quedarme allí, volver a recepción y pedir al portero que llame a la policía, pero algo en mi cabeza me ilumina, quizá tu mano desde el otro mundo, mi querido Darcy, porque hago exactamente lo contrario: entrar en el apartamento y bloquear con la llave la puerta del ascensor para que nadie acceda.

—¿Tía Agatha? ¿Tío Richard? —llamo en voz alta, aunque ya sé que no me van a contestar.

Decido seguir las huellas hasta la cocina. Por el camino tomo una de las pesadas estatuas de bronce que colecciona mi tía y que ocupan la mesa de granito del recibidor. La levanto a modo de improvisada arma, por si tengo que defenderme, y avanzo con cautela por una vivienda donde todas las luces están encendidas.

La veo en cuanto entro en la enorme cocina industrial, preparada como si allí tuvieran que atender a un regimiento en vez de a un par de ancianos. A mi tía. A mi podre tía. Está acurrucada contra la pared, sujetándose las rodillas con los brazos, y con una expresión indescifrable en el rostro.

—¡Tía! —Arrojo la estatua y voy a su encuentro.

El camisón está manchado de sangre, al igual que sus manos y sus pies.

Me tiro al suelo. Es evidente que no me reconoce, pero tampoco parece tenerme miedo. Tiene la mirada perdida, ausente, ajena a mi presencia.

Empiezo a tocarla.

—Tía. Tía.

A reconocerla. A buscar las heridas por donde puede estar desangrándose, pero no tardo en darme cuenta de que todo aquel líquido vital no le pertenece. No es ella. No es su sangre.

—¿Y tío Richard? ¿Dónde está tío Richard?

Ella no me contesta. ¿Cuánto tiempo lleva sin responder cuando vengo a visitarla? Ya son varios meses. Su enfermedad ha entrado en una fase donde no conoce a nadie y apenas interactúa más allá de unos pocos momentos lúcidos. Como la llamada de teléfono que me ha hecho.

Sé que no le pasará nada, así que voy en busca de mi tío. Hago el camino inverso. Recorro las huellas sanguinolentas del impecable suelo de mármol hasta la zona privada del apartamento, hasta la habitación de ambos, la que han usado siempre.

Ya no tengo cuidado. Entro como un tornado, pero lo que veo me deja helada en medio del dormitorio.

Tío Richard yace en la cama. Las blancas sábanas de algodón egipcio están tan manchadas de sangre como el pobre cadáver de mi tío. Porque he de suponer que es mi tío. Tiene el rostro destrozado, y en el suelo, junto a la cabecera, aún descansa una de esas estatuas de bronce, gemela de la que yo he dejado en la cocina, y donde aún pueden verse los restos que la identifican como la causante de todo aquello.

Tengo que salir del dormitorio y pensar.

Me apoyo contra la pared del lujoso pasillo e intento respirar, aunque el aire apenas me entra en el pecho. Sin quererlo, me deslizo hasta quedar sentada sobre la mullida moqueta.

Mi cabeza trabaja para entender todo aquello, para darle una explicación.

Lo veo claro unos segundos más tarde.

Ha sido tía Agatha. No puede ser de otra manera. Algo ha pasado por su cabeza y la ha llevado a hacer aquella monstruosidad.

Una lágrima se me escapa y es seguida por un torrente.

Mi tío está muerto y mi querida tía Agatha ha sido la culpable.

Imagino lo que pasará de ahora en adelante. Mi digna familia le dará la espalda, como ya lo hiciera conmigo tras tu muerte. No se admiten ni la locura ni la falta de decoro en esa sociedad donde se mueven. La vejez solo si es entretenida.

De esta manera, mi tía terminará en una residencia, en un asilo, allá a donde lleven a las personas como ella, enfermas que han sido capaces de atentar contra la integridad de los otros.

Solo de imaginar ese destino para alguien como ella provoca en mí un dolor inaguantable. ¿Qué sucederá en sus pocos momentos de lucidez? Cuando descubra lo que ha hecho y dónde está.

Su dolor es mi dolor. Su sufrimiento, mi sufrimiento.

No lo pienso.

No recapacito.

Sé lo que tengo que hacer y lo hago.

¿No soy la malvada Elizabeth Bennet? Ya es hora de que haga algo digno.

Me aparto las lágrimas del rostro a manotazos y hago por recomponerme.

Busco a tía Agatha y la llevo al baño. Ella no se resiste mientras la pongo bajo la ducha y la enjabono a fondo. No puede quedar ni una gota de sangre. Ni una.

La visto de nuevo con su mejor camisón. Para ello debo entrar otra vez en el dormitorio, pero evito mirar el cadáver de mi tío.

Una vez aseada, la llevo a la sala de música y la acomodo en su sillón favorito, el que se abre a las vistas nocturnas del Parque Real.

Salgo tras asegurarme de que está serena y cierro la puerta con llave para evitar que, en su demencia, salga de nuevo y lo eche todo a perder.

Me queda lo peor.

Rebusco en la cocina hasta encontrar lejía, un cubo y mucho papel desechable, y me pongo a limpiar. Necesito varias horas. Tantas que el amanecer me pilla con la frente sudorosa en un piso reluciente que huele a hipoclorito y a la incineradora quemando todo aquel papel manchado junto al camisón inservible de mi tía. Debe de estar a punto de llegar la cocinera, así que tengo que darme prisa.

Ya no hay rastro de lo que ha hecho tía Agatha.

Ahora solo queda imprimir el mío, mis huellas, con la suficiente astucia como para parecer sospechosa.

Dejo mi chaquetón tirado en la puerta del dormitorio y estampo mis manos sobre la estatua de bronce que tía Agatha ha usado para asesinar a su marido. Después rebusco en los cajones, vacío el joyero y me llevo el poco dinero en efectivo que guardan en el apartamento. Remato mi obra con una nota en la que les reprocho no haberme dejado dinero y que me ocupo de que quede medio escondida, bastante a mano como para que un registro rudimentario la encuentre.

Por último, imitando la renqueante voz de mi tía, llamo a la policía, pareciendo tan confusa, tan convincente, que yo misma me lo creo.

Ya está hecho.

Ahora solo me queda volver a casa y esperar a que me detengan.

Así de fácil.

Sé que no pondrán en duda la narración de hechos que he preparado.

En cuanto vean mi nombre, Elizabeth Bennet, la que llegó a ser tu amante, mi querido Darcy, a espaldas de tu esposa, nadie dudara de que he sido capaz de cometer este asesinato.

Cuando nos convertimos en monstruos nunca dejamos de serlo para los demás.

Me aseguro de que mi tía está bien antes de marcharme. Duerme plácidamente, como si aquella fuera una noche más.

Entro y le beso la frente. No volveré a verla nunca más. En cuanto llegue la policía dentro de unos minutos, en cuanto aten los cabos que he ordenado ante su vista, vendrán a buscarme a mi casa y me encerrarán para siempre.

Voy hacia la salida. Mi ropa está manchada de sangre a propósito, lo justo para que el portero lo recuerde dentro de unas horas, antes de arrojarla en un contenedor cercano y quedarme solo vestida con el viejo chaquetón. Cuando lo interroguen seguro que recuerda mis prisas e incluso es posible que vuelva a sus recuerdos una mancha rojiza que le pasó desapercibida.

Mientras espero a que el ascensor llegue a la planta, reparo en un elegante sobre que hay sobre el recibidor. No lo he visto hasta ahora. Estaba demasiado preocupada como para reparar en algo así.

Lo tomo con cuidado y lo abro como si contuviera una bomba presta a estallar.

Dentro hay un tarjetón muy simple. «Elegante», hubiera dicho mi tía.

Y cuando lo leo, comprendo que me he equivocado. Que no puedo entregarme sin antes hacer algo que debí haber hecho dos años atrás.

Intento dar marcha atrás, borrar mis huellas, empezar de nuevo... pero oigo el ruido de llaves en la puerta de servicio y tengo que marcharme a toda prisa.

Por eso voy a San Cayetano, mi querido Darcy. Solo por eso.

John estacionó la ranchera en una de las oscuras calles traseras de Corner Street. La policía la encontraría antes o después, pero no era necesario ponérselo fácil. Cuanto más tiempo tardaran en localizarla más tiempo gozarían de cierta seguridad en la ciudad.

Habían llegado a San Cayetano al amanecer.

Cuando la hermosa capital sureña, encaramada entre colinas que daban al mar, había aparecido ante ellos, Lizzy no pudo contener las lágrimas. ¿Cuántas veces había creído que aquello sería imposible? ¿Cuántas había temido ser detenida y que nada de lo que había hecho valiera la pena? Tenía que agradecerlo a John, y también a Ana, y a Eve, y a Giacomo por haberle dado la fuerza que necesitaba a través de sus historias.

El callejón en penumbra les dio la intimidad que necesitaban. No llevaban equipaje así que había poco que hacer.

—¿A dónde iremos ahora? —preguntó John, mirando a ambos lados para decidir por cuál era más seguro salir.

Pero Lizzy sabía que había llegado la hora de la despedida. No era algo que hiciera gustosa. Esta vez era más consciente de que aquella sensación extraña que sentía cuando John estaba cerca empezaba a tener un nombre, por más que su cerebro se negara a formularlo.

—Aquí se separan nuestros caminos.

La contrariedad apareció en el rostro del hombre. Era consciente de que un momento así iba a llegar antes o después. Ella se lo había dejado claro, pero... ¿cómo separarse sin más?

—Puedo ayudarte a llevar a cabo aquello que hayas venido a hacer, Lizzy —intentó convencerla.

—Lo sé. Y te lo agradezco. Pero a partir de aquí debo seguir sola.

—¿Seguro? Yo no...

En el pasado la habían convencido con facilidad. Ahora era ella quien decidía. Era algo que había aprendido, grabándoselo en el corazón a base de dolor y arrepentimiento.

—No —dijo con calma, sin rastro de arrogancia—. Iré sola.

Él sabía que iba a ser así, aunque se tratara de un error. Aunque aquello la apartara de su lado para siempre.

—De acuerdo.

Fueron unos segundos extraños. Los dos parados allí, en medio de un callejón oscuro donde la vieja ranchera robada estaba fuera de lugar. Se miraron largamente a los ojos. Hay cosas que no se pueden decir con palabras y ambos tenían mucho que comunicar. Fue él quien le dio el abrazo. Avanzó los pocos pasos que los separaban y la tomó entre sus brazos. No es fácil dejar marchar a quien se ama. Pero hay veces en que eso significa amar: aceptar lo que es importante para el otro, aunque no se entienda.

Fue tan intenso que parecía que se fundirían en uno solo. Cuerpo contra cuerpo, intentando recordar aquel calor, aquel aroma a cabello mojado, a yerbas, a frutas.

Y fue Lizzy la que se separó. No confiaba demasiado en

ella misma y en lo que empezaba a sentir por John. Quizá no fuera capaz de apartarse y optara por marcharse al otro lado de la frontera, a empezar de nuevo, a vivir una vida mejor. Pero eso no podía ser. No dejando atrás las cosas importantes sin terminar. Había aprendido, también, que la vida no era un juego fácil, y que las fichas no estaban marcadas.

No quiso decir nada más. No iba a encontrar palabras para hacerlo. Simplemente se apartó y caminó en una de las dos direcciones, hacia donde le llevara. Ya pensaría cuál debía ser el próximo paso.

—No —la voz de John la detuvo en seco—. No estoy de acuerdo.

—¿Cómo? —Se giró, pero no se movió de donde estaba.

—No puedo dejarte ir sola. —Él avanzó hasta llegar a su lado—. No tengo ni idea de qué vas a hacer, pero sé que será algo complicado. No quiero parecer protector. No soy protector. Simplemente... no puedo dejarte sola.

Lizzy tuvo ganas de saltar a su cuello y besarle la boca preocupada. Pero tampoco iba a hacerlo. Se sorprendía de su templanza. No era la misma Elizabeth Bennet de aquella época oscura, cuando murió el hombre al que amaba. Ni siquiera la misma que había abandonado la casa de su tía en busca de la redención.

Ella le sonrió, y empezó a contar.

—Hace cuatro años conocí a un hombre y me enamoré de él. Como una colegiala. Como una loca. Era el tipo perfecto. —Sonrió recordando aquellos días—. Jamás había conocido a nadie como él. Galante, encantador, guapo, atento. Perdí la cabeza. Incluso cuando supe que estaba casado. Al principio fue un shock. Decidí dejarlo. Intenté dejarlo, pero me fue imposible. Él insistía y yo no era capaz de escapar de aquella relación. ¿Has sentido alguna vez que estás haciendo algo mal y sin embargo no puedes dejar de hacerlo?

«Muchas veces», pensó John. Pero siempre había una salida.

—Todos hemos sentido eso en algún momento de nuestra vida —dijo con cuidado.

—Sí, pero yo no supe reaccionar —se culpó—. Era cómplice de un engaño y lo único que hacía era lamentarme, convencerme de que no había otra salida, que el amor lo podía todo, incluso que justificaría lo que le estábamos haciendo a ella...

—Lizzy, eso pasa a diario. —¿Cómo se podía torturar por aquello?—. Todos los días, miles de personas son engañadas por aquellos a quienes aman. Forma parte de nuestra naturaleza. Somos así, aunque no nos guste aceptarlo.

—No lo entiendes. —No podía explicárselo. No sin parecer el monstruo que todos pensaban que era—. Es mucho más complicado que eso.

—¿Os descubrieron?

—El mismo día en que él falleció.

La primera vez que vio a Lizzy Bennet pensó que era una mujer fuerte. Según la había ido conociendo empezó a saber de su fragilidad. Tenía que ver con el sentido de devoción a los demás. Así que comprendía perfectamente el estrago que algo así tuvo que causar en ella.

—Lo siento —fue lo único que se atrevió a decir.

—Lo perdí todo en un instante. —A pesar del dolor que suponía rememorarlo de nuevo, sonrió—. Mi reputación, mi familia, mis amigos, mi trabajo, y al hombre al que amaba.

—A veces el destino es una mierda.

—Durante dos años no he vivido más que en el remordimiento. Apenas me quedaba dinero y tenía que aceptar la caridad de mis tíos. Creí volverme loca. Aplaqué mi ansiedad de sala de urgencias en sala de urgencias. Tengo todo un historial de hospitales. De hecho, no estoy muy segura de que no perdiera la cabeza. Es curioso que lo que me salvó de aquella locura, y ahora me doy cuenta, fue lo mismo que me llevará a la cárcel.

—¿No me contarás de qué te acusan?

Ya se lo había preguntado y ella había sido esquiva. Ahora se lo debía. Pero también quería hacerlo. Con él las cosas parecían fáciles.

—De matar a mi tío. Me acusan de su muerte. De matar a una de las dos únicas personas que nunca me han abandonado.

John asimiló aquello lentamente. A pesar de no estar convencido.

—¿Lo hiciste? —le preguntó.

—Tienes que creer que sí.

—Eso es ambiguo.

—Es difícil de entender.

No lo había hecho. De eso estaba seguro. Tanto como que el sol salía por el este y se ponía por el oeste. Lo que no llegaba a comprender era por qué se había inculpado. Aunque si la conocía como creía, había sido para salvar a alguien.

—¿Y qué pretendes hacer ahora? —fue lo que preguntó.

Ella bajó la cabeza. El suelo del callejón estaba sucio y removido. Como su pasado.

—Aquella noche encontré un sobre en casa de mis tíos. —Tragó saliva y se atrevió a mirarlo a los ojos—. Era una invitación de boda. La mejor iglesia y el mejor hotel. Se celebra mañana, aquí, en San Cayetano.

—¿Quiénes...?

Ella tardó en contestar.

—La mujer de Collins. La mujer a la que engañamos durante dos años, a la que destrozamos la vida.

John no pudo evitar sentir un escalofrío recorriéndole la espalda.

—¿Y qué pretendes hacer, Lizzy? ¿Vas a ir?

Hasta ahí podía contar. Si decía una sola palabra más, si afloraba la verdad, lo que vería en los ojos de aquel hombre le rompería el corazón, y no estaba dispuesta. Esa vez no. Con él, no.

—John, nos tenemos que separar aquí.

Él no intentó retenerla.

—¿No me lo vas a decir?

—Cuando termine, me entregaré a la policía. Es lo único que debes saber.

Más que un suspiro, fue el desaliento lo que salió de la boca de John. No lo entendía. No podía entenderlo. Estaban a un puñado de millas de la libertad y ella pretendía entregarse por un error del pasado y quizá uno del futuro más inmediato.

—Nada de esto tiene sentido. Lo sabes.

—No pretendo que lo tenga. —Sin darse cuenta dio un paso atrás. Necesitaba apartarse de él tanto como quería estar a su lado—. Es simplemente lo que debo hacer. Lo que debí hacer en el momento mismo en que descubrí que Darcy... Collins estaba casado.

—¿Puedo convencerte de que no te entregues? —No se atrevía a moverse. No quería romper la endeble posibilidad de que le hiciera caso—. La frontera está a dos pasos. Podemos almorzar en una playa segura, tomando daiquiris.

—No. No puedes —fue tajante.

—Entonces me quedaré aquí, e iré a verte allá donde te lleven.

A pesar de intentar reprimirlas, los ojos de Lizzy se llenaron de lágrimas.

—¿Lo harás?

—En este momento no se me ocurre otra cosa que me apetezca más.

Se las secó como pudo. Debía de estar horrible, con el pelo alborotado, la ropa sucia y la cara hinchada por el llanto. Tuvo que sonreír al darse cuenta de que, después de mucho tiempo, le importaba cómo la estaba viendo un hombre.

—Eres un buen tipo.

—Nada especial —se encogió de hombros.

Ella también lo hizo.

—Lo eres.

Él quería abrazarla, arrodillarse y rogarle que no se fuera, que no lo hiciera. Pero sabía que eso sería una traición para Lizzy. Así no era como se convencía a una mujer como ella.

—Habría sido bonito intentarlo —fue lo que dijo.

Lizzy tenía que marcharse.

Cuanto antes.

Antes de que su corazón le dictara que se quedara junto a él para empezar de nuevo.

—Adiós, John.

Sin más dio la vuelta y comenzó a caminar deprisa, tanto como le permitían sus cansadas piernas, antes de que se arrepintiera.

Cuando, al final de la calle, ella desapareció, John fue consciente de que la había perdido. De que quizá no pudiera verla nunca más. Y entonces sintió lo que eso significaba.

—Hasta pronto, Lizzy Bennet —dijo en voz baja—, porque no voy a dejar que salgas de mi vida.

No era difícil encontrar a Jane.

Solo había que buscar en el hotel más caro de la ciudad.

Lizzy consiguió dejar de llorar después de deambular durante más de una hora por las calles de San Cayetano. Cuando se sintió suficientemente calmada, entró en una cafetería con la excusa de tomar cualquier cosa. En verdad necesitaba usar el aseo. Una vez dentro cerró con pestillo. Se enjuagó la cara e intentó hacer algo con su pelo. El resultado no la dejó satisfecha, pero al menos aquel aspecto de desquiciada ya no era tan evidente. Con la ropa fue más difícil. Los zapatos estaban hechos una pena. Consiguió quitarles parte del barro que los cubría usando ingentes cantidades de papel higiénico. El pantalón estaba pasable, pero la camiseta y las dos que llevaba en la mochila tenían varias manchas irreparables. Decidió metérsela por dentro y ponerse encima la chaqueta de cuero, aunque hiciera calor para ser otoño. Por último, se pellizcó las mejillas y se mordió los labios. El resultado era bastante pobre, pero al menos la dejarían entrar en el hotel. Solo le quedaba saber cuál era el más caro de la ciudad.

El camarero la sacó de dudas: el Four Season, donde cada noche costaba la friolera de mil doscientos dólares.

Se marchó sin consumir nada. Caminando estaba a escasos diez minutos, aunque sabía que serían los diez minutos más largos de su vida.

La entrada del lujoso hotel estaba en el bulevar principal de la ciudad, y reproducía la de un palacio francés del Renacimiento. Había una marquesina moderna de acero y cristal que confería al conjunto un aspecto imponente, y que tapizaba el suelo de exquisito terciopelo rojo.

En otro momento, los lugares como aquel formaban parte de su vida. En hoteles como este tomaba el té una vez a la semana con tía Agatha, o se alojaban en los muchos viajes de negocio a los que, de niña, acompañaba a su padre. Por eso sabía que el serio portero que, impecablemente vestido de librea, aguadaba al pie de la escalinata de mármol no se fijaría tanto en su aspecto como en su actitud. Como muchos otros que había conocido, estaría acostumbrado a millonarios excéntricos que vestían de la manera más extravagante, incluso con harapos. Pero había algo que no se podía disimular, y era el haber nacido en contacto con el lujo, con los privilegios, con una clase social a la que ya no pertenecía.

Lizzy respiró hondo. De alguna manera debía encontrar a la mujer que fue para poder acceder a ese hotel sin que la echaran antes de intentarlo. Enderezó la espalda, relajó los brazos y comenzó a caminar. Era una cuestión de indiferencia, de no mostrar sorpresa, de explicar al mundo con las expresiones de su cuerpo que nada de lo que aquel lujoso hotel podía ofrecer la impresionaba.

El portero no solo la saludó con una inclinación de cabeza, sino que acudió presuroso a empujar la enorme puerta giratoria. Para agradecérselo ella le dirigió una ligerísima sonrisa. La había aprendido de su madre. Aquella forma de ser agradecida sin excesos. Una manera que tenía como resultado que los demás se desvivieran por servirla. Ese don natural también lo tenía Collins.

El atrio era impresionante. Muebles antiguos, alfombras mullidas y flores naturales que expelían un aroma embriagador.

Había poca gente, por lo que el recepcionista, detrás de un delicado escritorio estilo *chipendale*, le dedicó una sonrisa deslumbrante. Ella le correspondió, pero no fue a su encuentro. Sabía que en aquel tipo de hoteles era imposible que nadie le diera la más mínima información sobre quiénes se alojaban allí. Buscó un lugar discreto donde sentarse, un sillón victoriano medio oculto tras un enorme jarrón chino repleto de flores. Y allí se dispuso a esperar.

Conocía bien a Jane. A menos que hubiera cambiado mucho en estos dos años, estaría de compras por el centro de la ciudad, pero no perdonaría la hora del Martini en el lujoso restaurante del hotel antes de almorzar.

A las doce y media la vio aparecer. Llevaba varias bolsas en la mano que enseguida entregó a un mozo para que las subiera a su habitación. Era aún más bonita de lo que recordaba. Sus facciones perfectas. El maquillaje impecable. El oscuro cabello peinado de manera tan natural que nadie podría decir las cantidades ingentes de dinero que gastaba cada mes en él. Llevaba un elegante vestido blanco de corte recto. Algo informal y que gritaba a leguas que costaba una fortuna. Todo en ella mostraba aquella desenvoltura que conocía tan bien y que le había pertenecido a ella misma antes del desastre.

No tenía ningún plan trazado.

Solo necesitaba unos segundos, solo eso.

Lo dudó un instante, pero al fin lo hizo. ¿Acaso no había atravesado un país para aquello?

Se puso de pie y fue hacia ella.

Jane la vio venir, en medio del enorme atrio, pero no la

reconoció a primera vista. Era imposible que lo hiciera. Ni ropa cara, ni cabello perfecto ni siquiera la apostura que lucía en otra época.

Solo cuando la tuvo muy cerca supo quién era. Lizzy lo descubrió por la expresión de horror que reflejaron sus ojos.

—¿Tú...?

Elizabeth se detuvo a un puñado de pasos. Sabía que aquello iba a ser difícil y no quería alarmarla más de lo necesario.

—Jane, yo...

—¡Llame a la policía! —ordenó la aludida en voz alta, dirigiéndose a un recepcionista que no había apartado los ojos de la escena—. A esta mujer la buscan por asesinato.

El hombre de la recepción reaccionó al instante, marcando el número de urgencias.

—Solo será un segundo —intentó exponer Lizzy—. Déjame explicarte por qué he venido

—¿Cómo te atreves? ¿Cómo has llegado a imaginar, siquiera, que yo voy a escucharte?

—Vi tu invitación de bodas y comprendí que intentabas rehacer tu vida, Jane —intentó decirle—. Durante estos dos años no era capaz de pensar en mí misma, y mucho menos en ti. Ahora es diferente. Por eso quiero ofrecerte, suplicarte que aceptes mis disculpas por todo el daño que te hice. Que puedas empezar de nuevo sin toda esta carga. No me he dado cuenta de que necesitaba hacerlo hasta...

—¿Empezar de nuevo? ¿Olvidar el pasado? —Dio un paso atrás—. No quiero saber nada de ti. —Volvió a mirar al recepcionista—. Llame a la policía. Cuanto antes.

El hombre parecía desbordado. Mientras marcaba un número que no dejaba de comunicar, daba instrucciones a un mozo para que avisara a la seguridad del hotel. Al parecer aquello era algo serio.

—Necesito que sepas cuánto me arrepiento, Jane —suplicó Lizzy.

—¿Que te arrepientes? —Su hermoso rostro se arrugó en un rictus de dolor—. Has matado a tío Richard. Eres un peligro incluso para ti misma.

No. No se iba a defender de aquella acusación. El futuro de su tía estaba en juego. Sus últimos años. La tranquilidad de la vejez.

—Me refiero a Collins.

Jane consiguió dominarse y retomar aquella actitud digna, casi distante, en la que había sido educada. La había perdido muy pocas veces en la vida. La última, ante aquella misma mujer, en el responso de su difunto marido, y se había jurado a sí misma que no sucedería jamás.

—No creo que lo hicieras —mordió cada palabra—, que te arrepintieras cuando te acostabas con él, con mi marido.

Un par de tipos enormes acababan de llegar corriendo, pero el recepcionista les indicó que no intervinieran a menos que hubiera peligro para la huésped. La policía estaba a un par de manzanas y ese asunto debía ser enteramente de ellos para no inmiscuir el buen nombre del hotel.

—Soy un monstruo —aceptó Lizzy—. Pero quiero que sepas que lo lamento cada día, a cada minuto. Que si pudiera volver atrás jamás habría sucedido. Y que siento cada una de las lágrimas que has derramado por mi culpa.

Jane la miró de arriba abajo, de una manera tan fría que la hizo estremecer.

—¿Eso es todo?

—No he venido para que me perdones —un par de agentes armados acababan de entrar por la puerta giratoria mientras el personal de seguridad del hotel se encargaba de alejar a los pocos clientes que deambulaban por allí—, pero sí para que sepas cuánto me arrepiento.

Jane lo dijo en voz baja. Se acercó hasta ella y, como en una confidencia, le escupió a la cara.

—Eres mi hermana, Lizzy. Mi hermana. Y me engañabas con mi marido antes incluso de que nos casáramos. Jamás podré entenderlo. Jamás podré perdonarte. Jamás aceptaré ese falso arrepentimiento.

Los agentes, tras comprobar que no iba armada, llegaron a donde se encontraban.

—Señora, tiene que acompañarnos. Le recomiendo que no se resista.

—Yo no... —Lizzy no les prestó atención. Lo que había venido a hacer ya estaba hecho. No había esperado su perdón, el de su hermana, así que todo había salido como esperaba—. Tienes razón en todo, pero lo lamento tanto que lo borraría de un plumazo si estuviera en mi mano. Con todo mi corazón. Con toda mi alma.

Uno de los agentes empezó a esposarla mientras el otro le leía sus derechos. Habían comprobado por las fotos que se trataba de Elizabeth Bennet, una fugitiva buscada por la policía de medio país.

Los escasos clientes, al fin a salvo, no perdían detalle de lo que sucedía. Parecían incluso excitados. Era un tema excelente para charlar durante el aperitivo.

—No acepto tus disculpas —dijo Jane—. Lo sabes. Y menos después de lo que le has hecho a nuestro tío.

Sin más, se dio la vuelta. No había prisa en su forma de andar. Una Bennet tenía que ser Bennet incluso en los peores momentos.

Lizzy la vio desaparecer en el ascensor mientras a ella la sacaban esposada, camino de la comisaría.

Se dejó conducir sin oponer resistencia.

Ya estaba hecho.

Había atravesado todo el país para pedir disculpas. Ahora

solo le quedaba purgar los errores que le estuvieran reservados, cumplir la pena que quisieran imponerle, y volver a respirar a pleno pulmón, libre al fin de aquella opresión que la asfixiaba.

Cuando salieron al bulevar, pasó cerca de ellos un elegante descapotable con la música a todo volumen. Sonaba una canción pegadiza. Algo antiguo de Eric Clapton. Lizzy no pudo dejar de prestar atención, a pesar de que tenía constancia de que aquel era el peor momento de su vida.

Si pudiese alcanzar las estrellas,
bajaría una para ti,
la haría brillar en mi corazón,
para que así pudieras ver la verdad,
que este amor que tengo dentro
es tal y como parece,
pero por ahora, me doy cuenta
de que está solo en mis sueños,
y no puedo cambiar el mundo. *

Los policías tuvieron que detenerse porque sucedía algo extraño.

Uno de ellos, en un principio, pensó que debía de estar ardiendo un bosque cercano ya que el calor era demasiado intenso para esa época del año. Pero pronto cayó en la cuenta de su error.

Lo que caía del cielo no era ceniza.

Era nieve.

En San Cayetano estaba nevando.

---

* «Change the World», Eric Clapton.

John miró hacia el cielo.

Era nieve y no era posible.

Estaban en otoño, hacía calor y en San Cayetano, desde que había registros meteorológicos, jamás había nevado.

Continuó caminando, atravesando el parque, donde los transeúntes, tan impresionados como él, miraban hacia el cielo y alzaban las manos para asegurarse de que aquellas ligeras briznas blancas y heladas eran copos de nieve, que ya empezaban a cuajar sobre la hierba y en los senderos.

A su alrededor todo eran murmullos excitados, llamadas telefónicas para comentar algo tan extraordinario, sonrisas ante un fenómeno que la mayoría nunca antes había visto en su vida.

Pero el único que no participaba de aquel alboroto era John.

Acababa de dejar marchar a la mujer que amaba.

Y no solo eso.

Si quería volver a verla sería a través del cristal de seguridad de una prisión federal.

Tuvo que sentarse en un banco cercano. El dolor en el pecho era tan insoportable como desconocido. Era la amargura de la pérdida. La angustia de comprender que algo que jamás había empezado se había acabado. ¿Cómo podía ser así? Apenas la conocía. Un puñado de días, de horas, y su cuerpo, su mente reaccionaban como si una parte de él mismo hubiera muerto y se desintegrara para siempre.

Sintió un picor en la garganta.

—No me jodas —soltó sin pretenderlo.

Porque aquello tenía pinta de que eran lágrimas. Lágrimas que partían desde ese poso amargo que se abría en su estómago y cuya fuente manaba de una ausencia que sabía definitiva.

Respiró hondo, y cuando el aire invadió sus pulmones tuvo conciencia de que se encontraba en el peor momento de su vida. A pesar de los muchos malos instantes que ya había vivido.

Fue entonces cuando escuchó aquella estrofa. Salía vomitada del altavoz de una pareja que, tumbados en el césped sobre una manta, no lejos de allí, miraban sorprendidos caer la nieve desde el cielo, que ya empezaba a cubrirlo todo.

Yo sería la luz del sol en tu universo,
creerías que mi amor es algo realmente bueno,
cariño, si pudiese cambiar el mundo.
Si yo pudiese ser el rey,
incluso por un día,
te tomaría a ti como mi reina,
no lo haría de otra manera,
y nuestro amor gobernaría
este reino que hemos construido.
Hasta entonces, yo seré un tonto
deseando que llegue el día
en el que pueda cambiar el mundo.

John se puso de pie.

Ya se regodearía en aquella pena amarga que sentía.

Ahora tenía que encontrar a Eve y ayudarla a cumplir su último sueño.

En algún lugar debía de haber una maldita cabina telefónica.

Ana volvió a tiritar. No había traído ropa de abrigo porque en San Cayetano siempre lucía el sol y las temperaturas, incluso en lo más crudo del invierno, no bajaban de los quince grados. Al menos eso era lo que había oído desde que era una niña. La gran ciudad del Sur. La hermosa capital que no era abandonada por el verano.

Sin embargo, cuando habían llegado estaba todo nevado, hasta el punto de que sus huellas quedaban marcadas en la tupida capa blanca que se extendía allá donde mirara.

También temblaba por otra razón: la coqueta casa de fachada pintada de añil que tenía delante era el 133 de Sacramento Street, la misma dirección que atesoraba desde hacía años escrita en un trozo de papel y que le había hecho atravesar el país en la aventura más extraordinaria de su vida.

Por su cabeza pasaron mil ideas: que aún estaba a tiempo de volverse a casa, que lo más probable era que ya no viviera allí, que no tenía edad para aquellas locuras. Pero también apareció el convencimiento de que, si no atravesaba el blanco manto de césped y llamaba a esa puerta, jamás sabría qué podría haber sido.

No quiso pensarlo más. Se subió los pantalones, se estiró

la sudadera y se recolocó el pelo rojizo debajo de la gorra de béisbol.

Respiró hondo antes de tocar el timbre. Por alguna razón empezó a contar. Uno. Dos. Tres. Antes de llegar a veinte escuchó la voz de una mujer madura que le pedía paciencia. Ana se dio cuenta de que estaba sudando a pesar del frío que sentía. Intentó hacer memoria. No reconocía esa voz, pero era imposible después de más de treinta años. No solo la habría cambiado la edad, también las experiencias que la vida hubiera querido ponerle por delante.

Escuchó cómo trasteaba con los cerrojos, aunque el latido de su corazón era tan acelerado que opacaba cualquier sonido.

Al fin, la doble puerta se abrió dejando ver a una mujer de su misma edad que la miraba con curiosidad. La reconoció al instante. Seguía tan delgada como entonces, aunque el rubio cabello era ahora blanco, con un corte sofisticado a la altura de la nuca. Le recordó a su madre, a la que las ligeras arrugas en torno a los ojos le sentaban igual de bien. Llevaba puesto una especie de caftán azul oscuro, muy hippie, que le aportaba un aire etéreo. Era ella. Sin duda. Aunque el tiempo había sido más benévolo.

Ana descubrió que se acentuaba aquel cosquilleo en su estómago. Había estado dormido desde hacía demasiado tiempo y ahora, solo con verla de nuevo, a pesar de la distancia y de los años, resurgía con la misma fuerza de décadas atrás.

Prefirió no decir nada hasta ver si Evelin la reconocía.

—Siento haberle hecho esperar. ¿Ha visto la nieve? —Tenía las mejillas encendidas, como si hubiera estado corriendo—. Los niños están como locos y quieren salir a jugar con ella. Estamos intentando abrigarlos para que no pillen una pulmonía.

—Pensé que aquí nunca había nevado.

—¡Nunca! —Soltó una carcajada, idéntica a la de treinta años atrás: cristalina, alegre, brillante—. En el noticiario han dicho algo de un extraño fenómeno meteorológico. Por cierto, creo que no la conozco.

Sintió cierta decepción, pero era normal. Después de tanto tiempo. Antes era igual de espigada que ella, y ahora...

—Soy Ana. —La misma expresión educadamente desconcertada en el rostro de su amiga—. Mendoza.

—¿De la Protectora?

—Ana Mendoza. —Notó cómo se sonrojaba—. Nos conocimos... íbamos juntas a la escuela.

La mujer tardó unos segundos en reaccionar. Parpadeó varias veces hasta que dio la impresión de que algo se encendía allí, en su cabeza, y las piezas empezaban a encajar.

—¡Ana! Por Dios, Ana. —Dio una palmada en el aire—. Hace un siglo. ¿Cómo he sido tan torpe de no reconocerte? Pasa. —Casi tiró de ella—. Debes de estar helada. ¿No tienes nada más grueso? Déjame que vaya a buscar un jersey de Albert. Es tan friolero que hoy nos abastecerá a todos de ropa.

La dejó en el vestidor, que tenía el mismo aire bohemio que ella. Ana se sintió desamparada, aunque su cabeza insistía en tranquilizarla. No podía esperar que todo transcurriera como si nada. Como si el tiempo no hubiera hundido sus fauces en la vida de ambas.

Escuchó un ruido de pasos y cuando quiso mirar vio a un pequeño pelirrojo, con un cubo y una pala fuertemente sujetos entre las manos, que la miraba muy serio.

—¿Y tú eres?

—Tom —dijo sin inmutarse.

—Bonito nombre. ¿Vives aquí?

—No. En otro sitio. —Señaló a un lugar indeterminado—. Pero hemos venido a pasar unos días con la abuela.

Aquella revelación le hizo pensar que era una estúpida: aquella casa, el jersey de Albert, los niños...

—¿Con la abuela?

El pequeño asintió con un enérgico movimiento de cabeza.

—Ha ido a por un jersey para ti.

La conversación fue interrumpida por la entrada de otra mujer, joven y bonita, con una sonrisa preciosa impresa en el rostro.

—Tom, deja a esta señora. —Con cariño apartó al pequeño—. Disculpe si la ha molestado. ¿Es amiga de mi madre? Estamos todos revueltos con la nevada. Es increíble, ¿verdad?

—¿Eres hija de Evelin?

—La pequeña, y la única que vive en la ciudad. Mis hermanos están desperdigados por el ancho mundo, como le gusta decir a papá. ¡Se van a poner rabiosos cuando se enteren de que está nevando y no pueden verlo!

Papá. Había sido una estúpida pensando que su amiga, su amor, se había sentido tan perdida como ella durante todo ese tiempo. Lo sintió como si le hubieran arrojado encima un millar de toneladas de hormigón. Rogó para que no se le notara. El frío había dado paso a un calor incómodo. Esbozó una sonrisa que pretendió que fuera natural.

—Creo que voy a marcharme.

—Mamá no tardará en bajar —intentó detenerla—. Creo que ha ido a por un jersey.

—Discúlpate de mi parte. —Tenía que salir de allí cuanto antes—. Acabo de recordar que llego tarde a otra cita. Solo pasaba por aquí y me pareció una buena idea saludarla. Viejas amigas.

—¿Seguro que no quiere esperarla? —parecía decepcionada de verdad. Esta gente del Sur era increíble con la hospitalidad—. Íbamos a preparar margaritas para celebrarlo.

—Ha sido un placer conoceros. —Sonrió tímidamente—. También a ti, Tom.

Sin más fue hasta la puerta y salió a la calle. En su cabeza solo quedaba una idea: debía buscar la sede de la compañía de autobuses y comprar un billete de vuelta a casa. ¿Cómo había sido tan ingenua, tan estúpida de pensar...? Su padre tenía razón. Su lugar estaba en la granja, entre los cerdos, haciendo aquello para lo que había nacido. Nada más.

Mientras caminaba, ajena incluso al frío y a la nieve que seguía acumulándose en el suelo, pasó por delante de otra casa. Tenía las ventanas abiertas, y desde dentro sonaba música. Muy fuerte. Tanto que no pudo evitar oír la letra.

Yo sería la luz del sol en tu universo,
creerías que mi amor es algo realmente bueno,
cariño, si pudiese cambiar el mundo.
Cariño, si pudiese cambiar el mundo.

—¿Dónde has estado? —preguntó Eve, que intentaba entrar en calor frotándose los brazos.

La nevada era cada vez más intensa. Los coches estaban cubiertos de nieve, y los tejados, y las aceras y jardines. Incluso el horizonte, siempre despejado en San Cayetano, parecía desdibujado. En las empresas habían dado el día libre a los trabajadores. También en las escuelas. Era algo extraordinario y los habitantes de la ciudad estaban en las calles, celebrándolo.

—Tenía cosas que hacer —contestó John, tan serio que su voz incluso sonó apagada—. Así que fueron aquel agente de rostro serio y su compañero quienes os detuvieron en la autopista.

—Tal y como dijiste. —Se lo había contado por teléfono, sin omitir detalles—. Nos estaban esperando al final del carril de aceleración. Nos han tomado declaración, pero los tres hemos repetido lo mismo: no tenemos ni idea de quién es esa Elizabeth Bennet. Jamás la hemos visto. Y si así hubiera sido, habríamos colaborado con las autoridades como buenos ciudadanos. No tuvieron más remedio que dejarnos marchar.

—¿Y los otros?

—No hemos querido despedirnos, aunque lo más probable es que nunca volvamos a vernos.

Había sido una decisión de los tres. Una forma de dejar un cabo suelto por si el caprichoso destino intentaba remediarlo. John asintió. En una ciudad como aquella era difícil coincidir de nuevo. Cada uno se enfrentaría a su destino, y cada uno lo resolvería como le fuera posible.

—¿Y Rosemary...?

—Está resplandecientemente estacionada... —Eve se giró cómicamente, para señalar el final de la calle—. Allí.

John asintió sin ninguna gana.

El estado de ánimo de su amigo no era una sorpresa para Eve. Lo conocía. Como la palma de su mano. Y ya había deducido que su separación de Lizzy no iba a ser fácil. Quizá él aún no lo supiera, pero estaba hasta los huesos por aquella chica. Y quizá ella tampoco fuera consciente, pero Eve estaba convencida de que a Lizzy no le era indiferente. Así que el drama estaba servido.

—¿Estás preparada? —John intentó parecer entusiasta.

—Es esa casa. —Señaló al otro lado de la calle—. ¿Ves que la puerta es amarilla? Es su color favorito.

—¿Qué quieres que haga?

—Que te quedes aquí. Yo cruzaré la calle y hablaré con él. Pero necesito saber que estás cerca.

—¿Y cuándo debo intervenir?

Ella emuló una pose coqueta.

—Solo si es un tipo desagradable o no se parece en nada al hombre de mis sueños. En ese caso debes cruzar y partirle la cara.

A pesar de lo mal que se sentía, John sonrió.

—En serio.

Ella lo tranquilizó poniéndole una mano sobre el hombro. ¿Por qué hacía tanto frío? ¿No era aquel el paraíso de los surfistas?

—No quiero que hagas nada —le aclaró—. Solo quedarte aquí. Eso es todo.

Él asintió.

—De acuerdo. —Y le dio un ligero empujón en la espalda—. ¡Vamos!

Entre carcajadas nerviosas, Eve cruzó la calle. Cuando estuvo delante de la puerta le hizo un gesto cómico. La conocía y sabía que estaba como un flan, pero no se iba a dejar descubrir. Genio y figura hasta el último momento. John la animó con un movimiento de manos.

Con cautela, Eve llamó a la puerta. Esperó, pero no sucedió nada. Volvió a hacerlo con el mismo resultado. Se giró hacia su amigo y se encogió de hombros. John, mediante gestos, le indicó que insistiera. Ella llamó una vez más.

—No hay nadie en la casa. —Cuando John buscó la procedencia de la voz, se encontró con una mujer diminuta, muy mayor, envuelta en una gruesa bata rosa, que había aparecido a su lado—. Con esta nevada estamos todos locos.

—¿Sabe si tardará en volver?

Lo miró con suspicacia.

—¿Son amigos de William?

—Sí, claro.

Ella arrugó la frente. Aquel chico tenía cara de buena persona, pero nunca se sabía.

—¿Y no saben nada?

John se encogió de hombros.

—Hace tiempo que no hablamos.

De nuevo lo miró de arriba abajo. Tardó unos segundos en decidir que era digno de su confianza.

—Está en el hospital —lo dijo en voz baja, como si fuera algo reprobable—. Lo han tenido que ingresar de nuevo. Una pena. Es un chico estupendo.

—¿En el hospital?

La mujer miró a ambos lados. Como si temiera que la fueran a escuchar.

—Ha sido de repente. Todos pensábamos que la vida ya lo había tratado suficientemente mal. Y ahora esto.

John miró hacia donde se encontraba Eve. Seguía delante de la puerta estridentemente pintada de amarillo, tiritando de frío.

—¿Qué padece?

La mujer chasqueó la lengua.

—Algo en la sangre. Ya me entiende.

No tenía ni idea de enfermedades.

—No. No la entiendo.

Ella bajó la voz un poco más.

—Algo malo. —Volvió a mirar a ambos lados—. No me gusta hablar de eso. A mi edad la muerte nos ronda cada día.

—¿La muerte? —Sintió un escalofrío, pero no era por la nevada—. ¿Tan grave es?

Al mirar hacia el otro lado vio como Eve había desistido y ya cruzaba la calle hacia ellos.

—Lory, la del quince —continuó la anciana—, fue a verlo ayer. Dice que tiene un aspecto terrible.

Aquella revelación lo dejó impactado.

Miró hacia Eve.

Ella estaba sonriente.

Como siempre.

Quizá aliviada de tener unas horas para sentirse segura antes de que el chico volviera a casa.

¿Qué sucedería cuando se enterara de su estado de salud?, pensó John.

Sintió el dolor físico que todo aquello le iba a provocar.

—No hay nadie. —Ella acababa de llegar. Se colgó de su brazo y sonrió amigablemente a la anciana—. ¿Podríamos esperar un poco?

La anciana enarcó las cejas y entró a matar.

—¿Ella no lo sabe?

Cuando John terminó de explicárselo, y antes de que Eve se desplomara sobre la nieve que ya lo cubría todo, un tipo pasó por su lado, y sus labios tarareaban una vieja canción.

Si pudiese cambiar el mundo,
yo sería la luz del sol en tu universo,
creerías que mi amor es algo realmente bueno,
cariño, si pudiese cambiar el mundo.

El quiosco de música seguía en pie. Por alguna razón, cada año Giacomo temía que aquella construcción de filigrana de metal, en medio del gran parque urbano de San Cayetano, hubiera sido destruida o arrasada por el viento. Era una idea absurda, lo sabía, pero durante más de cincuenta años, aquel pabellón donde cada mediodía tocaba la banda municipal, había sido su propio paraíso.

Hoy tenía un aspecto singular. La gran explanada de césped que lo rodeaba se había transformado en un manto blanco y las caprichosas volutas de hierro que sostenían el delicado techo de madera estaban cubiertas de nieve. Pero la música era la misma, y las parejas de baile también lo parecían, aunque habían ido cambiando año tras año, década tras década, hasta que nada de lo que fue lo era ya, salvo ellos dos.

Se ajustó la pajarita. Se había cambiado en un aseo público. Impecable traje gris, camisa blanca y pajarita roja, la que ella le regaló. Era curioso como después de tantos años su estómago siguiera preso de la misma bandada de hormigas hambrientas.

Fue hasta su banco, apartó la nieve con un pañuelo, y se dispuso a esperar. Había más gente que otros años. La mayoría de los habitantes de la ciudad habían salido a las calles a celebrar aquella milagrosa nevada, ¿y qué mejor forma de hacerlo que bailando sobre la nieve? No tenía frío y si habían conseguido bailar bajo la tormenta del siglo, ¿qué era para ellos dos un poco de nieve otoñal?

Volvió a mirar el reloj. Era raro que Rose se retrasara. Sonrió. Ya no eran unos niños. A su edad el tiempo jugaba de otra manera.

Los músicos comenzaron a tocar otra canción. Era una de sus favoritas. Sus pies se movieron solos sobre la nieve. Estaba nervioso. Tan nervioso como la primera vez. Como cada una de las veces. Cuando miró hacia el frente le pareció verla. Otra vez su corazón dio aquel salto al que su presencia lo tenía acostumbrado. Volvió a sonreír, pero cuando se iba a poner de pie para recibirla se dio cuenta de que no era ella. Era una chica joven, a pesar de que su parecido era innegable.

No tenía prisa. La tarde era larga y antes de que el sol se ocultara habría cumplido un año más su sueño: bailar abrazado a la mujer que amaba. Sin apenas hablarse. Poco más que un retazo de lo que habían sido sus vidas en este tiempo. Porque nada ajeno a ellos importaba. Y porque lo que ellos dos eran se circunscribía a aquel viejo quiosco de música y a una improvisada pista de baile.

Cuando miró de nuevo, se dio cuenta de que la chica iba directamente a su encuentro. Sí, la forma de caminar, la manera en que se frotaba las manos sin guantes, o la sonrisa tímida y fresca a la vez. Se parecía a Rose, tanto que temió estar teniendo una visión.

Cuando llegó a su lado se paró prudentemente a un par de pasos de distancia.

—Debe de ser usted.

Él la miró con curiosidad. ¿Qué edad debía de tener? Quizá veinte. Llevaba el cabello muy largo, que sobresalía a través de un gorro de lana. Era bonita, no al estilo de esta época, pero preciosa para la suya.

—¿Nos conocemos?

—Sí... No, quiero decir. —Parecía nerviosa. Y la forma que tenía de mirarlo, entre intrigada y sorprendida, llamaba la atención—. Usted debe de ser el señor Giacomo Santoro.

—Lo soy. —Se puso de pie. La edad no eximía de la educación—. ¿Y dices que no nos conocemos?

—Soy la nieta de Rose.

Ahora lo comprendía. Debía de ser la pequeña Stephanie. Le había hablado mucho de ella. Era su favorita. Rose decía que los abuelos podían permitirse el lujo de tener a un nieto favorito. Recordaba cómo se había reído ante aquella revelación de labios de una mujer que siempre cuidaba de no dañar a nadie.

—Claro. No podía ser de otra manera. —Miró hacia ambos lados—. ¿Has venido con ella?

Notó que el rostro de la muchacha se ensombrecía. Que cambiaba el peso de su cuerpo de un pie a otro. Que tragaba saliva. Era viejo y sabía leer los gestos que preveían las malas noticias.

—No —dijo al fin la chica—. Pero ella me ha pedido que lo hiciera.

—¿Se encuentra mal? —Su corazón. Su pobre corazón parecía haberse detenido. La tomó de la mano sin pensarlo, pero la soltó al instante. No quería parecer un viejo loco—. Si está impedida tengo que rogarle a tu abuelo, a Paul, que me deje verla. Serán solo unos minutos.

Ella volvió a tragar saliva. Sus ojos brillaron. Sí. Eran los ojos de Rose, llenos de vida, y de una mezcla de alegría y nostalgia que solo había visto en ellos.

—Señor Santoro —dijo con la voz entrecortada—, mi abuela murió la semana pasada.

Y solo entonces Giacomo se dio cuenta de que la canción que tocaba la banda de música, aquella vieja canción que Rose y él bailaron tantas veces, estaba siendo coreada por el público.

No lo haría de otra manera,
y nuestro amor gobernaría
este reino que hemos construido.
Hasta entonces, yo seré un tonto
deseando que llegue el día
en el que pueda cambiar el mundo.

Cuando el policía le dijo que tenía visita, Lizzy pensó que se estaba dirigiendo a otra persona.

Tras haber sido detenida la habían llevado a la comisaría central. Allí le tomaron las huellas dactilares, algunas fotografías de frente y perfil, y la encerraron en una celda con otras dos mujeres con las que no había cruzado palabra.

Lizzy se había sentado en un rincón apartado. Las otras no le habían prestado atención, lo que agradeció. Le habían dicho algo acerca de que sería trasladada a la prisión estatal en cuanto los papeles estuvieran listos y allí le tomarían la declaración definitiva. Aquello era un mero trámite.

Llevaba allí unas pocas horas, pero tenía la sensación de que había estado encerrada entre aquellas cuatro paredes toda una vida.

Por un lado, se sentía bien. Tenía la extraña y gratificante sensación de haber hecho lo correcto. Al fin. Al fin lo correcto. Pero por otro...

Había comprendido que se había mentido a sí misma, y también a Jane: no quería disculparse, ¡necesitaba su perdón!, y eso era algo que también había aprendido que no obtendría nunca.

—Es para hoy —repitió el agente de malos modos. Y solo entonces comprendió que se refería a ella.

La esposaron de nuevo y fue trasladada a través de un largo pasillo a una sala de visitas. Era una habitación pequeña, con una mesa y dos sillas, vigilada por el mismo agente que la había llevado hasta allí. Le quitó las esposas y le ordenó que se sentara.

Por la cabeza le pasó que quizá tuviera que declarar ante los tipos que la perseguían, los del sedán negro. Al parecer eran ellos los que iban a trasladarla a la prisión estatal. Seguramente querrían preguntarle algunas cosas, o involucrar de alguna manera a sus amigos.

Cuando la puerta se abrió, sintió que su corazón daba un vuelco.

—¡John!

El rostro tenso que encajaba John se desvaneció en cuanto la vio, transformándose en una preocupada sonrisa.

—¿Estás bien?

—Sí..., no. —¿Para qué inquietarlo?—. Creo que estoy bien.

Antes de entrar ya le habían advertido que no podía acercarse ni tocar a la reclusa, si no lo expulsarían de inmediato. Se sentó en la silla de enfrente. El policía de guardia permanecía impasible junto a la puerta, con los brazos cruzados. Pero la sala era tan pequeña que aquello que hablaran sería como si se lo gritaran a la cara. John se acercó tanto como pudo y habló en voz baja.

—Voy a hacer lo imposible por sacarte de aquí.

—¿Cómo están los demás? —Sabía que aquello no iba a suceder. Mejor no hablar de quimeras—. ¿Sabes algo? ¿Eve ha conocido al fin al hombre de sus sueños? ¿Y Ana?, ¿se ha reencontrado con su vieja amiga? A estas horas a Giacomo le deben de estar doliendo los pies de tanto bailar.

Después del estropicio de Eve, una llamada telefónica de Ana los había puesto al tanto del desastre. También se había enterado de la muerte de Rose. Pero no era el momento de las malas noticias.

—Están todos bien —mintió a medias—, y preocupados por ti.

—Tranquilízalos y pídeles perdón de mi parte, por haberlos metido en todo este embrollo.

—Eso lo harás tú misma cuando salgas. Ahora tenemos poco tiempo —parecía acelerado—. Solo podemos hablar unos minutos y tengo dos cosas importantes que decirte.

—¿Qué cosas?

—La primera —hizo por tomarla de la mano, pero miró al agente y desistió de la idea—, que creo que estoy... Esto va a ser muy cursi, te lo advierto.

—Me estás poniendo nerviosa.

—Creo que estoy enamorado de ti, Lizzy Bennet. Sí, sé que es una locura, que apenas nos conocemos, que estás en la cárcel, que yo vivo en una furgoneta, que...

No pudo seguir porque ella se levantó del asiento y lo besó en la boca. A John le cogió de improviso. Tanto que no supo reaccionar.

—¡Sepárense! —El policía los apartó, metiendo las manos entre ambos—. No puede acercarse a la reclusa, si no se va a la calle, ¿entendido?

Ambos asintieron y John pidió apresuradas disculpas. El corazón le latía a mil por hora. A ella le brillaban los ojos.

—¿Y la segunda? —preguntó Lizzy, sin poder borrar una sonrisa boba de la boca.

—Tu hermana Jane está aquí.

Fue como si le echaran un jarro de agua fría por encima después de una tarde achicharrándose al sol.

—¿Jane? ¿Cómo sabes...?

—Esta mañana me volví loco, solo sabía que tenía que ayudarte, así que fui a buscarte.

—Pero ¿cómo sabías...? Yo no te dije...

Él la tranquilizó con un gesto.

—La mejor iglesia y el mejor hotel, ¿recuerdas? Empecé por el segundo. Allí supe lo que había pasado, que te habías enfrentado a una clienta del establecimiento y que te habían detenido. Ya sé toda la historia. Lo de Collins y lo de tu tío. Lo primero es cosa del pasado, no me importa, Lizzy, y lo segundo ya sabes que no me lo creo. Me las he aviado para entablar una larga conversación con Jane. No ha sido fácil, pero está aquí y quiere hablar contigo. ¿De acuerdo?

No pudo contestar porque John ya se había puesto de pie y se dirigía a la puerta. Antes de salir le guiñó un ojo. Ella se lo agradeció, intentando sonreír, pero se sentía aterrada. De pronto había perdido toda su seguridad. No sabía si podría encajar una vez más los merecidos reproches de Jane.

Su hermana entró como si lo hiciera en el salón de una embajada. Impecable como siempre, tacones altos y el mismo elegante vestido blanco. Lanzó una de aquellas frías sonrisas al policía, por si tenía que ponerlo más delante de su parte, miró alrededor sin mostrar interés, y se desplomó en la silla que acababa de dejar John.

—Gracias..., gracias por venir —casi tartamudeó Lizzy.

—¿Por qué lo hiciste? —Jane entró a saco. No le gustaba andarse por las ramas—. Lo de Collins.

La respuesta era sencilla.

—Porque soy una mala persona.

—No lo eres, y lo sabes. ¿Por qué lo hiciste?

No había ninguna intención de ser amable en las palabras de Jane. Parte de ese encanto distante que gustaba a todo el mundo era que jamás intentaba halagar. Podía decir verdades

como puños, pero algo en ella hacía que los demás lo encaja-
ran como un cumplido.

—Le he dado muchas vueltas a eso y solo tengo una respuesta —esta vez fue sincera—. Estaba enamorada y era lo
único que me importaba. ¿Egoísmo? ¿Locura? No lo sé.
Tampoco fue fácil. Intenté dejarlo muchas veces. Tantas que
nuestra relación vivió más momentos de tensión que de verdadera felicidad. De hecho, creo que nunca fui feliz. Ni siquiera remotamente. Pensaba en ti y no podía respirar, en lo
que te estaba haciendo. Pero tampoco podía parar. ¿Tiene
sentido lo que te estoy contando?

—No lo comparto, pero he estado enamorada, así que tiene sentido.

—¿Seguro?

Levantó una ceja. Su hermoso rostro adquirió un aire acu-
sador.

—¿Cuándo te enteraste de que su novia era tu hermana?

—Al principio solo era un cliente atractivo que conocí en
la librería. Charlamos y salimos algunas veces. Más adelante
él mismo me dijo que tenía una relación, pero que estaba aca-
bada, a punto de terminar.

—Y le creíste.

—Siempre le creí. Y me enamoré como solo aparece en las
novelas. Eran tan intenso, tan absoluto, que mi vida giraba en
torno a él. Solo mucho más tarde, cuando ya no había paso
atrás, descubrí que ELLA eras tú. Intenté dejarlo muchas veces como ya te he dicho. Te lo prometo. Pero siempre volvía.
Antes o después volvía a sus brazos.

—¿Y crees que él...?

Lizzy sabía la respuesta a aquella pregunta inconclusa. La
había sabido siempre, pero mentirnos a nosotros mismos forma parte de la supervivencia.

—Él tuvo que saber que tú y yo éramos hermanas desde el

principio. Desde el momento mismo de conocerme. Nuestra primera conversación fue una broma sobre nuestro apellido.

Jane asintió.

—¿Te arrepientes de verdad?

¿Que si se arrepentía? Su vida era pura culpa.

—De cada uno de los minutos en que te hice daño.

Jane se echó hacia atrás en el asiento. Pareció digerirlo, aunque nada en su expresión dio muestras de ello. Había sufrido mucho. Hasta que comprendió que se había casado con un gilipollas, con un manipulador. Con alguien capaz de sacar lo peor del otro. Desde entonces, su visión de lo que estaba bien y lo que no había cambiado sustancialmente.

—¿Y lo de tío Richard?

Lizzy se puso alerta. Aquel era un tema delicado.

—¿Qué quieres saber?

—Sé que no fuiste tú, Lizzy.

Sintió un escalofrío recorriéndole la espalda. Miró al policía, pero parecía estar ajeno a la conversación.

—¿John te ha dicho...?

—John no me ha dicho nada. —Apartó la idea con un gesto de la mano—. Y por cierto, me gusta. Mucho. Pero te conozco. ¿A quién proteges? ¿A tía Agatha?

Lizzy bajó aún más la voz. Todos sus sacrificios podían echarse a perder.

—Jane, en esto necesito que no te metas. Ella no lo soportaría. Merece ser feliz sus últimos años.

Su hermana asintió. Permaneció callada unos segundos más antes de ponerse de pie.

—Quiero que mañana vengas a mi boda.

Lizzy la miró con ojos muy abiertos.

—Eso es lo que más feliz me haría del mundo, pero...

—Papá te soportará por el qué dirán. Mamá no te dirigirá la palabra, te lo advierto.

—Jane. —¿De verdad le estaba pidiendo aquello?—. Estoy en la cárcel. Aquí no dan permisos para ir de fiesta.

Jane chasqueó la lengua, molesta. Le desagradaba que la infravaloraran.

—He hablado con el senador. ¿Te acuerdas de Ted? Él es ahora el rey del estado, y nos debe varios favores. Te he dejado un vestido. Lo tiene el agente que está en el mostrador. Y hazte algo en ese pelo. Estás horrible.

Lizzy sintió que se le acababa de parar el corazón. Era como si la liberaran de un enorme peso que llevaba años ahí, pero en el que no había reparado. ¿De verdad estaba pasando aquello? ¿De verdad todo podía ser tan fácil? ¿El perdón tan fácil de obtener como pedirlo?

—Jane —apenas le salían las palabras. Se puso de pie—, ¿me estás diciendo que me perdonas?

Su hermana la miró de arriba abajo, con aquella arrogancia tan Bennet.

—Lo hice esta mañana, cuando te vi acercarte y reconocí a mi hermana.

—Jane...

Ambas se abrazaron, y cuando sintió el calor, se dio cuenta de cuánto lo había necesitado, de cómo había luchado por alcanzar la redención.

El agente de nuevo intentó separarlas, pero Jane levantó un dedo delante justo de su rostro.

—Yo de usted no lo haría —le amenazó—, el alcalde es muy paternalista con sus amigos, y a mí me considera una segunda hija.

—No sé cómo lo ha logrado —gruñó el agente Collingwood—, pero pienso vigilar cada uno de sus movimientos.

—Es su trabajo —contestó Lizzy sin acritud, y le tendió las manos para que le quitara las esposas.

Tal y como Jane había prometido, había llegado un permiso para que pudiera asistir a la boda de su hermana, siempre que se cumplieran todas las medidas de seguridad. Y una de estas medidas era una estrecha vigilancia por medio de los agentes Collingwood y su compañero, más una patrulla que guardaría las entradas y salidas con la mayor discreción.

El viejo sabueso y Lizzy ya se conocían. El imperturbable agente había sido el primero en interrogarla tras lo de tío Richard, y el primero en picar el anzuelo sobre su posible culpabilidad, pero algo había cambiado. No sabría decir qué. Había una especie de brillo admirativo en sus ojos cuando la miraba. Algo extraño. Muy extraño.

También le habían dado treinta minutos de intimidad en el aseo colectivo, sin otras presas que la interrumpieran a cada instante. Se había podido duchar con calma, disfrutando del agua caliente que fue desentumeciendo su cuerpo. Lavarse el cabello y desenredarlo. Volver a usar un secador le pareció algo casi mágico. Parecía que su pelo anhelaba esos cuidados, porque volvió a recuperar algo de aquel aspecto brillante que había tenido siempre.

Solo al final se atrevió a abrir la caja que su hermana había dejado en el mostrador. Cuando desplegó el vestido se quedó sin aliento. ¿Cuánto le había costado aquello? Aún llevaba la etiqueta, y había zapatos y pendientes a juego. Se lo puso con cuidado. Le encajaba como un guante. Jane siempre había sido buena calculando tallas, porque la Lizzy de ahora no era la misma de antes. Se ajustó los pendientes y se subió en los elegantes zapatos de aguja, que sus pies recogieron con cierto placer antiguo. Solo entonces se miró en el espejo.

Casi no se reconoció. Hacía dos años que no veía a la mujer que reflejaba la ajada luna de cristal.

Era un vestido de mañana. De corte recto en una de aquellas sedas ligeras que Jane amaba. Por debajo de la rodilla, y con un amplio escote barco que dejaba parte de sus hombros al descubierto. El color esmeralda casaba perfectamente con sus ojos y su pelo oscuro. El único adorno, los pendientes: dos grandes aros dorados que aportaban un toque brillante a su rostro. Pasaría frío, como el resto de los invitados, porque fuera aún nevaba. ¿Quién iba a suponer que el clima se volvería tan caprichoso en San Cayetano sin previo aviso?

Las esposas en sus muñecas deslucían bastante el conjunto, pero no las apretaron tanto como para dejar marca. Sí, allí estaba de nuevo la mujer que había sido, aunque no estaba muy segura de que aún le gustase.

—Iré detrás de usted —continuó Collingwood—. Tengo órdenes de dejarla deambular libremente por la iglesia, pero no se haga ilusiones si se le ocurre algo raro. Las puertas estarán vigiladas y yo no la perderé de vista. ¿De acuerdo?

Ella asintió.

—Tengo una pregunta que hacerle. Es personal, y si no quiere contestarla no lo haga.

—Seguiré su consejo —dijo sin intención de parecer graciosa.

—Si se llevó el dinero y las joyas de sus tíos... ¿por qué no se deshizo de la nota donde les acusaba de no dejarle dinero? Estaba justo debajo, bien visible, y era una clara prueba incriminatoria.

—Estaba nerviosa. No reparé en ella.

El agente la miró fijamente a los ojos, con la frente fruncida. Aquella mujer lo tenía desconcertado. Había hecho todo lo imaginable por huir de la justicia, para después ponerse en peligro de la manera más absurda. Y para colmo, no negaba las acusaciones, más bien se aseguraba de que no se pusieran en duda. Tenía instinto de sabueso. Siempre lo había tenido. Y aquello no le gustaba.

—Al finalizar la ceremonia iré a buscarla. —Decidió centrarse en lo que tenía entre manos—. De usted dependerá que la espose de nuevo al llegar al coche o delante de su familia. ¿Me ha entendido?

Ella volvió a asentir. Solo quería entrar en la iglesia y que todo terminara.

La puerta se abrió y el otro agente, desde fuera, le indicó que saliera. Obedeció.

Ya estaban todos dentro menos la novia, otra de las medidas de seguridad que debían acatar. Solo entonces Lizzy fue consciente de que le temblaban las piernas. Allí estaría... todo el mundo. Todos aquellos que conoció cuando era Elizabeth Bennet, la hija rarita de un abogado de prestigio que era mimada por una tía rica y una hermana sofisticada.

Deseó volver sobre sus pasos, extender las manos y pedirle al agente Collingwood que la esposara de nuevo y la llevara a una celda remota donde no tuviera que enfrentarse con su pasado. Pero entonces miró al frente, al interior de la iglesia, y lo vio.

A John.

Con un traje que cualquiera imaginaba de dónde había sacado. Demasiado cortos los pantalones y largas las mangas de la chaqueta. Tanto que las había remangado. ¿Y la corbata? ¿No había nadie que le atara correctamente el nudo de la corbata?

Y Lizzy lo miró a los ojos.

Directamente.

Unos ojos brillantes, que decían «da igual, porque yo estoy aquí».

Y empezó a contar.

Uno.

Dos.

Tres.

Cuatro.

Cinco.

Seis... y descubrió que podía contar hasta mil.

Hasta un millón.

Hasta un millón de millones mirando a los ojos de John.

Y entonces tuvo la fuerza suficiente para entrar en la iglesia y enfrentarse a quien había sido.

La iglesia estaba llena, como correspondía a una boda de la alta sociedad donde la contrayente era una Bennet. Y no cualquier Bennet, sino Jane, la mujer que, con enorme entereza, había conseguido rehacer su vida después de que su monstruosa hermana la hubiera engañado con su difunto marido para después asesinar a uno de sus familiares más preeminentes.

Nada menos.

Así que, cuando Lizzy apareció en el atrio, todas las miradas se centraron en ella. Las notó como si fueran físicas, miradas sólidas que se preguntaban cómo era posible cuando, según los rumores, había sido detenida un día antes mientras intentaba agredir a su inocente hermana en el mismo hotel donde se celebraría el evento.

Ella se apoyó en la mirada de John. Era el único que sonreía, sin apartar sus ojos de Lizzy. Aquello le dio la fuerza suficiente para atravesar el largo pasillo y ocupar el lugar que uno de los azafatos le indicaba.

Jane le había reservado la primera bancada, junto a su familia.

—¡Tía Agatha! —No pudo evitar correr los últimos metros cuando la vio en uno de los extremos del banco forrado de terciopelo rojo, tan elegante como siempre, sentada en una silla de ruedas.

El silencio era tan denso que parecía que solo resonaban sus tacones sobre el suelo de mármol. Se puso de rodillas para verle la cara. La mirada perdida le dijo que nada había cambiado, pero tenía buen aspecto, y no estaba más delgada. Al menos todo aquello había servido para algo. Su tía tendría el final que merecía y ella... quizá también.

Entonces reparó en su madre, que la observaba con aquel rictus de desagrado, de cosa infecciosa, imperfecta. Y no sintió nada. Ni odio ni dolor. Quizá porque nunca había sido más que una desconocida.

Uno de sus tíos vino a su encuentro con una sonrisa crispada en el rostro.

—Querida, será mejor que nos sentemos. Jane está entrando en este momento.

Lizzy le dio un beso a su tía y siguió las indicaciones de su pariente justo cuando la marcha nupcial empezaba sus primeros sones.

Jane estaba perfecta. Ya suponía que no elegiría un traje ampuloso para una segunda boda religiosa. Llevaba un dos piezas de chaqueta y pantalón en un blanco muy roto. Nada que implicara la idea de novia virginal. Así era Jane. Sabía qué mensaje había que transmitir en cada momento.

Cuando pasó por su lado le dedicó una sonrisa. Su padre también, aunque tan forzada que parecía que le iba a saltar algún empaste.

Lizzy miró hacia atrás. John no la perdía de vista y la saludó para que supiera que seguía allí, por si lo necesitaba. El tipo que estaba en el altar debía de ser el novio. No se parecía a Collins. Era más grueso y con una cara más corriente, pero con aspecto de buena persona, y la miraba arrebatado. Al parecer Jane había aprendido la lección sobre los guapos y embaucadores.

La ceremonia pasó ante sus ojos sin apenas ser consciente de dónde estaba. Notaba la mirada de los invitados, sentía los cotilleos, las expresiones de escándalo, las incomodidades.

En algún momento empezaron a subir amigos y parientes al altar a leer bienaventuranzas o a contar alguna anécdota sobre los novios. Solo quería que aquello terminara cuanto antes y poder salir de allí. Un par de veces volvió a mirar hacia atrás y John siempre le devolvía la sonrisa.

—Ahora subirá mi hermana, Elizabeth Bennet.

Lo oyó, pero no entendió el significado exacto de las palabras. Solo cuando vio el rostro crispado de su padre mientras Jane le tendía la mano, comprendió que le estaban pidiendo que subiera a hablar.

—No. Yo no...

Pero también sabía que no había otra salida. Era Jane, y con Jane no había discusión posible.

Sintió cómo alguien le ayudaba a ponerse de pie. Cómo era empujada hacia el altar, hacia los tres escalones que la separaban de la feligresía. De pronto se vio ante el atril, con el micrófono enfocado hacia su boca y una multitud demudada esperando que dijera algo. O más bien que desapareciera de su vista.

Miró hacia el frente, hacia las bocas fruncidas y las miradas veladas. ¿Qué podía decir ante todos aquellos que ya la habían juzgado? ¿Que su hermana era una mujer maravillosa? ¿Que habían estado muy unidas desde siempre? ¿Que la engañó con su difunto marido?

Dirigió la vista hacia el techo. Había una enorme cúpula de cristal tintado cubierta de nieve. En los días de sol, en todos los días de San Cayetano desde que la fundaron los españoles en 1653, aquel cristal debía reflejar una tenue luz verdosa, desvaída. Pero el milagro de la nevada confería algo especial a aquel prisma lumínico. La luz que atravesaba la vidriera se volvía color esmeralda. Intensa. Esperanzadora. Una promesa.

Y entonces miró al frente. Se apoyó una vez más en los ojos de John, y en la sonrisa de su hermana, y comenzó a hablar.

—Jane decía que yo nunca me rindo. —Su hermana asintió—. Y tenía razón. He atravesado el país hasta llegar hasta aquí acompañada por cuatro personas que no se han rendido jamás. Vosotros no los conocéis, pero es posible que nunca tengáis la suerte de tener amigos como ellos. Giacomo lleva medio siglo viniendo a San Cayetano para bailar unas horas con la misma mujer. Eve se ha enamorado de un hombre del que solo sabe que le gusta la música metal y el color amarillo. Ana ha decidido arriesgarse y buscar a su novia de la infancia. Y John... John son palabras mayores y las dejo para cuando pueda decírselas a la cara.

Miró alrededor. Intercambiaban miradas unos con otros. La idea de que Elizabeth Bennet había perdido la cabeza parecía tomar fuerza.

—He luchado toda mi vida por ser la mujer que quería ser porque... ¿quiénes se rinden? —prosiguió—. Se rinden los que lo han perdido todo, los cobardes, los que van a ser conquistados, los que no tienen fuerzas, los que están en minoría, los sitiados, los vencidos. Al menos eso nos han dicho, ¿no? Desde que tengo uso de razón todo me ha gritado que no debo rendirme jamás: los anuncios en la tele, los estrenos en el cine, las novelas de género, los profesores en la escuela, los gurús de la comunicación, las personas razonables, aquellos a quienes admiro. A mí, a vosotros, nos ha perseguido una idea difusa de que debemos luchar, continuar adelante, hasta el último aliento, pero no rendirnos nunca.

Volvió a hacer una pausa y miró la luz esmeralda que manaba del techo.

—Rendirse se entiende como el asesinato de «seguir tus

sueños»... ¿Y quién puede dejar de hacerlo? ¿Quién puede dejar de soñar? —Miró alrededor, parecía que ahora todos estaban expectantes—. Utilizamos gran parte de nuestra energía en avanzar por el camino que nos hemos marcado, o que nos han marcado. Unas veces no es más que la espiral determinada por nuestro nacimiento: crecemos, estudiamos, compramos un coche, encontramos pareja, un trabajo, buscamos una casa, vivimos juntos, los hijos, un coche más grande, una casa más grande. Otras es el resultado de la persecución de nuestros deseos: una idea que martillea en nuestra cabeza, un objetivo claro, una lucha incesante por alcanzarlo. Pero... ¿no habéis apreciado que dejamos de ver, de oír, de sentir aquello que la vida nos tiene dispuesto? —Asintió y, para su sorpresa, su gesto fue imitado por alguno de los invitados—. Cuando luchamos, dejamos de captar las señales, de apreciar las casualidades, de intuir los cambios. Nos resistimos. Batallamos para que no nos venzan, para seguir con nuestra vida tal y como está determinada, inamovible, aparentemente controlada por nosotros mismos. La vida correcta, aunque no sea la vida que nos hace felices y libres. No nos dejamos rendir.

John se puso de pie entre el público. Lizzy comprendió que aquella era la única manera de hacerle ver que estaba con ella. Sintió, una vez más en aquellos días, que una lágrima luchaba por salir, y se rindió. Se dejó llorar. Y Jane con ella. Lo que, por alguna razón, la hizo inmensamente feliz.

—Pocas cosas he hecho bien en mi vida, lo reconozco. Cuando me enamoré del hombre equivocado tuve tanto cuidado en intentar conjugar lo que sentía con no hacer daño a quienes quería, que todo se fue a la mierda —continuó—. Sí, hablo de lo que le hice a mi hermana y de lo que todos habéis oído que pasó con mi tío.

Miró a tía Agatha, pero ella estaba en otro lugar, a muchas leguas de allí, ajena al presente y al futuro.

—Así que me atrevería a decir que algunas de las cosas más importantes de vuestra vida, las que son realmente fundamentales, no han sido planificadas por vosotros. Quizás encontraste a la persona que amas por casualidad, un día que decidiste girar a la derecha en vez de a la izquierda. Es posible que tus mejores amigos llegaran a ti por un imprevisto de tus padres al elegir la escuela o de tus profesores al repartir las clases. O porque esa noche te quedaste unos minutos más. Tampoco elegiste a una parte de tu familia. —Miró a su madre. Curiosamente había desaparecido aquel rechazo, incluso parecía mirarla con atención—. Ni a tus padres ni a tus hijos si los tienes. Eres, son el resultado de una casualidad. Y me apostaría lo que sea a que el día más feliz de tu vida no lo planificaste. No aquel que nos dicen «ese es el día más feliz de tu vida», como este, ¿verdad, Jane?

Su hermana levantó el brazo como en un concierto de Rock, algo impensable en una persona como ella.

—No. Me refiero al día que de verdad fue el más feliz de tu vida. Aquel en que ocurrió algo sin importancia, intrascendente, pero que aún recuerdas con tu mejor sonrisa en los labios: la palabra amable de un amigo, una caricia inesperada antes de salir de casa, una sonrisa cuando intuías lo contrario, un beso robado y consentido. ¿Sabéis cuál fue el mío?

Volvió a observar a su alrededor. Había captado la atención de todos. Varios de los invitados se habían puesto de pie y la miraban con verdadero interés. Ella buscó a John y su sonrisa se amplió por sí sola.

—Fue cuando choqué con una cochambrosa furgoneta Volkswagen y conocí a un tipo en el que apenas me fijé. Ese fue el día más feliz de mi vida. Y yo estaba tan entretenida en hacer lo correcto, en no rendirme, que no pude disfrutarlo.

Vio cómo su madre tragaba saliva y le mantenía la mirada, una mirada al fin serena, sin un juicio previo, y de repente desaparecieron todos los rencores, el pasado gris, la incomprensión.

—Jane, aunque decir esto ante toda esta gente que sabe quién soy y creen saber qué he hecho puede parecer osado —oyó risas, lo que la sorprendió—, es mi deber de hermana darte este jodido consejo.

Jane subió al altar con aquella elegancia de actriz de cine mudo, le dio un beso en la frente y, con la misma gracia, bajó despacio junto a su futuro esposo. Más risas y algún aplauso entre el público. ¿Dónde estaba el decoro contenido de la gente elegante de las Costa Este? Aquello la armó de valor. El que necesitaba para terminar, para hacer algo en lo que ni siquiera había pensado.

Miró a su hermana.

Sintió a su hermana.

—Jane, gira a la izquierda en vez de a la derecha, y esto no es un consejo político. —Carcajadas—. Si siempre te equivocas de puerta, ¿no estaría bien entrar a ver qué pasa? Déjate guiar por lo que intuyes y no por lo que piensas. Suaviza tus sueños si suponen un lastre. Vive el presente. Da una oportunidad a los desconocidos. Vive. Vive. Vive y ríndete.

Y entonces cerró los ojos.

Ya había dicho algo que ni siquiera había venido a decir.

Algo sin sentido. Ni siquiera para ella misma, pero que había emanado de su corazón.

Cuando los abrió vio a otra gente.

Ya no eran los mismos individuos parapetados en sus prejuicios.

Ahora ponían en duda lo que tenían delante.

Quizá solo su cordura, pero no eran los mismos.

Buscó con la mirada al agente Collingwood.

La observaba con curiosidad.

Y, con una sonrisa, Lizzy le indicó que estaba preparada para volver a la cárcel.

Tal y como les había indicado, solo tuvieron que decir el nombre de Jane Bennet para que las enfermeras del hospital les indicaran en qué habitación estaba William Strafford —al fin sabían su apellido— y les dejaran pasar. John ignoraba a quién había llamado en esta ocasión, pero algo parecía claro: la hermana de Lizzy estaba muy bien relacionada.

El olor a hospital le retorció las tripas a Eve. Antes de tomar la decisión de no tratarse médicamente, aquel aroma intenso, cáustico, se había convertido en su día a día.

—Eve —la detuvo John—. No va a ser agradable. Podemos dejarlo aquí. Si lo que nos han dicho es cierto, esto no va a ser algo fácil.

Y no era una mala idea, pero había recorrido miles de millas para llegar hasta allí y tenía una conciencia clara de que aquel podía ser su último viaje. Aunque no tuviera sentido, quería hacerlo.

—Es la próxima habitación.

John la siguió sin decir nada. La puerta estaba entreabierta. Lo dudó antes de decidirse a entrar. Miró a su amigo, y su ligera sonrisa de confianza le dio el impulso que necesitaba.

Para ser un hospital, era una habitación agradable. Estaba

pintada de un tono azul pálido. Con mucha luz que entraba a través de los ventanales. La cama estaba centrada y el paciente conectado a una serie de máquinas que emitían un zumbido apagado. Había una mujer sentada, que se volvió cuando oyó el leve crujido de la puerta.

—Hola. —Tenía una sonrisa amigable, a pesar del rostro de cansancio que arrastraba.

—No queremos importunar —se disculpó Eve. ¿Cómo no se les había ocurrido que estaría acompañado?

—¿Sois conocidos de Will? Vivo fuera y solo conozco a unos pocos amigos de mi hermano.

—Podría decirse que sí.

La mujer pareció satisfecha. Se levantó para masajearse la espalda.

—He pasado toda la noche en este sillón. Voy a por un café. ¿Os importa quedaros? No quiero dejarlo solo.

Eve asintió. La mujer le apretó el antebrazo con un gesto cariñoso al pasar por su lado. Solo entonces, cuando estuvieron solos, se atrevió a acercarse a la cama.

Will era muy delgado, de tez pálida y cabello negro como un grajo. No era guapo, pero algo en su expresión lo hacía interesante. El pijama le quedaba grande, lo que le daba un aspecto infantil. Eve había fantaseado acerca de cómo sería, y aquella era la única posibilidad que no había aparecido por su mente.

No sabía muy bien qué pensar. Debía de haberle preguntado a la hermana en qué situación se encontraba, así al menos podía...

—¿Angela? —preguntó entonces él desde la cama.

Eve se sobresaltó y miró a John. Este levantó las manos. No tenía ni idea de qué hacer, pero si estaban allí... Le indicó con gestos que contestara.

—Ha salido a tomar un café.

—Vaya. —Arrugó la frente—. A ti no te conozco.

Eve se fijó por primera vez en sus ojos. No tenían expresión, pero había algo en el conjunto de su rostro, en las paletas separadas, en la sonrisa amplia, que lo hacían muy atractivo.

—Yo... —intentó parecer creíble—, pasaba por aquí y tu hermana necesitaba estirar las piernas.

—¿Cómo te llamas?

—Eve.

—William, pero puedes llamarme Will. ¿Estás de visita?

Eve miró a John y sonrió. Él permanecía expectante, junto a la puerta, evaluando si debía intervenir. Le devolvió la sonrisa, pero fue un poco forzado.

—Se puede decir que sí. Estoy de visita. —Se acercó un poco más a la cama hasta sentarse en la silla vacía—. Oye, ¿qué tienes tú?

Él agitó una mano en el aire con un gesto cómico.

—Mi médula no funciona como debiera. Por cierto, ¿me prestas tu médula? Se lo pregunto a todos.

La carcajada de Eve fue cristalina.

—Si te sirve, es tuya.

—Ahora en serio, me gusta tu voz. —Se incorporó en la cama y la buscó a través de sus palabras—. Se puede saber mucho por la voz de una persona.

—Prueba.

Hizo por concentrarse, lo que le dio un aspecto aún más cómico. Desde su ubicación, John no perdía detalle de la conversación. ¿Desde cuándo no veía a Eve así de... relajada? Despreocupada por lo que pudieran estar pensando de ella, o por lo que se le exigía. Indiferente a lo que transmitiera a los demás. Llegó a la conclusión que desde hacía demasiado tiempo.

Will chasqueó los dedos y de un salto se sentó en la cama, como si hubiera hecho un gran descubrimiento.

—Pollo Kentucky y Debbie Reynolds. Esas son tus dos pasiones.

De nuevo la carcajada de Eve resonó en la habitación.

—Eres bueno. Muy bueno.

—¿De qué color vas vestida? —De nuevo arrugó la frente en aquel gesto tan cómico—. Soy ciego, por si no te has dado cuenta.

—Llevo una camiseta amarilla —dijo con timidez, pues se la había puesto a posta.

—No.

—Sí.

—No.

—¿Estaremos así mucho tiempo?

Ahora fue él quien rio. Con fuerza, con ganas. Y la expresión de Eve se iluminó.

—Eve Kentucky Reynolds, me gustas.

—Qué fácil eres.

—No, no lo creas. ¿Crees en las energías y toda esa mierda?

—¿Debería?

—No. De ninguna manera, porque en ese caso estarías tan loca como yo y uno de los dos tiene que asegurarse de que el otro lo hace todo mal.

John se descubrió sonriendo, y dándose cuenta de que Eve se había olvidado de él.

Con cuidado, para no hacer ruido, salió de la habitación.

Y mientras atravesaba el pasillo en busca de la salida, tuvo la certeza de que su amiga estaría bien.

Mientras Lizzy era detenida en la recepción del hotel y arrastrada a la comisaría de policía, Ana se preguntaba cuánto tiempo llevaba detenida en mitad de la acera. Mucho según la ligera capa de nieve que se había acumulado en sus hombros.

Ana estaba perdida.

No perdida entre las intrincadas calles desperdigadas sobre las colinas de San Cayetano, sino perdida dentro de su cabeza. De su corazón. Llevaba treinta años soñando con aquel Día. Cada una de las tareas incómodas del campo, de las órdenes agotadoras de su padre, de las tardes a solas y sin más compañía que los guarros, cada llanto oculto en la almohada, cada rictus amargo, cada deseo truncado, cada una de las veces que se había negado a sí misma... lo había soportado todo porque algún día, aquel Día, llegaría a la lejana capital del Sur, llamaría a una puerta, y alguien, ella, la estaría esperando.

Y ahora...

—¿Lo conoces?

Aunque escuchó claramente la voz, estaba segura de que no se estaban dirigiendo a ella. Volvió a perder la mirada al frente, acompasada con la línea ondulante que bajaba al mar y que ahora era tan blanca como el lomo de uno de los caballos de su padre.

—Es a ti. A la chica que se ha plantado delante de mi puerta.

Por «chica» no se reconoció, pero por algún motivo se giró sobre sus talones.

A una decena de metros de distancia había una mujer apoyada en el pretil de una ventana, que la miraba con curiosidad. Era la misma ventana por donde no dejaba de sonar la música. Aquella canción pegadiza. Una y otra vez. En bucle.

¿Qué edad tendría?, se preguntó Ana. Posiblemente la misma que ella. Ese punto intermedio donde se palpa la vejez con más solidez que la juventud. Llevaba una camiseta publicitaria de una bebida refrescante y una gorra que apenas sostenía un cabello muy rizado teñido de un rubio amarillento. Era alguien singular. Ese tipo de persona de la que todos hablarían en su pueblo. Tenía una expresión curiosa, quizá asombrada, que le resultó agradable al instante.

—Te preguntaba si lo conoces —insistió la mujer.

—¿A quién?

—Al que canta. Llevas parada delante de mi puerta media hora. Creía que eras una fan rabiosa o algo así.

La respuesta le hizo sonreír, pero había estado tan perdida dentro de sí misma en los últimos largos y cansados minutos que le costaba trabajo volver a la realidad.

—Creo que no. Al cantante. Creo que no le conozco.

La mujer volvió los ojos, como si acabara de escuchar la mayor aberración que ser humano alguno hubiera dicho jamás. Aunque no debía de ser tan grave, porque su rostro no tardó mucho en normalizarse.

—Pasa. —Más que una invitación parecía una orden—. Eso no puede quedar así.

Sin más desapareció, y Ana se quedó allí parada, bajo la nieve, sin saber qué hacer. Al cabo de un momento la puerta de la casa se abrió, y allí estaba de nuevo aquella curiosa mujer.

—Vamos, no podemos perder todo el día —la apremió.

No supo por qué, pero algo le impulsó a entrar. Quizá el hecho de que ya no tenía nada que perder. Si era una asesina en serie no le importaba ser otra de sus víctimas. La otra opción, la que había estado barajando desde que saliera de casa de Evelin, era la peor del mundo pero la única que creía posible a su edad: volver a casa y retomar su vida, su gris y monótona vida, en el mismo punto donde la había dejado hasta que encontró a Lizzy Bennet.

Dentro de la vivienda la música era envolvente. Como si se pegara a la piel, acariciara los oídos y besara cada ángulo de su cuerpo. La decoración era inexistente. Una sucesión de muebles pedidos por catálogo buscando la utilidad. Ni bonitos ni feos. Simplemente adecuado. Ana, sin darse cuenta, balanceaba sus caderas, abandonada a la cadencia deliciosa de la música, mientras la acompañaba al salón.

—Es Eric Clapton —señaló la mujer, refiriéndose a la música que vomitaban dos grandes altavoces.

—Sé quién es.

—¿Y no conocías este tema?

—No conozco muchas cosas.

La mujer sonrió. Su rostro se iluminó, como si se hubiera escapado una bandada de luciérnagas, y Ana sintió un ligero cosquilleo bajo la nuca. De repente, la idea de volver al viejo rancho de su padre, de pedir trabajo a los mismos tipos a los que se lo había vendido hacía poco más de una semana, se fue convirtiendo en algo difuso, que se alejaba como un tren en una estación brumosa.

—Soy Tracy. Siéntate. —Mientras iba a por su reproductor, le indicó un cómodo sillón orejero—. Tengo muchas cosas que enseñarte.

La noticia había impactado tan intensamente en Giacomo que en ese momento no estaba seguro de si su corazón aún palpitaba.

El mundo sin Rose era algo en lo que jamás había pensado. Era consciente de su edad, de la de ambos, pero por algún motivo estaba convencido de que su preciosa Rose no lo dejaría nunca solo. Se las aviaría para sobrevivirle un día más, aunque solo fuera un único y maldito día más, el tiempo necesario como para que él muriera con el convencimiento de que había merecido la pena. ¿Acaso ella no lo podía todo? Había sido fiel a una promesa hecha a un joven marinero en el que jamás se habría fijado una mujer como ella. Pero sí. Una mujer como ella no tenía más remedio que fijarse en alguien como Giacomo, porque sabía, y lo descubrió en el instante en que cruzaron las primeras palabras, que sabía leer su alma e interpretarla.

Le había pedido a la muchacha, a la bonita nieta de su Rose, que le permitiera estar a solas unos minutos. Ella había asentido y se había apartado hasta colocarse junto al quiosco nevado, donde la banda municipal seguía con su concierto como si no fuera consciente de que el universo se había detenido junto al corazón de Giacomo.

El mundo sin ella.

Su mundo sin ella.

¿Qué utilidad tenía seguir adelante? Había vivido más que ninguno de los que le habían acompañado en aquel largo camino de la vida. Sus viejos amigos ya no existían, incluso sus costumbres era extrañas antiguallas que arrancaban una sonrisa de lástima en los demás.

Sin Rose nada tenía sentido.

Se colocó la mano sobre el corazón. Estaba convencido de que se había detenido. Posiblemente lo había hecho en el mismo instante en que lo hizo el de ella, y solo era uno de esos muertos vivientes que recorren el mundo sin saber que ya no existen.

De repente supo que tenía que llamar a John, quizá él le confirmara que era un cadáver andante, el reflejo inconsistente de alguien que había estado enamorado. Pero de la misma manera recordó que aquel joven curioso no tenía teléfono. Antes había llamado a Eve con un pulso más firme del que había sospechado.

—¿Estás bien, viejo amigo? —había sonado al otro lado, pero no era la voz alegre de aquella muchacha, sino un eco triste y apagado.

—Rose no está. Ha muerto.

—Giacomo...

—Díselo a John. Él sabrá lo que tengo que hacer.

Sin más, había colgado. Y desde entonces estaba perdido, sin saber qué hacer.

Era un hombre de palabras. De largas historias. De recuerdos tejidos con la paciencia de los años. Sin embargo, en aquel momento, solo quería dejarse morir, bajo aquella nevada inesperada que lo había vuelto todo blanco y a todos locos.

—¿Quiere que llame a alguien? Quizá a un amigo.

Cuando levantó la vista se encontró de nuevo con la bonita nieta de Rose. Si el mundo fuera justo, si recompensara el amor verdadero, ella también podía haber sido su nieta. Sin embargo, las cosas nunca funcionaban como debían.

—No quiero que te preocupes por mí —intentó calmarla—. Estoy bien. Todo está bien.

—Mi abuela me dejó dos recados antes de morir.

Aquello fue tan impactante como si saliera el sol entre las nubes en un día de tormenta. Durante medio siglo no había esperado nada más que una tarde de baile, así que ni siquiera había imaginado...

—¿Tienen que ver conmigo?

—Quería mucho a mi abuelo, ¿sabe? Creo que se esforzó toda su vida por hacerlo feliz. Igual que a nosotros. La habían educado para eso. Un compromiso para toda la vida.

Él asintió.

—Era una gran mujer.

—Me pidió que le dijera... Me lo pidió varias veces, para que no se me olvidara. —Sonrió. No le era fácil de verbalizar—. Mi abuela me pidió que le dijera que usted fue su único y verdadero amor. Que no debe dudarlo nunca. Y que, en lo más profundo de su corazón, en los últimos cincuenta años solo ha vivido de verdad, con intensidad, las cincuenta y dos tardes en las que bailó con usted. Eso me pidió que le dijera.

Giacomo lo recibió como si le hubieran anunciado que había vida en la Luna. Jamás se había atrevido a pedirle a Rose que le dijera algo así. Jamás se lo había dicho ella. En su época, en la que les tocó vivir, ese orden de cosas estaba fuera de lugar. Por supuesto lo había sospechado. Que lo amaba. Incluso había soñado que lo amaba con una intensidad parecida, nunca tanta, a la que él la amaba a ella...

Pero nunca jamás...

Nunca jamás...

Sí, era su corazón el que latía. Aquel viejo canalla se había pasado la vida anhelando unas palabras como aquellas. Ahora se daba cuenta. Ahora comprendía que la dimensión de su amor por Rose era mucho mayor de lo que había imaginado.

Iba a contestar, a darle las gracias por haberle transmitido aquel regalo, cuando la chica pareció sentirse nerviosa.

—Y hay una segunda cosa.

—¿Puede haber más? —¿De verdad era posible?

—Voy a intentar recordarlo palabra por palabra —quiso hacer memoria. Aquel gesto en su boca también lo tenía su abuela—. «Dile a Giacomo que mientras le quede un puto aliento de vida debe seguir viniendo a esta jodida ciudad cuando cuaja el otoño, y que debe bailar contigo», conmigo —aclaró—, «hasta que se cansen sus viejos pies, hasta que salgan las estrellas». Eso me ha ordenado. Y mi abuela jamás había dicho una palabrota en su vida. ¿Bailamos?

Giacomo observó la mano tendida, los zapatos nuevos de baile en los pies de la muchacha en los que hasta entonces no había reparado, y miró hacia el cielo.

En ese preciso momento sucedió otro fenómeno extraordinario que los noticieros describieron durante los próximos meses y los meteorólogos clasificarían como algo inexplicable: las nubes se abrieron y el sol resplandeció con fuerza.

Tanta que la nieve brilló como si fuera un espejo, y la ciudad, toda la ciudad, emitió una luz radiante hacia el universo.

Un año después

John volvió a mirarse en el espejo retrovisor.

Se había equivocado. Estaba seguro de que se había equivocado.

¿Una camisa de cuadros? La peor elección posible, y más en un día como aquel.

Desdobló las mangas y abrochó los botones. Volvió a mirarse y una vez más se las subió hasta los codos.

Estaba nervioso. Debía reconocer que estaba nervioso. Le sudaban las manos y se estiraba la barba con tanta insistencia que terminaría por arrancársela.

Echó una nueva ojeada a Rosemary. ¿La décima? Estaba reluciente bajo el dorado sol del otoño. Le había costado toda una jornada dejarla así, en ese estado en que uno se podía peinar mirándose en los tapacubos. Pero había merecido la pena.

El chirrido de la enorme puerta metálica descorriéndose le hizo girarse.

La prisión estatal estaba en medio de la nada. Aquel paisaje semidesértico le hacía parecer algo extraño que había caído del cielo cuando no se esperaba.

La conocía bien. Había conducido hasta allí una vez por semana durante el último año. Ya formaba parte de su paisaje vital. Era curioso cómo algo que hacía un puñado de meses le era tan ajeno de ahora en adelante no se borraría de su memoria.

No había sido fácil.

Desde luego que no.

Lo de Lizzy.

Sobre todo porque ella se había negado a colaborar. Insistía una y otra vez en que era la responsable de la muerte de su tío, y por más que él le explicara que aquello no se mantendría si se profundizaba un poco, ella caía en aquel mutismo de labios apretados y brazos cruzados que, quitando el detalle de que lo excitaba bastante, era insoportable.

Había sido el agente Collingwood quien había decidido investigar por su cuenta y quien le había pedido su ayuda. John, de entrada, no se fio. No le gustaban los tipos como aquel. Pero el tozudo agente argumentaba que en todos sus años de carrera jamás le había fallado su instinto, y este le decía, al contrario que antes, que la señorita Elizabeth Bennet no era la responsable de la muerte de su tío.

No. No había sido un año fácil.

Lizzy, cuando le explicó que intentaban ayudarla, se negó a hablar con él durante dos meses. Aun así, John había acudido a su cita semanal, y esperado en aquel duro banco para que el agente le constatara, vez tras vez, que la reclusa no quería saber nada de «¿Quién se ha creído que es?».

Fue Collingwood, de nuevo, quien había solicitado el expediente médico de la reclusa como una parte más de la rutina de investigación, lo que provocó que Lizzy abofeteara a John en medio de la sala de visitas, delante del resto de las reclusas y de un nutrido grupo de guardias que lo miraban con la expresión «eres un idiota» escrita en la cara. Fue esa bofetada, precisamente, la clave de que ahí, en aquel montón de partes médicos y formularios de ingreso y altas hospitalarias, se encontraba la solución.

Lo que ya sospechaba el viejo policía lo confirmó el tocho de documentos que le habían entregado los servicios sanitarios del estado: la señorita Elizabeth Bennet había sufrido innumerables crisis de ansiedad en los últimos dos años que habían necesitado atención médica. Una de aquellas había sido precisamente la noche en que había muerto el tío materno de la acusada y, como confirmaron los forenses y certificaba el informe de ingreso en urgencias, mientras el asesinato era perpetrado, Elizabeth Bennet estaba siendo atendida en aquella unidad a causa de una nueva crisis de ansiedad. No había dudas. Era imposible que hubiera sido ella.

¿Quién había asesinado a tío Richard? Los psiquiatras no podían certificar que lady Agatha, la única que estaba en el apartamento durante los hechos, hubiera sido capaz de hacerlo en su estado. Tampoco había pruebas de ello, sobre todo porque Lizzy se había deshecho de ellas. Era un caso imposible de resolver que dejaba abiertas las puertas a la puesta en libertad de la acusada.

Pero, a pesar del impecable informe que redactó Collingwood, tuvieron que esperar varios meses hasta que una vista preliminar había decidido darle la libertad condicional, aunque el agente aseguraba que era un mero trámite y que no tardarían mucho en exonerarla de cualquier culpa.

Y hoy había llegado el día.

El día en que Lizzy Bennet, después de un año encerrada en la prisión del estado, era puesta en libertad.

John tragó saliva cuando intuyó la forma femenina que salía del pabellón principal.

Cambió su peso de un pie a otro una vez más, y se bajó de nuevo las mangas de la camisa.

Estaba preciosa. Preciosa. Ese jodido pantalón vaquero le sentaba de miedo, y la negra camiseta de tirantes... ufff.

Si había estado con ella hacía solo tres días... ¿por qué estaba tan nervioso?

La vio acercarse.

El desplazamiento de sus caderas lo tenía boquiabierto.

Debía controlarse.

Tenía que controlarse.

Pero había algo que no cuadraba: en las últimas visitas, cuando supo que tía Agatha quedaba lejos de cualquier acusación probatoria, Lizzy no dejaba de sonreír. Sin embargo, hoy estaba tan seria como si la hubieran invitado a un entierro. ¿Sería por su jodida camisa?

—Me siento decepcionada, John —dijo en cuanto llegó a su lado, colocándose en una postura muy sexi mientras arrojaba al suelo el macuto de lona con sus pertenencias que le habían dado en prisión.

Él tragó saliva. Sabía que iba a ser difícil, pero no cuánto.

—Yo... ¿Qué ha...?

—Pensaba que Giacomo vendría a recibirme.

John sintió como si le quitaran un enorme peso de encima.

—Lo hará dentro de dos semanas, ¿recuerdas? Tiene su cita anual con el baile y tú le has prometido un tango.

—¿Y Ana? —dijo sin moverse de donde estaba—. Es mi amiga. Me ha visitado cien veces. Sabía que hoy me pondrían en libertad.

—Sabes que está con Tracy, de luna de miel en las islas. Le he prometido que nos veremos todos juntos para celebrar la nevada del año pasado. O por lo menos pensaba que te lo había dicho.

Lizzy se cruzó de brazos. Su expresión no se había suavizado. De hecho, parecía aún más hosca.

—¿Entonces me dijiste que Eve tampoco iba a venir?

John bufó. ¿Por qué necesitaba a tanta gente? ¿No le era suficiente con él?

—A Eve he sido yo quien le ha pedido que no venga. —Su paciencia se agotaba porque tenía ganas de besarla—. No nos dejaría un segundo de intimidad contándote todas las maravillas de su William desde que le han trasplantado. Está insoportable.

—Ni siquiera mi hermana ha acudido a recibirme. Esto es lamentable.

John empezaba a sentirse realmente mal. Llevaba una semana celebrando lo que harían juntos cuando estuviera en libertad. No había pensado en otra cosa desde que Collingwood se lo comunicó. Pero Lizzy... Quizá para ella no fuera tan especial una primera noche juntos. Quizá él había dado por hecho...

—Londres. ¿Recuerdas? —le aclaró de mal humor sobre su hermana—. Te lo dijo ella misma hace dos semanas, cuando estuvo aquí con tus padres.

Ella suspiró, decepcionada. Miró alrededor. Parecía que todas sus ilusiones se habían venido abajo.

—Así que solo te tengo a ti.

—Solo a mí —dijo tan decepcionado como ella aparentaba estarlo.

Lizzy suspiró con evidente desgana.

—¿Y qué vamos a hacer tú y yo?

Él carraspeó. Intentaba que no se le notara el desencanto. Había imaginado un reencuentro de ensueño, de abrazos, de besos, de palabras de esas que se susurran al oído. Y sin embargo...

—Pensaba llevarte a San Cayetano —dijo con cierta timidez, porque la desilusión en el rostro de Lizzy era como si le clavaran una navaja—. He alquilado un apartamentito con vistas al mar, y...

—Mal, muy mal, John.

—Lizzy, yo no...

Ella levantó una mano con gesto enérgico, que lo frenó en seco.

—Llevo un año detrás de esas paredes. —Solo entonces sus labios se estiraron en su mejor sonrisa—, pensando en ti cada jodida noche.

A él le entró una sonrisa floja. Estaba realmente preocupado y ya había pensado en quemar aquella maldita camisa de cuadros.

—Vaya —le estaba costando recuperarse después del impacto—, no me lo esperaba.

—¿Crees que Rosemary se ruborizará si tú y yo...?

Él alargó una mano y tiró de ella hasta abrazarla.

—Ven aquí. Eres una buena actriz, ¿te lo han dicho alguna vez?

Le encantaba cómo encajaba con su cuerpo. Parecía que ambos habían sido moldeados en una sola pieza. Ella se colgó de su cuello y le miró a los ojos. Le fascinaban aquellos profundos ojos azules que siempre parecían sorprendidos. Se llevaría el resto de la vida mirándolos. De hecho, ese era su plan.

—¿Te lo has creído? —No podía controlar su sonrisa de felicidad—. ¿Que estaba enfadada?

—Sí. Eres muy convincente.

—Llevo una semana ensayando. Mi compañera de celda pensaba que tenía graves cambios de humor.

Quería besarla, quería hacerle el amor, quería tenerla una eternidad, desnuda, entre sus brazos. Pero desde las torres de vigilancia los guardas de la prisión no perdían detalle del encuentro.

—Collingwood me ha dicho que en un par de meses podremos viajar. —Aquel tema calmaría un poco su mente calenturienta—. Lo he preparado todo. Mientras tanto no podemos apartarnos mucho de la ciudad porque...

No pudo terminar porque Lizzy lo besó. Y sucedió lo que siempre pasaba, que todo desaparecía a su alrededor. El mundo entero dejaba de existir si los labios de aquella preciosa mujer entraban en contacto con los suyos. Fue un beso largo y apasionado. Tan denso y ligero a la vez que cuando ella se separó sintió que su cuerpo se quejaba.

—¿Sabes que no me importa el tiempo si lo paso junto a ti? —dijo Lizzy, frente contra frente. Labios muy cerca, como si no pudieran adquirir distancia.

—¿Me dejarás alguna vez que yo tome la iniciativa?

—No porque...

Esta vez fue él quien la besó. Más fiero. Más anhelante. La deseaba tanto que casi le dolía. La tomó en sus brazos, y sin dejar su boca, la llevó hasta la parte trasera de la furgoneta.

—¿Y qué vamos a hacer ahora? —preguntó Lizzy, separándose un instante, con los ojos entrecerrados de placer.

—Eso depende de cuánto nos hayamos echado de menos.

Ella acarició su largo cabello rubio.

—Entonces debemos empezar en este preciso momento.

Rosemary abrió sus puertas y ellos desaparecieron dentro mientras, desde las torres de vigilancia, los guardas de seguridad acompañaban el interminable vaivén con el ritmo de sus botas.

Mi querido señor Darcy:

Decía tía Agatha que los recuerdos son los recursos que utiliza nuestra alma para que no olvidemos de qué estamos hechos. Todavía me pregunto de qué materia inflamable me configuraron a mí, a la extraña, controvertida e irremediable Elizabeth Bennet. Pero así soy yo. Una mezcla de pasión y frustración, de miedo y deseo, de fuerza y timidez. Durante muchos, muchos años, he pensado que esta fórmula alquímica era un desastre. Nada de piedra filosofal. Yo aspiraba a ser ella, la otra Elizabeth Bennet, mi adorada heroína de la novela de Jane Austen. La que sabía reaccionar adecuadamente ante cualquier situación. Equivocarse y pedir disculpas. Ser fuerte y a la vez sensible. Desprendida, pero con el punto justo de arrogancia. Intelectual y asilvestrada.

Últimamente he aprendido dos cosas.

La primera, que sigo amando a Jane Austen y cada una de sus novelas, cada personaje, cada ambientación, cada vuelta de argumento. Gracias, Jane, por todo lo que me has enseñado.

La segunda, que yo no soy Lizzy Bennet.

No. No soy la excepcional protagonista de *Orgullo y prejuicio*. Pero sí soy Lizzy Bennet. ¿Te resulta extraña esta curiosa paradoja? Soy la mujer confundida, certera, torpe, sensible, patosa y sofisticada que siempre he sido, con la diferencia de que ahora lo acepto todo de mí. Lo bueno y lo malo.

Mi adorado señor Darcy. Somos pasado y no podemos deshacer el nuestro. Me conformo con imaginar que, si nos tocara vivir de nuevo aquello que vivimos, tomaríamos otro sendero, donde las traiciones no formaran parte del camino.

Mi vida, ahora, esta vida que me saca una sonrisa en cuanto abro los ojos y que me obliga a sentir a carcajadas, es lo mejor que me ha pasado nunca. Te gustaría John. Quizá no al principio. Sois demasiado diferentes. Pero sé que un par de conversaciones te bastarían para saber el tipo de hombre que es.

Ahora tengo que dejarte. Me espera la vida, una nueva vida. Mi vida.

Espero cometer todos los errores y todos los aciertos. Espero saber apreciar cada minuto que me quede por delante. Pero sobre todo no espero nada. Solo seguir adelante. Con John. Junto a John.

Adiós, señor Darcy. Hasta nunca, mi querido amigo. Descansa en lo que fuimos. Yo viviré en lo que soy.

LIZZY BENNET

Escucha la música que ha inspirado la novela en la *playlist* de Spotify: #NosoyLizzyBennet.

Descubre las imágenes que inspiraron los personajes, los escenarios donde se desarrolla, el entorno. Sigue mi carpeta de Pinterest: #NosoyLizzyBennet.

No te olvides de que tienes tu casa en mi blog <docerazones. blogspot.com>.

Y unas cuantas ocurrencias en:

https://www.instagram.com/josedelarosafr/
https://www.facebook.com/josedelarosa.v
https://twitter.com/JosdelaRosav
https://es.pinterest.com/josdelarosa/

¡Gracias!